犬神博士

夢野久作

角川文庫
15484

目次

一

ハハア。吾輩の話を速記にして新聞に掲すというのか。物数奇な新聞もあればあるものだナ。

第一吾輩は新聞に話を書かれるような名士じゃないよ。

ナニ。吾輩の名前を知らない者はこの界隈にいないというのか。フーン。これは初耳だ。吾輩の本名を知っている人間はあまりいないはずだがナ。

フウン。本名じゃない。綽名で有名なのか。これはイヨイヨ聞き棄てにならんぞ。どんな綽名だ。言ってみろ。かまうことはない本人が許すんだ。殴りはしないから安心しろ。綽名を聞いて憤るような狭量な吾輩ではない。

ズット昔では皆、綽名を本名にしていたものだ。恐れ多い話ではあるが、アメ・ノ・ミナカヌシを初め奉りウガヤ・フキアエズでも、タケミカズチでもヤマト・タケルでも皆御本名ではない。はたから奉った名だ。下っては長髄彦、雉啼女、入鹿、蹴速、鼻垂れ、耳垂れ、猿面冠者、狸親爺、モット下っては土方人足のボン州、ツン州に到るまで数え上げたら数限りもない。名は体を現わすというのはこの時代の通り言葉で、今の世の中には通用しないのだ。もっともこの頃みたいに人間の数が殖えてくると、水溜りに湧いたオタマジャクシと同様ドレモ、コレモが似たり寄ったりに見えて、一々綽名を付けるわけにゆかなくなったから、めいめい勝手に自分で名前をつけるようになったわけだが、それでも学生や何かは一人残らず先生を綽名で呼んでいるくらいだ。

第一この綽名で人を呼ぶようにしておくと名前を聞いただけでその人間の印象がパッとくる。話が朗らかで愉快になる上に一生涯その印象を忘れないから便利だ。呼ばれた本人も自分の綽名に対して謹むところがわかるから非常な修養になる。ところがこれに反して自分勝手な名前を名乗るとなると、いわゆる名が体を現わさないことになるから間違いが名前を聞いただけで惚れ込んだりとんでもない目にあうことになる。これは歎かわしい人ヤタラにできて困る。花野露子がウンシャンだったり石部金吉が好色漢だったりするから、文の堕落だと吾輩は考えているくらいだ。かまわないから言ってみろ。吾輩の綽名を言ってみろ。参考になるから……。

ナニ。キチガイ博士？

こりゃあけしからん。吾輩が何でキチガイだ。

イヤ。憤っているんじゃない。人相の悪いのは生れつきだ。胴間声も地声だ。サア言ってみろ。これほどの博学多才、多芸多能、人格高潔な人間はめったにいるものではない。その吾輩のどこがドウなっておればキチガイというのだ。その理由を言ってみろ。

その理由はわからない。わからないけれども多分そうだろうというのか。ハハア。そうじゃない。ハハアそうらしいというのか。イヨイヨけしからんじゃないか。

フーン。なるほど。松原の中の穢ない一軒屋に住んでいる親兄弟妻子眷族も何もない一人者で、犬や猫をゴチャゴチャ飼って、頭や髭を延びほうだいにして、夏冬ブッ通しの二重マントを着て、福岡市中をブラブラ歩きまわって、掃溜や塵箱を掻きまわしているような人間ならば、たいていキチガイにきまっているというモッパラの評判か。なるほどナア。それならたずねるが、戦争もないのにサアベルを吊るして、見せてくれとも言わないのに勲章を並べて、電車自動車がある世の中に馬に乗って、エライとも言わないのに反りくり返って行くのはありゃあ何だ。誓文払いの広告か。それともオッチニの親方か。

まだある。

銭もないのに一等旅館に泊って何事もないのにフロックコートを着て、配ってはいけないのに大きな名刺を配って、先祖代々下げなかったアタマを下げて、頼まれもしないのに演説会を開いて、万世一系金甌無欠の日本を亡びる亡びると怒鳴っている連中はありゃあ何だ。船来の乞食か。それとも大本教の凝り固まりか。

まだある。

何百万の身代でありながら爪に火を灯して、算盤と首っ引きで風車を廻し、一生うまいものを食わず良い物を着ず。電車自動車にはむろん乗らず、慈善人助け善根功徳を嫌うこと疫病神のごとく、乞食ルンペンを恐るること悪魔のごとく、義理人情と恥の掻きっ放しで、妻子眷族に怨まれながら、ホッとする隙もないうちに、手前が銭を出して飼っておく妾のところへ、ドブ鼠みたようにコソコソと逃げ込む奴はありゃあ何だ。

二

吾輩の眼から見れば世間の奴らの方がよっぽどキチガイじみている。頼まれもしないのに無駄な苦労ばかりしている。世界中の人間はみんな無駄骨折りがしたさに生きているようなもんだ。

これに反して吾輩の生活状態を見ろ。みんな廃物利用の原理原則にかなった堂々たるものばかりだ。

第一この家がそこいらに並んでいるような月賦住宅や借家とは違う。自分の家のような、他人の家のような中途半端な気持で住んでいるんじゃない。流木やトタン板を丹念に拾い集めて、風通しと日当りを考えながら、自分で作った構成派風の新様式住宅だ。画家や写真師なぞが、よく立ち止まってスケッチしているのを見受けるくらいだ。もっとも四本柱と裏の動物小舎の金網は銭を出して買ったがね……。

地所かね、地所は箱崎八幡宮のものだが、八幡宮とはズット前から心安くしているからね。お礼心に石燈の倒れたのを起してやっているから喜んでいるよ。

その次は帽子だ。この山高は九大真野総長のお下りだが、この通り天井がマッチと煙草入れになっている。それからこの二重マントも真野君のお下りで、ジャンクの帆みたいに継ぎハギだらけだが、この通り胸から胸にかけてポケットが四つ付いていて野良猫や野良犬の仔を拾い込んでくるようになっている上に外から見たってチョットわからないから重宝だろう。それからこのバスケットは中に詰まっている空罐と同様拾い物で、犬猫の食料を集めて帰る用に供している。またこの古蝙蝠も傘なら早速化けて出るくらいグロテスクな恰好だが雨霜をしのぐには充分だ。着物は別にない。寒い時に浴衣を一枚着るくらいのもんだ。寒い時には寒い。暑い時には暑いというのが吾輩の信念だ。信念は暑くも寒くもないのが当然だ。それから穿物は見つかればはく。なければはかない。

ナニイ。褌？　そんなものを締めた経験は生れてないよ。ブラ下がるべきものはブラ下げておくのが衛生的じゃないか。煙草入れを風呂敷に包む奴はいないだろう。そんな苦労をする奴が早死をするんだ。

ドウダ。吾輩の生活状態はこの通り一から十まで合理的になっている。利用厚生の道にかなっている。それを世間の奴らがキチガイ呼ばわりするんなら世間の奴らはキチガイ以上のキチガイだろう。それとも無駄骨折りに発狂するのが正気の沙汰で、悠々と天道を楽しむのがキチガイだという定義がどこかに在るのか。またはキチガイが二十億居て、正気の人間がタッタ一人居れば、その一人の方がキチガイということにきまっているのか。

ウン。それならば勘弁してやる。すべてキチガイというものは自分だけが本気で、ほかの奴はキットどこかがおかしいものと決めているものだからナ。ウスウス自分のおかしいところを気づいている奴はなおさらのこと、正当防衛の意味で他人をキチガイ呼ばわりするものだからナ。

ムウ。まだ綽名があるだろう。フーン。山高乞食。乞食をしたことはないぞ畜生。アハ……君に言っているんじゃない。その次は何だ。何でも博士。予言者。ウーム。これは適評だ。吾輩は天下のことを見通しているからナ。閻魔大王、鍾馗大臣、そんなに怖い顔をしているかナ。チット気をつけよう。こんなふうにニタニタしたところはどうだ。なおさら気味が悪い。弱ったナ。大切な寒暑除けの頭やヒゲを剃るわけにもゆかないし……。

その次は何だ。エッ。犬神博士。

どういう意味だ、それは……。吾輩は大神二瓶という立派な姓名があるのだ。その大神のアタマの大の字の横ビンタへ何で石ころをブッつけた。誰にことわって犬にしてしまった。吾輩が犬を飼っているからというのか。

フーム。そうじゃない。吾輩の言うことが犬神さまみたいに適中るというのか。馬鹿にしている。吾輩の予言と犬神様の御託宣と一緒にする奴があるか。元来ここいらに犬神が流行るのか。ナニ。おれがいるから流行らない。馬鹿にするな。そんなら犬神の故事来歴を知っているのか。知らない。ソレみろ。知りもしないのに利いたふうなことを言うな。

ナニ。犬神の話を聞かせろ。ウン。知らなきゃあ話してもいい。元来犬神というのはわが国に伝わる迷信の中でも一番下等なものなんだが、それだけにトテモ愚劣な、モノスゴイ迷信なんだ。主として中国、山陰道方面に流行したものだがね……。

三

まずある村で天変地異が引き続いて起る。または神隠し、駈落ち、泥棒、人殺しなんどの類が頻々として、在来の神様に伺いを立てたくらいでは間に合わなくなってくると村中の寄り合いで評議して一つ犬神様を祭ってみようかという動議が成立する。そこで村役世話役、肝煎役なんどが立ち上って山の中の荒地を地均しして、犬神様のお宮を建てる一方に、熱心家が手を分けて一匹の牡犬を探し出してくる。毛色は何でもかまわないが牝犬ではだめだそうだ。牝は神様になる前にヒステリーになってしまうからね。

その牡犬を地均ししたお宮の前に生き埋めにして、首から上だけを出したまま一週間放ったらかしておくと、腹が減ってキチガイのようになる。そこでその潮時を見計らって、その犬の眼の前に、肉だの、魚だの、冷水だのとタマラナイものばかりをベタ一面に並べて見せると犬は、モウキチガイ以上になって、眼も舌も釣り上った神々しい姿をあらわす。その最高潮に達した一刹那を狙って、背後から不意討ちにズバリと首をチョン斬ってかねて用意の素焼きの壺に入れて黒焼きにする。その壺を御神体にして大変なお祭り騒ぎを初める。

ところでその犬神様に何でもいいから、お犬様のお好きになりそうなものを捧げて、お神籤を上げると、ほかの神様にわからなかったことが何でも中るというから妙だ。天気予報から作の収穫、漁獲のあるなしはむろんのこと、神隠しが出て来る。駈け落ちが捕まる。間男、泥棒、人殺しが皆わかるというのだがなるほど考えたね。人間だってそんな眼にあわせたらたいてい神様になるだろうが。

もっとも吾輩(わがはい)は別だ。そんな手数をかけなくとも現在が既に神様以上だ。お神酒(みき)を一本上げればたいていのことは聞く。しかも善悪にかかわらないから便利だ。運気、縁談、待ち人、家相、人相、地相、相性を初めとして、人事、政事、商売、その他百般何でもわかる。ただし、即座にわかることもあれば、二、三日一週間ぐらいかかることもあるが、これはやむをえない。吾輩の御託宣はソンナ犬神様みたような非科学的なものじゃないからナ。

ハハア？ どこでそんな神通力を得たというのか。それはナカナカ大きな質問だ。第一吾輩の身の上話を聞かないとわからん。ウーム。問われて名乗るもおこがましいが、所望とあればやむをえない。ハッハットウトウしゃべらせられることになった。たいてい煙に巻かれて逃げ出すだろうと思っていたが、逃げ出さないところが新聞記者だな。ナニナカナカおもしろい。畜生。あべこべにオダテていやがる。

俺の身の上話はしてもいいが、どこから始めていいか見当がつかないので困るのだ。とりあえず両親が俺を生んだところから始めたいのだが、そこいらの記憶がはなはだ茫漠(ぼうばく)としていて取り止めがない。世の中には記憶のいい奴があればあるもので蜀山人(しょくさんじん)という狂歌師が、文政六年の四月頃、七十五で大病にかかって寝ていると、近所に火事が始まったので、門弟どもが手取り足取り土蔵の中に避難させた。その時に門弟の中のあわてものが、先生ここで一句いかがですというと、蜀山人片息になりながら声に応じて詠(よ)んだ。

生まるるも慥此処(たしかここ)らと思ひしが死にゆく時も又倉の中

とね。ヒドイ辞世を詠ませたものだ。もっとも七十いくつになって死にかかっていながらこれくらいのエロ気があるんだから、大したオヤジだろう。生れた時のことを記憶しているのも無理はないが、吾輩はソンナ記憶が全くない。ないばかりでなく、俺の記憶にのこっている両親はドウやら本物の両親ではないらしいから困るんだ。よくわからないが、どこかで棄子か何かになっている吾輩を拾い上げて育てたものらしい。ことによると本当の両親に売られたのかも知れないね。手前の身体には金が掛かっているとか、生みの恩より育ての恩とか何とかいってはよく吾輩を打ったり叩いたりしたものだから……。生れた時のことなんか尋ねたらブチ殺されたかも知れない。

四

かりにも親と名の付いた者を悪く言っては相済まぬわけだが、吾輩のいわゆる両親なるものは縦から見ても横から見ても親とは思えない。そうかといって雇主とも思えないという世にも変テコな男女であった。

その男親と名乗る方は、普通の人間よりも眼立って小さい頭をイガ栗にした黒アバタで、アゴの干物見たいに痩せこけた小男であった。冬はドテラ、夏は浴衣の上から青い角帯を締めて赤い木綿のパッチを穿いて、コール天の色足袋に朴歯の下駄。赤い手拭で覆面をして鳥追い笠をかぶって、小鼓を一挺さげて、背中に茣蓙二枚と傘を二本背負っていた。

また女の方は男と正反対に豚みたいに赤肥りしたメッカチで、模範的な獅子鼻を顔のマン中に押しつけて、赤い縮れっ毛を櫛巻にして三味線を一挺抱えていた。そのほかは亭主だか……何だかわからない男と揃いであったが冬になると黒襟のかかった縞の半纏みたようなものを着るだけが違っていた。

こう説明してきたらその頃の吾輩の扮装もたいてい想像がつくだろう。おかっぱさんに振り袖、白足袋に太鼓帯、まっ白な厚化粧、頬と眉の下と唇と眼尻に紅をひいて、日傘と風呂敷包みを一個というのだから何のことはない最新流行のモガが焼芋を買った恰好だ。おまけに親子三人とも皮膚の色から着物から下駄まで、雨風にさらされた七ツ下りで、女親の持っている三味線の三の糸だけが黄色いのと、男親の小鼓の調紐が半分以上細引で代用してあるのが、今でも気になってしようがないほどみすぼらしいものであった。

吾輩はこの両親にあらゆる悪いことを仕込まれた。世間並みの親だと自分たちは勝手な悪事を働いていながらも子供にだけは善いことをさせようとする。継母が継ッ子をイジメるのでも、悪いことを取り立てて叱るもんだがこの両親はまるで正反対だった。吾輩が悪いことをすればするほど機嫌がよくて、その上にもモットモット悪いことを仕込もうとするのだからかなわない。

この両親が吾輩を引率して一つの村里に来かかると、たいてい村の入口の橋のところあたりから女親が片肌を脱いで、はでな襦袢をヒラヒラさして三味線を弾きはじめる。オットト忘れていた。その前にモウ一つ仕事があるのだ。ズット道をおくれている吾輩を女親が振り返って三味線を縦に抱え直しながら、編笠の下の暗いところで小さな片眼をギョロリと光らす。同時に梅雨明けの七面鳥みたいな猛烈な金切声を出すのだ。ソイツが最初の間は何を言っているのかサッパリわからなかったが、あとになってヤットわかった。吾輩の歩き方が遅いのを叱っているのだ。

「ニャーゴッしよんかア。コン外道（げどう）サレエ」これが村にはいるたんびに繰り返されるのだから、吾輩もいつの間にか慣れっこになってしまって、後には三味線を弾き始めるキッカケぐらいにしか思われないようになった。

ところで吾輩がなぜ道を遅れるかというと、身体不相応な風呂敷包みをさげているからだ。この風呂敷の中には三人分の着換えと、女親の手鏡が一個はいっているのだが、その手鏡の重さがヒシヒシと腕にこたえた。ことに冬はいいが暖かくなると冬着が三枚はいるわけだからトテモ大きな重たい包みになる。おまけに今から考えてみると三月から十月一パイは親子三人ともはでな浴衣でいるのだから、一年のうちで八か月は重たい包みを担がせられていたわけだ。

女親が担いだらよさそうなものだが、あんまり肥り過ぎていて冬でも股擦（またず）れがする。三味線一挺がヤットコサで、天気になるとすぐに下駄を吾輩の包みに突込んで草履（ぞうり）をはくぐらいだったから、正直のところ、荷物なんか持てないらしかった。男親は男親で傘二本と茣蓙二枚でヒイヒイ言うくらいの意気地無（いくじな）しだから、結局、吾輩以外に包みの持ち手がないというわけになる。

その上に、田舎道（いなかみち）のことだから春になると蝶々（ちょうちょう）が飛ぶ。花が咲く。秋になるとトンボが流れる。柿が並ぶ。汽車が行く。シグナルが落ちるといったあんばいで、荷物を担いで行く子供にとっては、シンカラ地獄めぐりと同様の誘惑を感ずるのであった。ところが親たちはまた吾輩と全然正反対の考えで、一刻も早く向うの村に着いて、一銭でも余計に稼ごうというのだから、双方の主張が一町二町の相違となって現われるのは当り前だ。吾輩の体力と健脚はその時分から養成されていたんだね。

　吾輩がいわゆる両親から、仕込まれた善いことはタッタこれ一つだったね。あとはみんなろくでもないことばかりだった。

五

　ところで吾輩が今から話すようなことを新聞に載せると、うちの子供の教育にならぬと言って抗議を申込む親たちが現われるかも知れないがその点は御心配御無用だ。吾輩の両親みたいな両親は絶対に外にいないし、吾輩みたいな児もまためったにいるものでない。ただし五十歩百歩の程度のなら肉親の親子でもないとは限らないがそれならそれでまた、参考になるだろう。論より証拠吾輩があるところでこの意味の演説をして聞かせたら「そりゃあそうかも知れませんね。しかし憚りながらポンポンながら私の子供は私が勝手に育てます。ハタから余計な差出口は止して下さい」という無反省な親が出てきた。この親なんかは吾輩の両親とソックリそのままだからおもしろいね。吾輩が打たれるのを見るに見かねて止めに来た人たちに、吾輩の両親はソックリそのままの文句を言っていたから愉快じゃないか。
もっとも吾輩の両親も、村中で吾輩をいじめるようなことはめったにしなかった。一番恐ろしいのは山道か何かの人通りの絶えたところであった。そんなところでウッカリ道に後れようものなら、すぐに引っ捕えられて裸体(はだか)にされて、それこそ息も絶え絶えの眼にあわされるのであった。

それも始めは母親が吾輩を膝(ひざ)に乗せて、ところ嫌わずブン殴るのだが心臓が悪いか何かで、ジキに息が切れてくる。そうすると今度は男親に命じて打たせるのであるが、この男親というのがまた阿呆(あほう)みたいな人間で、吾輩を草の中か何かに押えつけて、いつまでもいつまでも呑気(のんき)そうに、ピシャリピシャリとタタキ続けるのだからたまらない。イクラ泣くまいと強情を張っても、今に大きくなったらみろみろと思い直しても、トウトウへこたれて悲鳴をあげずにはいられなくなる。

そこで土の上に両手をついて、(これは絶対に土の上でなくてはいけないのだ。代議士の戸別訪問がゼヒトモ畳の上に手をつかなくちゃいけないのと同格だ)私が悪うございました。これから決して遅れませんとあやまらせられて誓わせられる。時によると二度も三度も念を押されるから、こっちも仕方なしに観念して、二度でも三度でもあやまり、かつ誓う。ところが心の中では決して悪いとも、遅れまいとも思っていないのだ。当り前だ畜生。ドウするか今にみろと子供心に思っているのだから大変な親子だ。まるで嘘をつく猛練習をやらされているようなもんだ。

しかし両親はこの嘘をつかせたところで満足するらしい。むろん親らしい見識欲を満足させられるからでもあろうが、しかし吾輩が男親に打たれているうちに女親が何度も何度も片ッ方の見えない眼を引っくり返して、アクビをすることがあるのを見ると、ソレばかりとは思えない。つまり一休みするついでに、道傍の蛙をいじめるような考えで、いわば退屈しのぎにやっているのだから、一通り疲れが休まると、すぐに先を急ぐ気になるのが当然だ。そんな人情の機微を四ツや五ツの吾輩が理解したと言うと嘘のように思うかも知れないが、実は絶体絶命の苦しまぎれからソンナ頭が働くようになったものらしい。

とにかくそこで吾輩は襟首を引っ立てられて、大急ぎで着物を着せられる。

「シブテエ児だ。サッサと帯を結ぼう。アレッ。その手で涙拭くと面が汚れるでネエケエ。コッチ来う」

と女親に引き寄せられて、おかっぱさんを撫でつけられて、白粉や紅を直してもらう。そうなるとまた生れつき単純な吾輩は、何となく親らしいなつかしい味を感じて、今までの怨みつらみを忘れながら、すがりついてゆきたいような気持になっている。そこをモウ一つ

「サッサと歩こう」

とがなりつけられて、荷物と一緒に突き離される、また口惜しい、残念だと思い直す。だから村が見えてくるとホットするわけだ。つまり村の近くになりさえすれば両親が吾輩をドウもしえないことを見越しているから、平気でというよりもむしろ讐討ちの気味合い

でブラリブラリと遅れ初めるのだ。この親にしてこの子ありという恰好だね。
コンナ調子で村に着くとまた、言語道断な騒ぎが初まるのだ。

六

村の入口に来ると前言った通りに、女親が一度吾輩をがなりつけて、持っている荷物を邪慳に引ったくって男親に渡す。男親が不承不承に引き取って左の二の腕に引っかける。そこで女親はモウ一度三味線を抱え直してペコペコと弾き初める。それをキッカケに吾輩が、振袖をヒラヒラさせながら真ッ先に立つと、その後から男親がホイホイと掛け声をしながら鼓を打ってついて来る。そのあとから女将軍が三味線を弾き弾き練り出して行くんだが、女の三味線は大したことはないけれども男の鼓が非常に軽妙だから三味線の調子ばかりでなく、吾輩の足どりまでも浮き浮きしてくる。何という囃子だか知らないが、鰌すくいと木遣り音頭を一所にしたようなものだといえば、聞いたことのある人はたいてい思い出すだろう。近来よく来る虫下し売りなぞも、似たようなものをチャンチキリンや太鼓入りでやっているようだ。

そのうちにほどよい空地か神社の境内、または道幅の広いところに来ると、男親が荷物を卸して蓙を二枚道傍に向って拡げる。一枚が舞台で一枚が楽屋だ。その楽屋の上に両親が座って、同時にイヤアホウという掛け声をかけると、囃子の調子がかわるのにつれて、吾輩が両袖を担いで三番叟の真似を初める。この辺はなかなか本格だが実はこの三番叟の中で、男がかける突飛な掛け声を聞いて人が集まるしかけになっているので、そのうちに五、六人も大人が立ち止まると、またも囃子の調子が一変して、普通の手踊りの地を男が謡い出す。女も時々継ぎ穂を唄うには歌うが、ギンギンした騒々しい声でトテモ男にはかなわない。男の声は俗にいう痘痕声というやつで永年野天で唄っているせいか朗らかな中に寂がある。

唄い出すものはカッポレ、奴さん、雨ショボ、雪はチラチラなんぞのありふれた類で、ソイツに合わせて吾輩が踊るわけだが、吾輩は踊りの天才だったらしいね。今でも天才かも知れないがその頃から既に大衆を惹きつける技巧を持っていたと見えて、貰いがナカナカ多かった。今はないが二十銭銀貨を投げるお客が珍らしくなかったんだから豪気なもんだろう。お祭りの村なぞにブッカルと夜通し方々で引っぱり凧になったもんだ。

むろん吾輩の踊りばかりが上手なわけじゃなかった。吾輩に振りをつけてくれた男親の地唄がまたトテモよかったもので、吾輩も女親の三味線なんかテンデ問題にしないで、男の鼓と歌に乗せられて踊っていたもんだが、ここに一つ困ったのは男の唄の文句だった。

他所のお座敷でやる時なんかはそうでもないが、往還傍や、空地の野天でやる時は、トテモ思い切った猥雑な文句を、平気の平左でイヤアホーと放送する。その文句に合わせて、そんな身ぶりを習った通りに踊らなくちゃならないのだからトテモ難儀だ。むろん四つか五つの子供だから意味なんかテンデわからないが、やたらにお尻を振ったり色眼を使ったりして、踊りの手を崩して行くのが子供心に辛かった。何だか芸術を侮辱しているようでネ。ハッハッ……。

　しかしそのお尻の振り工合が悪いと、アトでひどい眼にブン殴られるのだから、イヤでも一生懸命にやる。そうなると見物がどっと笑う。情けないにも何もお話にならない。しかも見物は女の児のつもりで猥雑な身ぶりを喜んでいるのに踊っている本人の正体は、泣きの涙の男の子なんだからイヨイヨナンセンスこの上なしだ。

　イヤ。まったく冗談じゃないよ。コンナ話を教育上ためにならないなぞと軽蔑(けいべつ)する連中は考えてみるがいい。吾輩の両親みたいな方角違いの児を育てている両親がそこいらにウジャウジャ居はしないか。

　早い話が支那人(チャンチャン)は支那人の児を育てている。露助はロスキーの児を育てている。印度人は印度ッ子を育て、エスキモーはエスキモーッ子を教育しているさなかに、日本人ばかりがわれもわれもと西洋人みたいな児を育てたがるのはドウしたことだ。大切な親様を生れ立ちからパパ、ママと呼び棄てにさして、頭を鏝(こて)で縮らして、腕を肩まで出させて、片仮名語を使わせて裸体人形(はだかにんぎょう)を机の上に飾らせて、ピアノを小突かせて、靴拭(ぬぐ)いダンスを稽古(けいこ)させて、自由結婚や友愛結婚を奨励する本を読ませて、麦稈(むぎわら)で水を飲まして、ハンカチで尻を拭かせて平気でいる。吾児(わがこ)が毛唐らしく見えてくればくるほど高等教育を施したつもりで、高くもない鼻をヒクつかせているのは何というナンセンスだ。家鴨(あひる)の雛(こ)を育てる鶏だってモウちっとは心配するもんだ。しかも、それが上流の知識階級になればなるほど、盛んなんだからウンザリせざるを得ざるべけんやじゃないか。おまけにソンナ親たちは寄ると触ると、子供のために苦労するようなことばかり言っている。まるで外国のために苦労しているようなもんだ。そうかと思うと心ある連中は、日本を通り越して、ジャバかスマトラみたような子供を育てている。何のことだかわけがわからない。

七

この点になると吾輩の親たちは断然、最新式（モダーン）の尖端（トップ）を切っていたわけだね。毛唐の真似どころじゃない。男の児を無理やりに女の児にして育て上げて、生活の合理化をやると同時に、性教育まで施していたんだから嶄新奇抜（アラモード）だろう。

ただしこのアラモード教育は吾輩に何らの効果を及ぼさなかった。もっとも及ぼしては大変だが、おかげで吾輩は七、八ツ頃まで男と女の区別を知らなかった。男の風をしている女もあるし、女の風をしている男もいるものだと、自分に引き比べて想像していた。そうして頭が白髪（しらが）になるまで腕力で頑張った強い奴が爺（じじい）になって、口先ばかりの弱い奴が婆（ばばあ）になるんだろう。オレの両親なんかは、おしまいに男と女とアベコベになるのかも知れない。オレも今のうちは小ちゃくて弱いから女で我慢していてやるが、そのうちにモット強くなったら、両親を二人とも女にして、茣蓙の上で踊らせて、自分だけが男になって歌を唄って鼓を叩（たた）いてやろう……くらいにしか考えていなかった。今でも時々ソンナ夢を見ることがあるがね。その頃の吾輩が考えていた世の中は実に奇妙不可思議なものだったね。

ところがこうした吾輩に対する尖端的（アラモードてき）性教育も、巡査の影を見ると一ペンに早変りをしたものだ。全然予告なしのダンマリで、恐ろしく古典的な、真面目くさったものに変るのだから面喰(めんく)らったね。

吾輩の男親は、歌を唄ったり囃(はや)したりしながら、時々頭を低くして、ドブ鼠みたような眼をキョロキョロさせて、群集の股倉(またぐら)越しに往来の遠くの方を覗(のぞ)きまわる。そうして巡査の影をチラリと見るか、サアベルの遠音でも聞いたが最後、すましかえって歌の文句を換える。「奥の四畳半」が「沖の暗いの」にかわり「いつも御寮さん」が「いつも奴(やっこ)さん」に急変する。ところが踊っている吾輩の方では今言う通り性的観念が全くないのだから、文句がドンナに変化しても無感覚だ。ウッカリ真面目くさった文句のうちで色眼を使ったりSの字になったりしていると、男親がエヘンという。それでも気がつかないでやっていると男親が鼓を止めて茣蓙を直す振りをしながらグイと引っぱる。あぶなく足を取られてノメリそうになるので、ヤット気がついて普通の「活惚(かっぽれ)」や「奴さん」をやっていると、そのうちにいつの間にか巡査が遠くへ行ってしまって文句がまた、猥雑なものに逆戻りしている。知らずにやっているとまた茣蓙を引っぱられる。こんな風でアンマリ何度も手数をかけると、あとで恐ろしく小突かれるのだから、踊りながらも緊張していなければならない。

ところが油断がならないのは単に巡査ばかりではない。こんな小さな一座でも相当な苦手がいて、いろいろな迫害を加える場合がナカナカ多いのだ。中にはおもしろ半分に弥次るのもあるらしいが、相当の収入があると睨(にら)んで恐喝同様の手段に訴える奴がまたチョイチョイいるからたまらない。大道芸人や縁日商人は言うにおよばず、寄席芸人や浪花節語り、香具師や触れ売り商人などいう、チョット見にノンキそうな商売であればあるほどこうした苦手がいろいろいるもので、彼らはそんな連中を一口にケダモノと言っているが、そんな連中のおかげで、人知れぬ苦労が多いことは、表面上立派に見える商売であればあるほど、裏面にみっともない半面があるのと同様だ。

吾輩が半畳の舞台で盛んに馬力をかけて、小さなお尻を器用に振りまわす。見物がドットくる。今にも穴の明かないお金が降りそうな空模様になっているところへ、群衆を押し分けて、四十か五十ぐらいのオヤジが出て来る。ソイツが区長さんとか村長さんとかいう人間で、大道芸人に言わせると、やはりケダモノの一種なのだ。

「コラッ。この村でコンゲな踊り踊らすることならん。去年から盆踊り止めさせられたチウこと知らんか。サッサとこの村出て行きくされ。見る奴も見る奴じゃ。阿呆な面さげて、三つや四つの子供が尻打ち捨てるのが何がおもしろいか。ソンゲな隙に田圃のシイラでも引け。帰れ帰れ」

こんなケダモノに出会ったら何もかもワヤだ。営業妨害もヘッタクレもあったものでない。匆々に茣蓙を巻いて逃げ出さねばならぬ。念入りなケダモノになると、ワザワザ村外れまで見送って来るのがある。そうかと思うとズッと離れた向うの部落で新規蒔直しの興行をやっているところへ、最前とおんなじ風俗改良のケダモノがまた吠えついて来る。よく聞いてみると、今やっている部落は最前とおんなじ部落の別れでおんなじケダモノの支配下だったりする。惨憺たる光景だ。

しかもそんな打撃のお尻はあとでキット、八ツ当り式に吾輩に報いて来るんだからやりきれない。踊りが拙いからもらいがすくないとか何とか言って打たれるのだが、イクラ吾輩が舞踊の天才だって、風俗改良係を感心させるほど巧妙にお尻は振れまいじゃないか。まだある。

八

その頃は日清戦争前後だったが、今よりも景気がよかったのだろう。いろいろなお節句や、お祭り、宮座、お籠りなぞいう年中行事も今より盛んだったらしく、酔っ払いがナカナカ多かった。地酒の頭にあがったのや、真夏の炎天に焼酎を飲んで飛び出した奴なんかが、鼓や三味線の音をききつけて弥次りに来る。タチのいいのはフラフラしながら割込んで来て「日清談判」を踊れの「高砂やア」を唄えなぞと無理な注文を出すくらいのものだが、タチの悪いのになると吾輩と一緒に茣蓙の上に上って踊り散らして、せっかくの興行をワヤにしてしまう。中にはせっかく投げてもらった茣蓙の上のお宝を、汚ない足の裏へクッつけて行く奴さえある。こんなのも大道商人に取ってはケダモノに違いない。

しかし一番恐ろしいケダモノは何といっても無頼漢と、親分だ。

無頼漢といっても、われわれをイジメに来るのは一番下等な連中に違いないが、いずれ賭博の資本か、飲み代にするつもりだろう。ペコペコ三味線の音を聞きつけるとスゴイ眼を光らせてやって来て、イキナリ蓙蓙を引んめくって、踊っている吾輩を引っくり返す。乱暴な奴になると蓙蓙と吾輩を引っ抱えてどこかへ連れて行こうとする。それからペチャクチャと何か言い出す女将軍の横ッ面を一ッチ切れるほどブン殴って大見得を切る。

「この村の何兵衛を知らんか」

とか何とかわめく。もとより知っているはずはないから、女将軍が歪んだ顔を抱えながら、平あやまりにあやまって、いくらかお金を握らせる。その手を開いて見て足りないと思うと、モウ一度タンカを切るか、拳固に息を吐きかけるかする。そこでまたいくらか足してやると、たいてい満足して大威張りで帰って行く。イヤ。笑ってはいけない。乞食から銭を貰って威張る商売はまだほかにイクラでもあるんだぜ。

ところで吾輩は、その間じゅうどうしているかというと、どうもしない。ゴロツキに抱えられたままか、または地びたに尻餅を突いたまま、泣きも笑いもしないで眺めている。そうして一体ドッチが悪いのだろうと子供心に考えていたものだが、これはわかりようがなかった。近頃になって社会科学とか何とかいうものが流行り出して、やたらに文明社会の解剖が行われるようになってからヤット合点がいったくらいだ。すなわちわれわれ見たような大道乞食を高尚にしたものが、資本階級の幇間ともいうべきオベッカ芸術団である。またゴロツキを大きくしたものがいわゆる暗黒政治家という奴で、いずれもブルジョア文明の傍系的寄生虫である……というようなしちやかましい理屈がヤットわかってきた。だから結局ドッチがドウなってもオンナジことで、正邪曲直の判断なんかは最初から下しようがなかったわけだが、吾輩も小さい時から頭がよかったとみえて、ソンナ感じがしていたんだね。ドッチがドウだかわからないまま「このゴロツキの小父さんが連れて行ってくれないかナア。そうすりゃあ毎日お尻を振らなくてすむかも知れないけどナア」とか何とか考えながら、ボンヤリ指をくわえて見ると、イキナリ女親が吾輩の頸を押えつけて、鼻のアタマを地面にコスリつけながら、

「コオレ……お礼申上げろチタラ」

と厳命する。そこで吾輩がお座敷でやる通りの声を張り上げて、

「尾張が遠うございます」

とハッキリ言う。これは男親が極秘密で教えてくれた洒落で、九州から行くと大阪よりも名古屋の方が遠いのだそうだ。ところがこの洒落がナカナカ有効な洒落で、何も知らない、お客が聞くと「ウム。感心だ。貴様も一銭やるぞ」と投げてくれる。ゴロツキだとたいていのところで負けて帰るのだからドウしても尾張が遠いわけだ。横浜の俥屋が毛唐から余分に俥賃を貰うと、頭を一つ下げて「有り難うございます。タヌキタヌキ（thankyou, thankyou)」と言って喜ばせるのと同じ格だろう。

その次が親分だが、これは各土地土地に乞食、芸人、縁日商人の親分がいて、それぞれ縄張りを持っている。お祭りの時なんかはこの親方の許可を受けて、指定された場所で興行しないとひどい眼にあわされるのであるが、この事実は知っている人が多いようだし、おんなじような話ばかり続くから、ここいらで切り上げて、今度は木賃宿の話をしよう。

その木賃宿で、吾輩が天才的神通力を現わして、両親を初めとして、大勢の荒くれ男を取っちめた一条だ。

九

コンナ風にミジメな稼ぎをして一円かそこら貰い溜めると、女親がいい加減なところで見切りをつけてあまり立派でもない三味線を、大切そうに木綿縞の袋に入れる。それをキッカケに男親が、着物の包みを吾輩に渡す。そうして村外れの木蔭とか橋の下とか、お寺の山門とかいう人気のないところで貰い溜めの勘定をする。すべてこういう連中は十中八、九、人前で銭勘定をしないのが通則で、身体じゅうのどこに銭を隠しているかすら人に知らせないのが普通になっている。これは宿に着いてから寝ている間に盗まれない用心の意味も無論含まれているが、第一金を持っている風に見られないのが主要な目的なのだ。コンな仲間で金をチャラチャラさせてみせるのはたいてい、街道流れの小賭博打ちと思っていれば間違いはない。

ところで吾輩の両親は、一通り貰い高の勘定が済むと、今度は二人で分わけを初める。七分三分だか四分六分だかわからないが女親が余計に取っていたのは事実だ。そうして最後に鐚銭が五文か七文残ると、それまでも平等に分けて最後の一厘は有無をいわさず女親が占領する。一厘半の文久銭だと四捨五入して、やはり女親が取るのだから厳重なものだ。

それから途中の村々をサッサと飛ばして、木賃宿の在る村へと急ぐ。時にはまだ日が高いこともあるが、女親が歩き疲れて頭痛を起したりすると、まだ正午下りで、イクラも稼ぎがないうちでも、巡業中止を宣告することがある。しかもソンナ時にはキット吾輩の御難が来るので、大きな包みを抱えて赤い鼻緒の下駄を引きずり引きずり後れて来る吾輩を、女親が休み休み振り返って、胴突きまわすのが吉例になっている。つまり頭痛がするのと稼ぎ高が少ないのとをゴチャゴチャにしたムシャクシャの腹癒せを吾輩にオシ冠せるわけだが。何も吾輩が知ったことじゃないと憤慨してみたところが初まらない。憤慨して黙っていればいるほど猛烈に来るので、トドのつまり悪くもないのに地びたに手を突いて、あやまらせられるところまでタタキつけられるのが落ちだ。今でも正午下りのピカピカ光る太陽を仰ぐとその時分の恐ろしさを思い出させられると同時に、女親のガミつける声がどこからか聞えるように思って、ビクッと首を縮めることがあるくらいだ。そのうちに下駄が切れる。掌を擦り剝く。足の裏が焼けてヒリヒリする。カンカン照りつける道を汗ダクで先に立って歩くと、木賃宿の遠いこと遠いこと。

ところで、よく「社会の裏面を研究するには木賃宿に泊ってみるべし」とか何とか物の本に書いてあるようだが、あれは嘘だね、要するに真実のドン底生活をやったことのない半可通のブルジョアが言うことだ。人間性の醜い裏面を知りたければ金を儲けて、華族や富豪の裏面生活を探るべしだ。第一ソンナ人間性の裏表なんかを使い分けるような余裕のある人間は木賃宿には絶対に泊らない。みんな人間性の丸出しで善も悪も裏も表もないトテモ朗らかな愉快な連中ばかりだ。

今はどうだか知らないが、その頃の木賃宿では、足を洗って上っても宿帳なんかつけに来なかった。つけようたって無宿のガン八や、ヤブニラミのおチイではしようがない。自分の名前が書けないどころか、本名を知らない連中が多いのだ。吾輩なんぞはおかげで今日まで両親の名前を知らないばかりか、自分の名前でさえも本当のことは知らないで通して来たが、しかし人間は元来名前なんかあろうがなかろうが問題じゃないね。お互いの商売さえわかれば泥棒だろうが掏摸だろうが心置きなく話ができるものだ。いわんや木賃宿に泊る連中だったらタッタ一眼で商売はもちろん、生れ故郷までわかることが多い。中国生れの鳥追い、長崎生れの大道手品、上方訛のアヤツリ使い、丹後の昆布売り、干鰈売り、上等のところで越後の蚊屋売り、越中の薬売り、サヌキの千金丹売りの類で、あとは巡礼、山伏、坊主、お札売りなぞと、大体客筋がきまっている。どこの者ともわからないのはわれわれ親子三人ぐらいのものであった。

　しかもどこの木賃宿に着いても一番贅沢を極めるのは吾輩の両親だったから奇妙であった。もっとも贅沢と言っても米が一升五、六銭から十銭が最極上の時代だから高が知れている。屋根代が三銭に木賃が二、三銭、飯を誂えれば一人前三銭でほかに一銭出せばお汁と、煮たものがお椀やお皿に山盛つく。湯銭は二文か三文取るところもあれば取らないところもある。今から考えると熊本の白川だったと思うが、橋銭を一銭ずつ取られるというので、橋番の婆と吾輩の女親が大喧嘩をした。つまり吾輩の橋銭だけ負けろと言って盛んに悪態をつき合ったあげく一里ばかり遠まわりをした時代だからね。

そこで女親が湯にはいって来ると急に元気づいて晩酌を初める。そのうちに吾輩と一所に湯にはいった男親も、さし向いに座って晩酌のお流れを頂戴する。朝鮮土産ではないが吾輩の両親はコンナところまで天下女将軍、地下男将軍だった。

一〇

ところで晩酌というとたいそう立派に聞えるが、お燗をして盃でチビリチビリやるような、アンナ小面倒な気まずいものじゃない。本当の酒の味は冷酒にあるので、しかもコップ酒に限ったものだ。むろん吾輩の両親たちの晩酌もこの式の神髄を窮めたものであったが、そのコップ一パイが三銭か四銭くらい。木賃の亭主が手造りのドブロクだと二銭ぐらいの時もあった。その頃は勝手に酒を造ってよかった時代だからね。

そんな風に酒は非常に安かったものだが、その代りにコップが高かった。と言ってもコップその物が高いのではない。コップの底が恐ろしく上っていてギリギリ一パイにしてもイクラもはいらないから結局、高い酒につくわけだった。ちょうど横から見ると小人島の手水鉢か何ぞのように見えるガラス製のやつを、膳の横に据えると、その前に小山のようなアグラをかいた天下女将軍が、まず口からお迎いに出てチューと音を立てる。そうしてフウーウッと団栗眼を引っくり返しながら、コップをヌッと眼の前に差し出す。そいつを坐り直してかしこまった地下男将軍が恭しく受け取って、恐る恐る一口なめると、いかにも酸っぱそうに眼をしかめて、ヒョットコみたように唇をとんがらす。それからチョット押し戴く真似をして、またも恭しく女将軍のお膳に据える。あとは向い同志で互い違いにドングリ眼を引っくり返したり、口をとんがらしたりするのであるが、その間じゅう腹を減らしたまま見物させられている吾輩に取っては、コレくらい御丁寧な、じれったいものはなかった。

そのうちにヤットのことで一杯がオシマイになるが、これで御飯になるのかと思うとナカナカどうして、そんな運びに立ち到らない。女将軍がアグラの上に両肱を張ってニタリと笑いながら「モウ一パイいかんチエ」と言う。男将軍が「どうぞ」と言わんばかりに恭しく揉み手をする。そこで女将軍が懐中から毛糸の巾着を出して、モウ二銭か四銭ばかりジャラリと膳の横に置いて、ヘッツイの前あたりをウロウロしている木賃の亭主に空のコップを高々と差し上げて見せる。ザット和製の自由女神の像！　とでも評したい勇壮偉大な見得だ。

「まー ちょくれんけえ」

とやると、そのコップを見上げながら男将軍がペロペロと舌なめずりをしたり顔を撫でまわしたりする。近頃の新しい夫婦なんかは愧死すべきダラシのない情景だ。

しかしその頃の吾輩は、そのコップを見上げてもなんらの有難味を感じなかった。それどころか、あべこべに心から涙ぐましくなったものであった。まだ飯にならないのかナアとタメ息をさせられたものであった。明治元年を待ち焦れた高山彦九郎だって、これほどの思いはしなかったろうと思われるほど極度に純真な気持になっていたものだが、時勢の推移というものはナカナカ思い通りに行くものでなかった。

そのうちにランプが点いて、二人の顔がとてもグロテスクなものに見えてくる。女親の顔がまっ赤に光り出して獅子鼻をヒクヒクさせ初めるところは、金東瓜のまン中に平家蟹がカジリついたようだ。同時に男親の黒痘痕が、いよいよ黒ずんできて、欠けた小鼻の一部分が血がニジンだように生々しく充血した下から、黒い長い鼻毛が一束ブラ下っている光景はナカナカ奇観だった。耶馬渓に夕日が照りかかったのを十里先から眺めているような感じであった。

吾輩は、その両親の顔を見上げたり見比べたりしながら、酒というものをタッタ一度でもいいから飲んでみたいナ……と子供心に咽喉をクビクビ鳴らしていたね。元来酒好きに生れついていたのだからね。今日に到ってヤット本望を遂げているわけだが、その頃の身分家柄ではトテも酒どころではなかった。第一飯が最初から二人前しか取ってないのだ。

吾輩は、その両親の傍で、女親の汁椀が空くのを待って、女親の御飯を山盛り一パイ貰うのがおきまりだった。無論一パイきりであったが、今言う通り飯は二人前しか取ってないのだから、お茶椀が足りないのだ。もっとも茶椀を一つ買ってくれたことがあるにはあったが、間もなく熱いお茶を飲まされて取り落した拍子に、ブチ壊してしまって以来、二度と買ってもらえなくなった。大方懲罰のつもりだったのだろう。

一一

当世流に言うと吾輩の両親は、コンナ風に何かにつけて資本家根性丸出しであった。一厘一銭でも吾輩を搾取しないと、自分たちの生活が脅かされるかのように考えているらしかったが、それでも男親の方はイクラカ温情主義のところがないでもなかった。

吾輩が、懐中にしまっておいた短い箸を出して、ボロボロの唐米飯をモソモソやっていると、その途中で、女親の眼を窃みながら蒲鉾だの、焼き肴の一切をポイと椀の中へ投げ込んでくれることがチョイチョイあったが、これは今になって、よく考えてみると単純な温情主義ばかりではなかったように思う。男親も吾輩と同様に、女親から絞られている組だからいわゆる同病相憐れむというような気味合いがあったと同時に、吾輩の踊りに対して非常な同情を持っていたせいであったと思われる。つまり男親は、吾輩に踊りの手振りを仕込んでくれた師匠だけに、吾輩の天才に対しては深い理解を持っていたので、稼ぎ高の多しすくなしにかかわらず、吾輩の踊りがピッタリと地唄や鼓に合った時には、吾輩自身はもちろんのこと男親も嬉しくて嬉しくてたまらなかったらしい。その御褒美の意味でコンナことをしたらしいので、吾輩も、その蒲鉾や、干魚の一片を貰った翌る日は、前の日に倍して一生懸命に踊ったものであった。しかも女親から分けてもらった御本尊の飯の方はチットモ有難くなくて、男親が投げてくれた蒲鉾の喰いさしの方がピーンとこたえるなんて、随分勝手な話だが、人間というものは元来ソンナ風なカラクリにできているものらしい。特に吾輩はソンナ種類の電気に感じ易く生れついているのだから仕方がなかろう。そんなことで、とにもかくにも汁椀に山盛りの唐米飯を片付けていると、そのうちにモウたまらないほど睡くなってくる。ウッカリすると箸や汁椀を取り落して女親に叱られるくらいだ。

そこでお先に床を取ってもらって寝るわけだが、どうかすると飯を喰ってしまってもチットモ睡くないことがある。そうするとエライことが見られるのだ。

それはたいてい興業の途中で、山門や拝殿に転がって午睡(ひるね)をした時か何かであったに違いないが、夕飯を喰ってしまっても睡くならないままに、寝床の中でモゴモゴやっていると、お膳を片付けた両親は、そのまますぐに差し向いでバクチを初めるのだ。

そのバクチの戦場は普通の場合一枚の古座蒲団(ふるざぶとん)で、それをさし挟んで、まっ赤な、妖怪じみた大女と小男が、煤(すす)けたランプの光を浴びながら、花札を引いたり骨子(さいころ)を転がしたりする。調子に乗ってくると男の方はイヨイヨ固くなって襟元(えりもと)を繕(つくろ)ったり、膝(ひざ)をかき合わせたりして気取り初めるのに反して女の方は片肌脱ぎから双肌(もろはだ)脱ぎになって、しまいには太(ふと)股(もも)までマクリ出すから痛快だ。しかもその結果はというと、これがまた一年三百六十五日、一度も間違いはないオキマリなので、十遍のうち七、八遍まで男親の方が負けるにきまっているから不思議である。そうしてせっかくひるまのうちに一厘半厘を争って頒(わ)けてもらったお金をキレイに巻き上げられるばかりか、毎晩チットずつ、借りができるのが、つもりつもってかなりの額に達しているらしい。

そこで男親はいよいよ一生懸命になって、その借銭を返すべく、飯が済むのを待ちかねて、サア来いとばかり座蒲団を借り出してくる。座蒲団がない時には、古毛布でも褞袍でも、何でもかまわず四角に畳んで女の前に店を出す。それを見ると女はニヤリと笑って、

「また負けに来るのけえ……今夜頭痛がヒデエからイヤだよ」

とか何とか口では言いながら、実はチャント期待している恰好で、ユタユタと男の方に向き直る。実はソンナことを言って焦らすのが女の一つの手なのであるが、男はむろん気づくはずはない。最初からカンカンになって、座った時から眼の玉を釣り上げているのだから勝てないのは当り前であろう。

のみならず、相手の女が百戦百勝する理由はモット深いところにあるのだから、たまらない。

二

吾輩は元来勝負事が大嫌いである。一方が勝てば一方が負けることが最初からわかりきっているのだから、これくらいつまらないものはない。両方勝てば五分五分だからイヨイヨつまらないことになるのだ。

ところがこの理屈は百人が百人とも骨の髄まで心得ていないから一度コイツに引っかかると止められなくなるのは、その百人が百人とも自分の運命に対する自惚れを持っているからだと博奕哲学の本に書いてあるが、なるほどそう言われると一言もない。吾輩だって

人生五十、七十は古来まれなりという事実は、飽きるくらい見たり聞いたりしているはずである、が、目下のところではいつまで生きるかわからない思惑買いで、ノウノウと山勘をかけて酒を飲んでいる。つまるところ人間万事はバクチ心理から出来上っているので商売をするのも、学問に凝るのも、天下を取るのも同じこと成功を夢みて働く以上、バクチ心理を伴わない仕事は一つもない。その中で運よく当った奴が歴史に載っているので、世界歴史は要するに賭博の当った奴の歴史ということになる。ただしここにタッタ一つの例外があるのは源平八島の戦いで、能登守教経が、源氏の大将義経を狙って平家随一の強弓を引き絞った時に、スワ主人の一大事とばかり大手を拡げて、矢面に立ち塞がった佐藤継信だそうだ。つまり十が九つまで当らぬつもりだったというが、そこまで研究すると賭博哲学も当てにならなくなる。

しかし万人が万人そうした意味の賭博心理を持っているのは否定できない事実であると同時にその賭博心理をスポーツ化したバクチというやつが、いろいろな形式であらわれてくるのは、すべてのものの遊戯化を文化の向上と心得ている人間世界のこととてやむをえない現象であろう。しかもそのスポーツには労力の報酬として受け渡しするお金を賭けるのだから悪いことにはきまっている。さもなくとも電車や自動車が足りないというくらい働き疲れている人間世界のただ中で、運動にも修養にもならない不生産的な時間をブッ潰すのだから、誠に相済まないスポーツに相違ないのであるが、しかもその相済まない気持がまた、よくてたまらないという奴が多いのだからやりきれない。

しかも、そうしてまた、その相済まない気持を楽しむ心理がモウ一ッ昂ぶってくると、今度は相済まないついでに是非とも百戦百勝したい。

どんなインチキ手段でもいいから、相手の金を全部巻き上げたいという絶対に相済みようのない気持を楽しむ心理にまで殺到して来るから手がつけられない。つまりバクチ中毒の第三期というやつで、この手の人間に比較すると、金を賭けるだけでインチキを知らない人間は第二期、金を賭けない奴は第一期ということになるだろう。

吾輩の両親のうちでも、女房はこの第三期のパリパリで、男親の方は第二期のホヤホヤだったらしいが、第三期と第二期とではイクラ何だって勝負にならないのは当り前である。何のことはない男親は女親にバクチの相手をしてもらいたいばっかりに一生無代償で御奉公をしているようなもので女親もまた、そのつもりで夫婦になっているのだからコレくらいばかげた夫婦はなかろう。おまけにそうしたばかげた夫婦であることを、二人ともチットも自覚しないで、毎晩夢中になって「めくったア」「振ったア」をやっているのだからばかを通り越しているだろう。

吾輩は子供だからソンナ理屈はむろんわからなかったが、それでもそれくらいのばかばかしさは、たしかに感じながら両親のバクチを眺めていた。するとまた不思議なものでそんな冷評的なアタマで眺めているうちに、女親がやっているインチキ手段が一つ残らずわかってきたのには、子供心ながら驚いたね。

今から考えると吾輩はインチキ賭博の方でも天才だったらしいね。生れながらの第三期というやつだ。これでバクチが好きだったら今頃は臭い飯と上白米をチャンポンに喰っているわけだが、しかし嫌いだったから、なおのことインチキがよくわかったのかも知れないだろう。

女親のやっているインチキ手段は、博奕打ち仲間で「サシミツ」とか「テハチ」とかいう奴だったらしい、手の中に一枚か二枚都合のいい札を隠しておいて配る時に素早く差し換えたり、札を切る時に自分の憶えている札を、自分の番に来るように突き合わせたりするので、ナカナカ熟練したものであったが、それでも煎餅蒲団の中から覗いていると、手つきがまるで違うからスグにわかった。どうしてこれがわからないのだろうとヒヤヒヤするのだった。

しかし自分でやってみたいと思う気持には全然なれなかった。第一その頃の吾輩には金の有難味がわからなかったし、物心ついてからイジメられ通しで、正義観念が人一倍強くなっていたからね。

ところがある晩のことその吾輩が子供ながら、憤然として起ち上らなければならぬ大事件が起った。小学校にも行かない年頃でバクチを打たなければならぬ言語道断なはめに陥った。

その成り行きをこれから話すがまあゆっくり聞き給え。

一三

それは忘れもしない吾輩が七歳の時の夏で、大牟田の近くの長洲というところで長雨を喰った時だった。

その頃の長洲といったら実にミジメな寒村であった。熊本へ行く街道の片側に藁屋根や瓦葺が五つ六つ並んでいるばかり。その北端の木賃の二階から眺めると、小雨の中を涯しもなく広がった青田が、海岸線で一直線に打ち切られている向うに温泉嶽がニューと屹立している。それが灰色の雲の中で幽霊みたように消えたり顕われたりするのを眺めているうちに、吾輩の背後では両親がコソコソ汚い座蒲団を持ち出して、パチリパチリと六百ケンを始めているのであった。

吾輩はその音を聞きながら、ボンヤリと来し方行く末のことを考えまわしていたが、その時に吾輩が幼稚なアタマで考えていたことは、今でもハッキリと印象されていて現在の吾輩の生活に深刻な反映を見せているくらいで、実に堂々たる社会観であった。

今までの話でもわかる通り、吾輩の育った家庭は、極度に尖鋭化された資本主義一点張りの家庭であった。どこの鳶か鴉かわからぬ男女が夫婦になって、どこを当てともなく流れまわりながら、女が三味線を弾き出すと、男が唄をうたって鼓を打ち始める。それに合わせて、ヤハリどこの雀かわからない吾輩が、尻を振り振りエロ踊りをおどる。その収入は一文残らず女親の懐中に流れ込むようにしかけてあるので、その中でも一番過激な労力を提供する吾輩は、文句なしの搾取され放しであるが、いくらか理屈のわかる男親は、花札とサイコロのインチキ手段で絞り上げられる。そこに親子夫婦の関係が成立して、太平無事な月日が流れて行くので、根を洗ってみれば三人が三人とも、縁もゆかりもない赤の他人同志というのがこの家庭の真相であった。

　だから今の赤い主義みたいに物質本位の根性玉で考えてゆくと、この三人は血を吸(すす)り、肉を喰(くら)い合っても飽き足らぬ讐敵(かたき)同志でなければならなかった。一口でも権利義務を言い出したらたちまち大喧嘩(おおげんか)になるはずであった。

　ところが妙なもので、人間という動物は犬猫みたように虚無的な、極端に合理的な世界には生きていられないらしい。そこに人情というやつが加味されてゆくので、物事がどこまでもトンチンカンになってゆくのであった。話がスッカリばかげてきて、筋道の見当がつかなくなって、善悪の道理がウラハラのチャンポンになって、七ツや八ツの子供には考え切れなくなってゆくのであった。その辻褄(つじつま)の合わない世の中の悲哀を、七ツや八ツの吾輩が何ということなしに感じていた、だからステキだろう。

　むろん吾輩はズット前から、今言ったような家庭の事情を察するには察していたが、それがだんだんハッキリとわかってくるにつれて何よりも先にそうした両親の生活が、阿呆(あほ)らしくて、じれったくてたまらなくなってきた。他人から金を絞るのならばともかく、両親が内輪同志でコンナに無駄な骨を折って、金のやりとりに夢中になっているのが苦になって苦になってしようがなくなった。ことに女親のインチキ手段を発見して以来というものは、一層この不愉快がヒドくなって、毎晩寝がけになると、両親のバクチを止めさせる手段ばかり考えるくらい神経質になってしまった。

しかし何を言うにも子供のことだから、適当な方法がナカナカ見つかるはずがない。つまるところモットお金ができたらバクチを止めるのじゃないかしらん。それならばモットモット上手にお尻を振ればいいわけになるがと、その翌る日から茣蓙の外にハミ出すくらい跳ねまわったり「オワリガトウゴザイマス」を今までよりもズット悲しそうな声を張り上げて言ってみたりしたが無論何の効果もなかった。かえって収入が殖えれば殖えるほど両親とも一生懸命になってバクチを打つ傾向が見えるばかりでなく、男親の借銭が目に立って増大してゆくのが毎晩の二人の口喧嘩でもハッキリとわかってくるのであった。

吾輩は悲観せざるを得なかった。同時に自業自得とはいえ女親から引っかけられ通しでいる男親が可哀そうで可哀そうでしようがなくなってきたので、何とかして男親を、このインチキ地獄から救い出す手段はないものかしらんとその時も、走馬燈のように明滅する温泉嶽を眺めながら、いろいろ苦心惨憺していたのであったがそのうちに、何だかそこいらが妙に静かになったので気がついて振り返ってみると、両親はいつの間にかバクチを打ちくたびれたらしく、花札を枕元に放り出したままグーグーと八の字形に午睡をしているのであった。それを見ると吾輩はフイッとステキな手段を考えついたので思わず胸をドキドキさせたね。

吾輩が花札を手にしたのは、無論、その時が初めてだった。しかも、コイツでインチキ手段を上手になって、女親をピシャンコにしてやろうというので、早速練習に取りかかったものであった。

まず女親の真似をして、一枚の札を手の中に振り込んで、残りの四十七枚の札を全部切って、最後の手札を配りがけに握り込んだ一枚を自分のところへ置く真似をしてみたが、最初は掌（てのひら）が小さいのでチョット巧くゆきかねたけれども慣れてくるうちに三枚ぐらいまでは何でもなくなった。それから今度は札の裏を記憶する方法を研究してみたが、これは札切るのよりもズット優しい。封を切ったばかりの札ならともかく、二、三度使ったものだから一枚ごとに眼印のない札はない。猪鹿蝶（いのしかちょう）の三枚なぞは女親がしたことらしく片隅に小さい爪痕（つめあと）がついている有様だった。

そこで正直のところを告白すると吾輩も小々おもしろくなってきたね。賭博というものってこんなやさしいものならば勝つぐらいのことは何でもないと思い思い、かねてから見覚えている役札を、自分の方へ配る練習を幾度となくやっているうちにまたも大変な大発見をした。それは吾輩の指先の感覚が、ダンダン鋭敏になってくることであった。

一四

眼をつむったまま指の先でチョット触っただけで、そこに現われている色模様が何でもわかると言ったら、世間の常識屋はトテモ本当にしないであろう。しかし生物の特殊感覚というものを研究した科学者は皆知っているはずである。しちむつかしい理窟（りくつ）は抜きにし

ても、盲人が他の着物を撫でまわしながら

「まあ結構な柄で……ほんとによくお似合いで……」

なぞと挨拶をするのを見たらなるほどと、うなずけるであろう。あんなのは盲人特有の知ったかぶりか負け惜しみくらいに思っている人があるかも知れないが、それは大変な間違いである。カンのいい盲人にとっては着物の縞柄や、散らしの模様を探り当てるのは大した困難な仕事ではないので、自分の娘に手探りで紅化粧をしてやって、お客に連れて行く瞽女さえあるくらいである。つまり普通の人間は、その眼の感覚があんまりハッキリし過ぎているので、色を指先で探る必要がないために、そんな感じが鈍ってしまっているので、吾輩みたような指先のするどい人間ならば、すこし練習をしているうちには、くら暗に慣れて物の形が見えてくるのと同様に、いろいろな色合いが指先に感じられてくること請合いである。

しかも今言うような実感は皆、一度も見たことのない色模様を指先だけで探り当てるのであるが、吾輩のはソンナのに比べると何でもない。幾度も幾度も見飽きるほど記憶したキマリきった毒々しい絵模様を触ってみるのだから気楽なものだ。チョット撫でるか押えるかしただけで、青丹なら青丹、坊主なら坊主とわかるように絵模様そのものがなっているのだからわけはない。おまけに裏の黒地や赤地のデコボコが一枚として同じ物はないのだから、二、三度札を切りまわしているうちには眼をつぶっていても札の順序がわかってくるのだ。

しかもタッタそれだけの練習と記憶力の動かし方で、別段インチキを使わなくとも、相手の持ち札と、この次に出て来るメクリ札がわかるのだから、世の中に花札ぐらいばかばかしいものはないだろう。

吾輩がそこまで練習をして結局文字通りにばかばかしくなって花札を投げ出してしまったのは、それから一週間ばかり後のことであった。しかもいつでも両親が眠っている間を狙って練習をしたので、チットモ気づかれないままですんだ。そうしてそのうちに、お天気がよくなったので、三人はまたも、雨上りのカンカン照る日の下を、村々の鶏の声を聞きながら、久し振りの巡業に出かけなければならなかった。

ところで夏になるとわれわれ三人は日盛りの間三時間ばかり、キットどこかで午睡(ひるね)をするのであった。しかもなるべく田圃(たんぼ)の仕事の忙しくない都会の夕方を狙って興業をするので、夜になっても吾輩は睡くないことが多かったから、両親のバクチをまぜ返す機会は充分にあったわけである。ところがまたあいにくな時にはあいにくなことが起るもので、この夏は三人がこの福岡に着くと間もなく、女親が何だかエタイのわからないブラブラ病気にかかって、大水で流れて来たような恰好(かっこう)をして木賃に寝込んでしまったので、バクチなんか打つ元気はトテもないらしかった。

そこで吾輩は男親と二人きりで毎日稼ぎに出なければならなくなったわけであるが、これが吾輩にとって願ってもない幸福であったことはいうまでもない。第一寝がけに大嫌いなバクチを見なくてすむ上に男親がすこしずつ小遣を溜(た)め込んでチョイチョイ吾輩に菓子を買ってくれる。その上に女親の三味線でウンザリさせられることなしに踊り抜けるというのだから踊り好きの吾輩たるもの有頂天にならざるを得ない。花札のことなんかキレイに忘れてしまって、喜び勇んで稼ぎに出かけたものであった。恐らく吾輩の子供の時分で一番幸福な時季といったらこの福岡へ来てから一週間ばかりの間であったろう。

ところがその幸福があんまり高潮し過ぎたために大変な事件が持上ることになった。二人の興業があんまり成功し過ぎて警察へ引っぱられることになったのだ。

吾輩の一行が泊っている木賃宿は、今の出来町の東の町外れで、大きな楠の木のある近くであったが、その頃はまだ博多駅が出来立てのホヤホヤで、出来町の東口はまだ太宰府往還の出入口の面影を残していた。その店屋だらけの往来へ男親と一所に初めて繰り出した時に、男親は肥料車の間で吾輩の耳に口を寄せてコンナことをささやいた。

「福岡の町は警察がやかましいよってに、あんまり尻振るとあかんで……」

吾輩は大ニコニコでうなずきながら男親を見上げた。きょうこそは本当に一心こめて踊ってやろうと子供心に思いながら……。

一五

その頃の福岡市の話をしたら若い人は本当にしないかも知れぬ。東中洲がほとんど中島の町一と通りだけあったので、あとは南瓜畑のズット向うに知事の官舎と測候所が並んでいて、その屋根の上に風見車がキリキリまわっているのが中島橋の上から見えたの、箱崎と博多の間は長い長い松原で、時々追い剝ぎが出ていたの、因幡町と土手の町の裏は一面の堀で、赤坂門や薬院門の切れ途を通ると蓮の花の香がむせ返るほどして、月夜には獺がまごまごしていたの、西中洲の公会堂のあたりが一面の萱原であったの、西公園に住む狐狸が人を化かしていたのと言ったら、三百年も昔のことと思われるかも知れない。第一、そんな風ではどこに町があったのかと尋ねる人が出て来るかも知れないが。しかし、それでも九州では熊本と長崎につぐ大都会だったので、田舎ばかりまわっていた吾輩は、かなりキョロキョロさせられたものであった。

吾輩はこの福岡市中を、父親の鼓に合わせて、心ゆくまで踊りまわって、心ゆくまで稼いだものであった。ところがさすがに福博は昔からドンタクの本場だけあって芸ごとのわかる人が多かったらしい。男親の鼓の調子にタタキ出される吾輩の踊りは、最初の約束通り全然エロ気分抜きの、すこぶる古典的なものであったが、かえってその方が見物を感心させたらしく、二十銭銀貨を一つや二つ貰わない日はなかったので、吾輩はトテモ得意になったものであった。生れて初めて稼ぐおもしろさを感じたように思った。

そのある日の午後であった。男親と吾輩とは福岡部の薬院方面から柳原へかけて一巡すると東中洲へ入り込んで、町裏の共進館という大きな建築の柵内へ入り込んで那珂川縁に並んでいる栴檀の樹の間の白い砂の上に茣蓙を敷いて午睡をした。これはこの頃夕方になると中洲券番のあたりへ人出が多いことがわかったので、夕方になってからそこを当て込んで一興業する準備の午寝であったが、ややしばらく睡っているうちに、あんまり蟻が喰いつくので眼を醒ましてみると川一面に眩しい西日の反射がアカアカとセンダンの樹の間を流れてワシワシ殿の声が空一パイに大浪を打っていた。男親を振りかえって見ると腐った蜊のような口を開いてガーとイビキを掻いている。

その時であった。どこからか

「チョットチョット」

という優しい女の声がしたのでムックリ起き上って、キョロキョロとそこいらを見まわしてみると、木柵の向うからはでな浴衣を着たアネサンが、吾輩の顔を見てニコニコ笑いながら手招きしているのであった。

吾輩はチョット面喰らった。コンナ美しいアネサンに知り合いはなかったから……。しかし元来人見知りをしたことのない吾輩は、すぐに茣蓙の上から立ち上って、チョコチョコ走りに柵のところへ来てみると、そのアネサンの連れらしい肥った旦那が、そこにあった石屋の石燈籠の陰に立って、やはりニコニコしているのが眼についた。

アネサンは近づいて行く吾輩を見るとイヨイヨ眼を細くした。

「アンタクサナー。チョット妾たちと一所に来なざらんナ。父さんも連れて……ナ……」

と言い言い吾輩におひねりを一つ渡した。それを柵の間から猿みたいに手を出して受け取りがけに触ってみると、十銭銀貨が三枚はいっている。吾輩はなぜそんなことをするのか意味はわからなかったが、しかし、そんな意味を問い返す必要はもうとうない金額であった。

吾輩は眼を丸くしながら男親のところへ飛んでいってゆり起した。そうして三十銭のおひねりを見せると、これも何だかわからないままねぼけ眼をこすりまわして、鼓と真蓙をかつぎ上げて、頬ペタの涎をぬぐいぬぐい大慌てに慌てて吾輩のあとからついて来た。立派な旦那とアネサンは、共進館前のカボチャ畠の間から町裏の狭い横路地に曲り込んで十間ばかり行ってからまた一つ左に曲ると券番の横の大きな待合の前に出た。そこは十坪ばかりの空地になっていたが田舎の麦打場のように平らかで周囲の家にはまだ明るいのにランプがギラギラついていた。その中を夕方の散歩らしい浴衣がけの男女がぞろぞろしていたが、遠くの方の横町には大勢の子供が

「燈籠燈籠灯ぼしやあれ灯ぼしやあれや。消えたな爺さん婆さん復旧いやあれ復旧いやあれやア」

と唄う声が流れていた。

その声に聞き惚れてボンヤリ突立っていると吾輩の振袖を男親が急に引っ張ったので、ビックリして振り返ってみると、その空地のまん中に今まで見たこともない四枚続きの青々とした花真蓙が敷いてある。男親はその一角にかしこまって鼓を構えている。その真正面に今の旦那とアネサンがバンコ（腰かけ）を据えて団扇を使っていたがアネサンは、赤い酸漿を赤い口から吐き出しながら旦那を振り返った。

「見よって見なざっせえ。上手だすばい」

旦那は二つ三つ鷹揚にうなずいた。見れば見るほど脂切った堂々たる旦那で、はだけた

胸の左右からまっ黒な刺青の雲が覗いているのが一層体格を立派に見せた。コンナ旦那は気に入るといくらでも金をくれるものである……と吾輩はすぐに思った。

男親がその時に特別誂えの頓狂な声を立て、

「イヤア……ホウーッ」

と鼓を打ち出した。吾輩は赤い鼻緒の下駄を脱いで青い茣蓙の上に飛び上ると、すぐに両袖を担いで三番叟を踏み出した。

旦那とアネサンが顔を見交してうなずき合った。

一六

茣蓙の周囲にはモウ黒山ではない白山のように浴衣がけの人だかりが出来ていた。その中でチラチラと動く団扇や扇が、そこいらの二階のランプを反射して眩しかった。そのまん中で大得意になった吾輩は、赤い鼻緒の痕のついた小さな白足袋を茣蓙一パイに踏みはだかって、色の褪めた振袖に夕風を孕ませながら舞いまわった。

「三番叟」が済んで一足飛びに「奴さん」に移ると見物の中で「ウーン」と感心する者が出来てきた。竹のバンコの上のアネサンも団扇の手を止めて旦那としきりに耳打ちしていたが、しまいには、それさえしなくなって二人ともバンコからズリ落ちるほど身を乗り出したまま動かなくなった。

そのうちに銀貨や、銅貨やその頃出来たての白銅の生々しい光の雨がバラバラと降り出した。それを見ると吾輩が踊りながらの相の手に、調子よく身体を曲げながら「オワリガトウ……ゴザイマス」をやったら見物が一斉にどよめいた。

それは、よかったがその見物の中から頓狂な声が飛び出して

「……ウーム……真実なこと言いよる。名古屋の方が大阪よりか遠か……」

と言うより早く皆ドッと笑い出したのにはギョッとさせられた。なるほど博多は油断のならないところだ。田舎とは違うというような感じをハッキリと受けたので、今一度ヒヤリとさせられた。

けれども、そんな連中も男親の唄が「雪はチラチラ」に移るとまたも「ウーム」と唸り出した。「おぼえとるおぼえとる」と言う者もあった。それから「棚の達磨さん」が済んで「活惚れ」が済んで「寝忘れた」「宮さん宮さん」「金毘羅フネフネ」とゴチャゴチャに続いて「踏み破る千山万岳のーウ、書生さんに惚れエてエー」と来た時には、さすがの吾輩も踊り疲れて汗ビッショリになった。そうするとバンコの姉さんが吾輩を招き寄せて、懐中から取り出した小さな兎の足で、吾輩の化粧崩れを直してくれたが、そのうちに

「ああ臭さ臭さ。あんた何日風呂いはいらんとナ」

と言ったので見物がまたもやドッと笑い崩れた。

「ホンニなあ。可哀そうに……」

と言う者もあった。

それを聞くと吾輩は心の底で大いに憤慨した。今まで踊ってきた元気が急に抜けてしま

ったような気持で、スゴスゴと茣蓙の上に戻ると何を感ずったのか竹バンコの上の刺青(いれずみ)の大旦那が、吾輩の足下に大きな一円銀貨をペタリと投げ出して、太いドラ声でわめいた。

「マットおもしろかとばやれエ」

吾輩は呆(あき)れた。一円銀貨なるものは見たことはあるがそれをもらおうなぞとは夢にも思わなかったので、その銀貨と旦那の顔を見比べながらボンヤリ突っ立っていたが、そのうちに、ゴソゴソと茣蓙の端からはい出して来た男親が、その一円銀貨を恭しく押し頂いた上に額をコスリつけてひれ伏した。黒痘痕(くろじゃんこ)だから表情はよくわからなかったが、感激の余りガタガタ震えていたようで、そのミジメな恰好(かっこう)といったらなかった。けれどもその態度があんまり真剣なので、見物が皆シンとさせられていたようであった。どこか隅の方で……一円……三斗俵一俵……とつぶやく声が聞えていたようにも思う。

そのうちに茣蓙の隅に退却した男親が、細引絡(から)げの鼓を取り上げながら、何を唄い出すかと思うと誰でも知っている「アネサン待ち待ち」であった。見物は皆アンマリ詰まらない物を出したので失望したらしく、ザワザワと動き出して帰る者も四、五人あったが、しかし吾輩は、その唄い出しを聞くと同時にハッとした。

なぜかと言うとこの「アネサンマチマチ」は巡査が絶対に来ない村でしかやらない一曲であった。つまりこのアネサンマチマチの一曲まではすこぶる平凡な振り付けに過ぎないので、普通の女の身ぶりで文句の通りのアテ振りをして、おしまいに蚊を追いながら、お尻(しり)をピシャリとたたくところでなるほどとうなずかせるというシンキ臭い段取りになっていたのであるが、しかしこれはその次に来る「アナタを待ち待ち蚊屋の外」の一曲のエロ気分を最高潮に引っ立てる前提としてのシンキ臭さにほかならなかったのだ。だから、お次の「アナタを待ち待ち」の文句にはいったら最後ドウニモこうにも誤魔化しの絶対に利かない言語道断のアテ振りを次から次にやらねばならない。そうしてそのドン詰めの「サチャエエ、コチャエエ」のところでドット笑わせて興業を終る趣好になっているので大方男親の手製の名振付だろうと思うがタッタこの一句だけの用心のために吾輩が、いつも俥屋のはくような小さな猿股をはかされているのを見てもその内容を推して知るべしであろう。恐らく吾輩が好かない踊りの中でも、これくらい不愉快を感ずる一曲はなかったのである。

しかし吾輩がいかに芸術的良心を高潮させてみたところが、一円銀貨の権威ばかりはドウすることもできなかった。今更に最初の約束が違うといっても追いつく沙汰ではなくなっていたので、泣く泣く男親の歌に合わせて「アネサンマチマチ」を踊ってしまって、ビクビクもので茣蓙の上にペッタリと横座りしながら「アナタを待ち待ち」に取りかかっていると、まだ蚊に喰われないうちに果せるかな、群集のうしろで

「コラッ」

という厳めしい声が聞えた。同時にガチャガチャというサーベルの音が聞えたので、吾輩はすぐに踊りを止めて立ち上った。群集と一所に声のする方向を振り返った。

一七

その頃の巡査は眉庇のばかに大きい、黄色い筋のまわった、提灯の底みたいな制帽を冠っていた。サーベルも今の佩剣の五倍ぐらいある、物々しいダンビラ式で、奉職するものは士族の成り下りが多いと聞いていたが、タッタ今、吾輩の踊りを大喝したのは、その士族の伜ぐらいの若い巡査であった。しかもわざと帽子を脱いで、佩剣の茄子環を押えて群衆のうしろから覗いていたものらしく、そのままの姿勢で満面に朱を注ぎながら靴のままツカツカと蓙の上に上って来たが、帽子を冠るとイキナリ、吾輩の襟首と男親の襟首を、両手でむずと引っ掴んだ。

「けしからん奴じゃ。内務省の御布告を知らんか。……拘留してくれるぞ」

と言うより引っ立てた。

男親はモウ鼓をダラリとブラ下げたまま土気色になって、死人のように横筋かいに伸びながらズルズルと引っ立てられた。吾輩も悪いことをしたと思ったので、悪びれもせずにうなだれたまま突立っていた。

巡査はそこでいよいよ得意になったらしい。そこらをグルリと睨みまわしながら蓙の外に二人を引き出して

「下駄をはけッ」

と怒鳴りつけて引っ立てようとしたが、その時にバンコの上の旦那がヤット立ち上って、

巡査の前にノッソリと立ち塞がった。

「エエ……旦那……」

と気取った声で言ったが、団扇を片手にニヤニヤ笑っているところを見ると巡査を物とも思っていないらしい。巡査はその態度に威圧されたように一足後に退りかけるとサーベルが足の間に引っかかったので、あぶなく尻餅をつきそうになった。それを吾輩の肩で支え止めながら慌てて
「何じゃ貴様はッ」

と怒鳴りかけたが、その拍子に立て直しかけた両足が、またもや自分のサーベルに引っからまって、今度は前の方へノメリそうになったので、群集が思わずゲラゲラと笑い出した。そこで巡査はイヨイヨまっ赤になって、モウ一度怒鳴り立てた。

「何ジャッ。貴様は本官の職務の執行を妨害するのかッ」

旦那はそうした巡査の昂奮を見ると、正反対に落ち付いた態度をとった。団扇を使い使い眼を細くした。

「イヤ。そげなわけじゃあがアせん。あっしゃア直方の大友と申すもので……」

といかにも心安そうに反りくり返った。ところがまたあいにくなことにこの巡査は他県の人間か何かで大友親分の名前を知らないらしかった。ビクともしないで大友親分の顔の前に自分の顔をつきつけて歯を剥き出した。

「それが何じゃッ。大友じゃろうがコドモじゃろうが、官憲の職務執行を妨害するチュウ

法があるかッ」

大友親分はこの巡査の頑固一点張りに驚いたらしい。団扇使いをやめて眼をパチクリさせた。そうして今度は態度を改めて、団扇をブラ下げると無恰好な不動の姿勢をとった。胸の刺青を取り繕いながら恭しく巡査に向って一礼した。

「そうおっしゃると一言もがアせん。しかしたかが町流れの乞食でがアすから……キット後来を戒めますから……」

「ナニ。何を言っちょる。後来は後来じゃ。本官は後来を咎めよるのじゃないぞッ。今の踊りを咎めよるんじゃぞッ」

「イヤ。そうおっしゃると……」

「言う必要はなかじゃないか。後来を戒めるのは官憲の仕事じゃ。アーン貴様に法律の執行権でもあるチュウのか」

「イヤ。その……」

「黙れッ。第一貴様はタッタ今までこやつどもの踊りを喜んで見とったじゃないか」

「ハイ……」

さすがの大友親分もピシャンコになって頭を垂れた。理の当然に行き詰まったらしい。そこでかえって親分らしく見えてきた。吾輩も子供心にこの巡査の六法全書式論法が、わけはわからないまま痛快に感じられたので、大きくなったら巡査になろうかしらんと思い思い傾聴していた。

「来い……」

と突然に巡査は言いながら男親の襟首を右手に移して小突き立てた。同時に襟首を放された吾輩はこれからどうなるかということが急に心配になり始めたので男親の袂にシッカリとすがりついてチョコチョコ走りして行った。

「フーン。慣れとると見えてナア。泣きもせんばいナアあの子供は……」

という声がその時に群集の中から聞えた。しかし吾輩は何だかタマラなく恥しくなったので振り返って見る勇気も出なかった。

中島の橋のマン中あたりまで来ると巡査が男親の襟首を離したので、吾輩は何かしらホッとした。そうしてヤットうしろを振り返ってみると櫛田の大銀杏の向うの青い青い山の蔭からマン丸いお月様がノッと出て、橋の上の吾輩と向き合っていた。その光りを見ると吾輩は妙に悲しくなった。

「モウ少し早くあのお月様が出てくれたらよかったのになあ。こんなことにならないですんだかも知れないのにナア」

というような理屈に合わないことを考えまわしながら、木橋の上をゴトンゴトンと小走りして父親の袂にすがりついて行った。

一八

その頃の福岡警察署は今の物産陳列所のところにあった。自動車小舎を大きくしたくらいの青ペンキ塗りの瓦葺きで、玄関の正面に、直径一尺くらいの金ピカの警察星がはめ込んであったが、その当時では福岡市内唯一のハイカラ建築で、田舎者が何人も何人も立ち止まって見上げているくらいであった。

男親と吾輩は、その玄関前の石段を追い上げられると、右手の留置所の前の訊問室の片隅にある木製のバンコ（腰掛け）に並んで腰かけさせられた。そうして立派な建築に似合わない見すぼらしい三分心のランプの下で、宿直の黒い髯を顔一パイに生やした巡査が立会いの下に、若い巡査から訊問されることになったが、男親は頭が膝の間に落ち込むほど恐縮した恰好をしながら、蚊の鳴くような小さな声で巡査の言葉が終らないうちにオドオドと返事をしていった。吾輩はまた吾輩で、窓越しに見える東中洲の芸者街の灯が、月を含んで青々となった那珂川の水にゆらめき流れるのを、夢のような気持で眺めながら、二人の問答を聞くともなく聞いていた。

「この児はお前の本当の子か」

「ヒエー。ワテエの女房が生みましたのや」

「つまりお前の子じゃな」

「さいや。ことし七つになります」

「チョットも似とらんじゃないか」

「ヒエー。もとはよう似とりましたのんやけど、ワテエの顔がコナイになりましてからというものアンジョ……」

「フーン。とにかく誘拐したものではないじゃろな」

「ヒエー。よう知りまへんけど七年前に夫婦になりますとアンジョ出来ましたのんや」

「ウーム。それはわかっとる。それはわかっとるが名は何というか」

「ヒエー。チイチイと申します」

「ナニ。チイチイ……」

「ヒエー。チイと申します」

「フム。一つだけなら一つだけ言え。二つ言う必要はない」

と巡査は睨みつけながら、指の先に唾液をつけて帳面の上をこすった。

「ヒエー。どうぞ御勘弁を……」

「……そこでと……そこでお前の原籍は……」

「ヒエー。ワテ知りまへんのえ」

「フム。知らん。それならば山窩か、それとも……」

「ヒエー。サンカたら存じまへんがな」

「山の中に寝る乞食かというのだ」

「ヒエー。そない処へ寝たことおまへんのえ」

「木賃宿に泊っとるのか」

「ヒエー。踏みたおいたこと一度もおまへんノエ」

「馬鹿、誰が踏みたおいたと言うたか、聞きもせんこと言うな」

「そやから山に寝たことおまへんノエ。どうぞ御勘弁を……」

「わからん奴だな。本官の訊いたことだけ返事せよと言うとるじゃないか。お前の名前は……」

「ヒエー、市川鯉次郎と申します」

「立派そうな名前だな。年は……」

「ヒエー。ワテよう知りまへんノエ」

「馬鹿。自分の年を知らんチュウのか」

「さいや……よう知りまへんけど若いうちに天然痘しましてエライ難儀な目見ましてナ。とうとコナイな商売になりましたがナ。その時が十七やたら十八やたらいいましたけどワテにはようわかりまへんね」

「ははあ。白痴じゃったのかお前は……」

「ヒエー。バクチじゃおまへんね。ホーソだんがナ」

「イヨイヨわからん奴だな。お前の両親は……」

「ヒエー。ワテの両親はどこジロアンジョしとるかも知れへんけどワテを放り棄ててアンジョにげよりました」

「フーン。生れながらの孤児じゃナ」

「いえ。腹からの乞食じゃおまへん。ホーソするまでは役者しておりました」

「ナニ役者。その面でか」

「さいや。ええ男だしたがな立女形で……」

「プッ。イヨイヨ白痴だな。……そこで前科はないか」

「ヒエー、そないなものおまへん、情婦は仰山いよりましたけんど、実のあるのは今の女房だけでやす。今患ろとりまして、吉塚の木賃に寝とりまんがな、わてヤ可哀そうで可哀そうで敵いまへんがナヘッヘッ……」

「馬鹿。泣いとるのか貴様は……」

「どうぞ御勘弁なさって下はりませや。女房子が……飢えて……死によりますよって……ヘッヘッ……ダ……旦那様ア……ア……」

と言ううちに男親は手離しでオイオイ泣き出した。吾輩も何かしら堪まらなくばかばかしいような涙ぐましいような気持になって、汗の乾いた身体をモゴモゴとさせながら水洟をすすり上げた。

すると最前から欠伸をしいしい横から様子を聞いていた髯巡査が上役らしく膝を抱え直しながら笑い出した。

「アハアハアハ。こりゃあイカンイカンオイ横寺巡査。手帳につけるのは止めた方がええ」

若い巡査は不平らしく帳面と鉛筆を下した。

「全体君は何でコンナ者を引っぱり込んで来たんか。アーン」

「ハイ。その子供が風俗壊乱の踊りを踊っておりましたので……」

「その女の児がか……」

「ハイ……」

一九

「フーム」と、
髯巡査は大きな欠伸をかみ殺しながら、改めて吾輩の振袖姿を見上げ見下した。そうしていい退屈凌ぎという風に、黒いアゴ髯を撫で上げて、帽子をツルリと阿弥陀にすると、モウ一度片膝をグッと抱え上げた。

「ウーム。風俗壊乱も程度によりけりじゃが、子供じゃから高が知れとるじゃろう。ドゲナ踊りをおどったんかこの児が……」

と髯の先で吾輩を指した。若い巡査は自分が訊問されるかのように固くなって、髯巡査の方に向き直った。

「ハイ。そのアネサンマチマチとかいうのをこの男親が唄い出しますので……」

「ハッハッ。そらあ普通の流行歌じゃなッか。本官もヨウ知っとる……蚊が喰うて痒いというだけのことじゃ。チョットも差支えない」

「ハイ。ところがその……ソノ……踊りがけしからぬ踊りで……」

と若い巡査はまたも激昂の気味で帳面と鉛筆を握り締めた。男親はイヨイヨ小さくなった。

「フーン。それはドゲナ踊りかな」

「ハイ。私には踊れません」

と言い言い若い巡査は、腰から大きな西洋手拭を出して汗をふいた。

「アハハ。君に踊れチュウのじゃない。言葉で説明してみたまえというのじゃ」

「ハイ。それがその……実に言語道断な踊りで……トテモ私には説明が……」

「アハハ。なるほど君は芸の方は不得手じゃったナ。ハッハッ。それならば論より証拠じゃ、オイ非人。貴様その娘の児をそこで踊らせてみい」

「ヒエー」

と男親はバンコに両手を突いて尻ゴミした。

「遠慮することはない。叱りもドウモせん。歌の文句だけでもええから唄うてみよ」

「ヒエー。どうぞ御勘弁を……」

と男親はモウ一度尻ゴミをしたが、その拍子にアブナクうしろへ引っくり返りそうになった。それを見ると吾輩は、おかしいよりも何よりも、男親の意気地のなさ加減がじれったくなってきた。同時に一文も銭を投げないまま無理な注文を出して威張りくさっている二人の巡査が妙に癪にさわってきた。警察でも何でも糞を喰らえという気持になったのはわれながら不思議であった。

しかしソンナことを知らない髯巡査はイヨイヨ調子に乗ったらしく、眼尻を垂らしてニタニタ笑い出した。

「ウム。勘弁してやるから踊らせてみい。その風俗壊乱踊りチュのをやらせてみい。……オイ娘の児オジサンの前で一つ踊ってみよ。ハハハ……踊ったら褒美をやるぞ」

「いやヤ……」

と吾輩は待ち構えていたように勢よくおかっぱさんを振った。

「フーン」

と髯巡査がおもしろそうに眼を光らした。

「踊らんと監獄へやるぞ」

「ワテ監獄に行きたい」

「……ナニ……」

「ワテ監獄に行きたい」

「フーン。何で監獄に行きたいんか。怖いところじゃぞ監獄は……」

「そんでも監獄へ行たらアネサンマチマチ踊らんでもええから」

「アハハ。こりゃナカナカおもしろい児じゃぞ。お前はそんなにアネサンマチマチが嫌いか」

「アイ。銭投げて貰うて踊る舞踊みな嫌いや」

「フーム。ナカナカ見識が高いナ、貴様は……銭貰うて礼言うのが嫌か」

「礼は言わんがな。洒落言うだけや」

「ナニ洒落を言う？」

男親が吾輩の振袖を引っぱった。しかし二人の巡査に睨まれて手を引っこめた。

「あい。オワリガトウゴザイマスというのや。ここから行くと名古屋の方が大阪より遠いという心や最前一円くれた人には言うのん忘れたけど……」

と言いさして吾輩は正面にいる若い巡査の顔を睨み上げた。

「ワッハッハッハッハッハッ」

と髯巡査が天井を向いて反りくり返った。若い巡査も顔をまっ赤にしてうつむいた。

「アッハッハッハッ。ワッハッハッハッ。こりゃ愉快な奴じゃ。銭くれた奴こそエエ面の皮じゃ。アッハッハッハッ。愉快じゃ愉快じゃ、オイ横寺。君はええものを引っぱり込んで来たぞ」

横寺巡査はいよいよ赤面して汗をふいた。すると髯巡査もすこし真面目に返りながら、吾輩の前に髯を突き出した。

「ウーム。しかしそれは子供にはチット出来過ぎた洒落じゃが、一体誰に習うたんか」

「父さんに習いました」

「この父さんにか」

「アイ。踊りも習いました。この父さんワテ好きや」

「ハハア母さんは嫌いか」

「よその人より好きやけど……」

と吾輩はSの字形に身体を曲げた。すこし涙ぐましくなりながら……。髯巡査はイヨイヨ顔を近づけた。吾輩の答弁ぶりに何か曰くがありそうなのに気づいたのであろう。

二〇

「フフム。なぜに父さんが好きで母さんが嫌いか。他所の子と反対じゃないか」

「あい。そんでも毎晩母さんが、父さんに勝ちよりますよって」

「コレ……」

と男親がたまりかねて吾輩を引き寄せようとした。それを髯巡査が一睨みして引き分けると、男親はまっ青になって震え出した。しかし吾輩は別に両親から口止めをされた記憶がないので、男親がコンナにふるえあがる理由がわからなかった。その様子を見て髯巡査はイヨイヨ眼を光らした。

「フーム。そんなに毎晩、夫婦喧嘩をするんか」

「アイ。イーエ、喧嘩やないけどバクチを打つのや」

「コレッ」

と男親がまたもタマリかねて近寄って来るのを髯巡査が、

「引っ込んどれッ」

と大喝して押し退けた。若い巡査はスワコソ一大事という風に、男親と吾輩との間に割り込んで腰をかけた。その横から髯巡査はイヨイヨ眼を光らして吾輩の顔を覗き込んだ。

「ハハア。バクチを打って父親が負けるのか」

「サイヤ。毎晩父さんが負けて銭取られるよってワテが母さんを負かいて皆取り戻いてやろと思ったけんど、この間から母さんが病気しよったけんで、可哀そうになって止めたんや」

「アハハハ。こりゃあイヨイヨ出でてイヨイヨ奇抜じゃ。お前はその強い母さんに勝つ見込みがあるのか」

「アイ。何でもアラヘンがな」

「フーム。これは物騒じゃよ。それじゃあお前もバクチをよほど打ったことがあるな」

「イイエ。バクチは嫌いやから打ったことないけど、勝つくらい何でもアラへん。札の裏から一枚一枚手役が見えるよって……」

というちに吾輩はだんだん勢い込んできた。髯巡査は面喰ったらしく顔を撫でまわした。

「ウワー。こらあイカン。この児は何か取り憑いとるぞ。ノウ横寺巡査……」

と言い言い眼をマン丸にした顔を吾輩にさし寄せた。

「ハイ」

と横寺巡査も顔を撫でまわしながら、気味悪そうに吾輩を振り返ったが吾輩はしかし臆面もなく言い張った。

「何も憑いとらヘンがな。札持って来てみなはれ。皆当ててみせるがな」

三人が三人ともシインとなって、吾輩の顔を見守り初めた。吾輩も何で三人がソンナに驚くのかわからないままマチマチと三人の顔を見まわした。

その時に表の玄関の方向で突然に甲走った女の声がした。と同時に下駄と靴の音がガタガタと石段を上って来たと思うと、最前の美しいアネサンと大きな風呂敷包みを抱えた小使らしい男が板張りの上へ案内なしに上り込んで来て大きな音を立てた。

「アラッ。どこい行たもんじゃろかい。あッ。此室いおんなざった。小使さん小使さん、チョトその風呂敷包みを此室に持って来ちゃんなざい。ああ暑つ暑つ。それからその署長さんの手紙は荒巻部長さんにイ上げちゃんなざい。……まあ……荒巻さんならチョウドよかった。御免なざっせえ、ああ暑つ暑つ」

とアネサンは独りでペチャクチャしゃべりたてながら、遠慮会釈なく吾輩が腰をかけているバンコの端にペタリと腰をかけた。鼻紙で汗を抑え抑え小さな扇を使った。

荒巻部長というのは髯巡査のことであったが、小使が持って来た茶色の封筒を受取るとチョッと押し戴いた。帽子を冠り直して、威厳を正しながら読み終ったが、その眼を美しいアネサンの顔に移すと急にニタニタした笑い顔になった。

「フーン。直方の大友親分チュウのは、お主の旦那じゃったんか」

アネサンはイキナリ扇を振り上げて髯巡査をタタク真似をした。そうして髯巡査が首を縮めた拍子に、お尻を持ち上げて横寺巡査の椅子に乗りかえた。

「まあ。嫌らっさなあ荒巻さんチュウタラ。アタシャそげなこと調べられェ来たとじゃござっせん」

「ホホオ。そんなら何しに来た」

「そこに書いてありまっしょうが。わたしゃ読みとりまっせんばって……」

「ウム。その児は評判の孝行者にて、親を養わむがために犯したる微罪に相違なき旨、県会議員大友氏より内訴あり。穏便の処置を頼むと書いてある」

「そらあ懲役にやるなチュウことだっしょ」

「ウム。その通りじゃ。よう知っとる」

「それでわたしゃあ、その児ば貰い来ましたとたい。あなた立ち会うてやんなサッセエヤ」

二一

美しいアネサンの黄色い声で、場面がスッカリ急転してしまった。せっかく吾輩が花札の神技を見せてやろうと思っていた二人の警官と、吾輩の男親の視線は一斉に、吾輩を連れて行くという美しいアネサンの、ツンとした鼻の頭に集中した。そのアネサンの白いヒラキをかけた水々しい銀杏返しが何かしら物々しいものに見えた。

「ウーム。そうするとお前はこの児を引き取って育てようというんか」

と髯巡査はモウ一度髯を逆撫でにして乗り出した。

アネサンは無造作にうなずいたその鼻の頭のところで、青い絹扇を使いながら、いよいよツンと反りかえった。

「まあ聞いちゃってんなざい。こげな仔細だすたい、この頃この子供の踊りがあなたア、博多中の大評判だっしょうが」

「フーム。そうかなあ。おりゃあ知らざったぞ」

「イヤラッサナア。知んなざれんと。中券の芸妓でもアレだけ踊り切る者なあなかちゅうて、言いよりますっちゃが」

「ハハア。なるほど。そこでお前が憤慨したちゅうわけか」

「フンガイか何か知りまっせんばって、わたしも中券のトンボだす。道ばたの非人と……アラ御免なざっせなあ……こげな子供と競り合おうたあ思いまっせんじゃったけんなあ……ハハハハ……、よかくらい聞いとりましたところがあなた、チョウド一昨日の仏様迎えの晩だすたい。相券の蝶々さんとお座敷で会いましたりや、その話の出とりますったい。蝶々さんがあなた、アノ大きな眼んクリ玉ばマン丸うないて、まあ一遍あの子供の踊りば見てんなざい。あたしゃ大浜のお恵比寿様のお鳥居の下で踊りよるとば見て気色の悪うなった。トテモ大人にゃあでけんと思うて感心しとったりゃあ、荷の腐るとも構まんな立ち止まって見とった魚市場の兄哥から『ドウナ姐たん。アンタたちよか上手ばい』て言われて、返事のでけんなりい赤恥かいて逃げて来た。それからあの子供ばあんなりい棄てとくたあ惜しかちゅうて、車引きさんに頼んで昨日一日探させたばってんどこさい行たかわからじゃった。アンタも一ペン見てんなざい。地唄も上方仕込みで口切れのよかばってん。踊りィ合うちゃ勝ち切らん。福岡博多であが程おどり切る者なあチョットおるめえやチュウ話だっしょうが」

「フーン。そんなに踊りが上手なんかお前は……」

髯巡査は眼を丸くして振り返った。吾輩も臆面もなくうなずいた。皆唖然となった。

「そげな風だっしょうが、気色のよかの何のって……。生れつき爪外れの揃うとるとだすやなあ」

「そらあ、そのはずじゃ。役者の子じゃから……」

「アラ。それがくさ……それが違うとりますっちゃが」

とトンボ姐さんは髯面を扇であおぎ退けた。

「この子供はあなた、拾い児で、どこの者やらわからんとだすが」

「ふうん。その通りか。コラッ」

と髯巡査は男親を睨みつけた。男親は一縮みになってしまった。その男親の頭と、髯巡査の顔の間にトンボ姐さんは扇を突き込んで話を引き取った。

「チョット待っとっちゃんなざい荒巻さん。この子の親元があんまり詳しゅうわかるとわたしが困りまっしょうが。察しの悪かなああなたア……」

「フーン、なるほどなるほど」

と髯巡査は急に思い出したように苦笑いしいしい頭を掻いた。若い巡査と吾輩の男親は不思議な顔をして眼をパチパチさせた。しかしトンボ姐さんは構わずに話を進行させた。

「まあ聞いてやってんなざい。こげなわけだすたい」

「ウンウン」

と髯巡査はテレ隠しらしく顔を撫でまわして身体を乗り出した。

「あたしゃ蝶々姐さんからその話ば聞いて、あんまり不思議だすけん、昨日から心探ししよりましたとたい。幇間（ほうかん）の淀八さんば大将にして、男衆やら、俥引（くるまひ）きさんやら三、四人頼うでそこここ探させてみましたったい」

「ふうむ。何でソンナに熱心に探したんか」

「そらあ……その……何だすたい」

と今度はトンボ姐さんがチョット鼻白んだ。

「それがチョット言われんわけのありますったい」

二二

「言われんチュウてもおれならよかろうもん」

と荒巻部長は大人物らしく反りかえって髯をしごいだ。その顔をマジリマジリと見ていたトンボ姐さんは、やがていかにも真剣らしく顔をさし寄せて声を落した。

「人い言いなざんなや」

「うん言わん」

「言うたにゃ大事件（おおごと）いなりますばい」

「ウン言わん言わん」

「こげんだすたい」

とトンボ姐さんはまた一段声を落した。

「……これだけ評判になっとる子供ばチョット相券に取られてみなざっせえ。中券の恥いなりまっしょうがあなた。蝶々さんにゃすまんばってんが」

「フーン。なるほどなあ、この頃中券は何かにつけて相券と競争しよるからナ。ウンウン」

「その子供をばドウしても相券より先い見つけて、上方いのぼせてひとかどのお師匠さん株いしょ、中券に置いとかにゃならんチュウて、意地いなっとりますったい」

「ふうん。まあだこの児の踊りをば、お前が見もせぬうちにか……」

「そらああなた。相券の蝶々さんが魂消ったて言いなさりゃあ、折紙のついたようなもんだすけんなあ」

「ううむ。えらいもんじゃなあ。そこでその後ろ立てに大友がついたチュウわけか」

「それがだすたい。まあ聞いてやってんなざい」

中券のトンボ姐さんが、これから手よう眼ようをして話し出した事実は、何だか妙に理屈っぽくて子供の耳にははいりかねたが、何しろ自分の一大事と思って一生懸命で聞き分けたところによると、このトンボ姐さんというのはかなり勝気の気短かもので、昨日から吾輩を探し出すべく、かなりヤキモキと慌てまわったものらしい。何でもカンでも相券の先を越しておきさえすればいいというので、昨日の朝から八方へ人を出して雲をつかむような人探しをさせながら、一方の金の工面を考え考え待ち構えているところに、探しにやった連中のうちの二、三人がいいことを聞き出して来た。何でもその踊りの上手な子供は出来町の方から毎日出て来るらしいという噂をきょうの正午前に飯喰いかたがた報告して来たのであった。

そこで今度はこの出来町の木賃宿を一軒一軒調べさせると果して、その子供の女親というのが、出来町名物の楠の木の下の木賃宿に寝ていることがわかったので、そんな談判に慣れた遊び人の何とかいう男をやって、その児の引き取り方を掛け合わせると、その女親はナカナカ強硬で、容易に承知しなかったが、その何とかいう男は前もって、その児が現在の両親の子でないらしい噂を聞き込んでいた。しかもどこかで誘拐したものらしく、毎日ヒドイ目にあわしていることがチャントわかっていたので、そこを突込んで威かしてゆくと女親も身体の不自由な折柄とて閉口したらしく結局八十円で話がついた。今のところでは柳町で最極上の花魁の相場が五百円で行き止まりの世の中だから、八十円という相場はかなり張った相場であったが、急ぐ話だったからそこで見切りをつけて、手付をいくらかやって木賃宿の亭主を保証に立たしてきた。

しかしまだカンジンの玉と男親が、どこをウロついているか見当がつかなかったので、明日の朝早く引取りに来る約束をして来たのであったが、とにかくそれでまず一安心をしたトンボ姐さんが、大友親分と連れ立って新築劇場の敷地を見に行ったついでに、共進館の前を通ると、運よく目的の親子の乞食が川縁の栴檀の根方に昼寝しているのを見つけたので、早速券番の前に連れて来て踊らせて感心しながら見ていると横寺巡査が飛び出して来て、風俗壊乱のかどでここへ引っぱって来た。そこで大友親分が署長さんのところへ二人引きで駈けつけて談判をする。一方にトンボ姐さんはとりあえず着物の算段をして、あとから署長さんのところへ押しかけたので署長さんも気持ようこの手紙を書いてくれた。

そこでその手紙を持って署長さんの家の男衆とトンボ姐さんとが待たせてあった二台の人力車に乗って汗ダクダクでここへ来たわけであるが、何しろこの児のためではあるし、この児を拾ったのは女親で、男親さんは後から一所になんなざったチュウことじゃけん、可愛かろうがどうぞ承知してもらいたい。あなたには別に、女親さんに内密で手切金を二十円上げる。女親さんの手付の受取証文はここにある。話がきまれば、すぐ女親の方へ人をやって話をつけさせる。この児は裏の川縁で小使さんの盥ば借りて行水させて持って来た着物ば着せて、今夜からわたしが抱いて寝てやる。あなたたち夫婦もどこか別府あたりで小間物店でも出いて暮らしゃあ、その方が気楽でよかろう。大友親分のいうことをば聞いときゃあ悪いことあなか。すみまっせんばってん承知してやんなざい。荒巻部長さんも署長さんの代りい立ち会うてやんなざい……といったようなわけで、トンボ姐さんは一息にまくし立てると、またも暑い暑いと言って扇つかいを初めるのであった。

二三

荒巻巡査部長は腕を組みながらトンボ姐さんの雄弁を傾聴していた。しまいにはシッカリと眼を閉じて、気味の悪いほど恐ろしい顔をしい、時々思い出したように髯をしごいて思案をしているらしかったが、トンボ姐さんの話が終ると、やっと思案がきまったらしく、おもむろにうなずいた。そうしてしずかに眼を開くと、今までとは打って変った威厳のある態度で両手をチャンと両膝の上に置いてトンボ姐さんを見下した。

「……ウーム。いかにも。お前の言うことはようわかった」

「ありがとうございます」

とトンボ姐さんは慌てて頭を下げた。荒巻巡査はそれを押し止めた。

「まあ待て。礼を言うのはまだ早い。まだおれの合点のゆかんことがタッター つある」

「ヘエ」

とトンボ姐さんは急に暗い顔になって髯巡査を見上げた。髯巡査はその顔を半眼に見下して咳払いを一つした。

「ほかでもないのじゃ。お前がこの児を引き取るのはまあええとして、もしこの後に、この児の本当の親が出て来た時には、文句なしにこの児を引き渡すかどうか」

トンボ姐さんの顔がまた急に明るくなった。髯巡査の前に逆立ちするほど頭を下げた。

「ヘエー。そらあ渡しまっせにゃあこて。大友さんも人い知られた顔だす。わたしも中券のトンボだす」

「おれが転任しても、その言葉に間違いはあるまいな」

トンボ姐さんの顔がまたサッと緊張した。見る見るまっ青になって、眼をキリキリと釣り上げながら、髯巡査を睨み返した様子の恐ろしかったこと……眥に涙がニジンでいるようにも見えた。そうして唇をブルブルと震わしながら言った。

「……ヘエエ……あたしゃドウデが芸者だす。お客ば欺すとが商売だす。……ばってんが……バッテンガ巡査さんば欺さにゃならんようなお粗末なことをばしたことあー一ペンもございまっせん」

と言い切って唇をキリキリとかんだ。

荒巻巡査は、しかし返事をしなかった。依然として緊張した表情を、そのまま男親の方に向けると重々しい口調で命令した。

「お前はこの児を女に渡せ。直方の大友親分が引き取るのじゃ。文句はなかろう」

「ヒエー」

と男親は一縮みになった。その拍子にズルズルと腰掛の端からズリ落ちてベタリと坐り込むと塵埃だらけの板張りに両手を突いてヘタバッタ。しかし髯巡査は、眼じろぎもせずに言葉を続けた。

「お前たち夫婦は元来野合の夫婦じゃろう。のみならずこの児は、どこからか誘拐して来たのじゃから、正式に咎め立てすれば誘拐罪が成立して、お前たちは懲役に行かんけりゃあならんのじゃぞ。ええかわかったか。……のみならず、お前たちは旅から旅へ流れ歩く者じゃから、お前たちにこの児を渡しておくと、いつ本当の両親に会えるかわからん。そんな機会はまずないと言うてもええのじゃ。しかるにこの女に渡してさえおけば、この児はキット名が高うなる。そうすればいつかは両親にめぐり会う機会が出来るというものじゃ。ええかお前たちもこげな小さい子供ば残酷い目にあわせて、ワイセツな尻振り踊りをおどらせて、道ばたで非人するような苦労をせずとも、何か小さい商売を初めて、気楽な身体になった方がええではないか。な……そこを考えておれが立ち会うてやるのじゃ。どうじゃわかったかええ……コラ。わかったかというのじゃ。返事をせんか」

「ホンニイすみまっせんばって……」

とトンボ姐さんも半分ばかり顔色を和らげながら言葉を添えた。

二四

吾輩は少々癪にさわってきた。お金の力と警察の力で無理やりに吾輩を今の両親から奪い取ろうとしている髯巡査とトンボ姐さんの目論見が子供心にもハッキリとわかったように思ったので、どうしてくれようかと思いながら、キッカケがないので黙って見ていると男親の方はモウ髯巡査の説諭にスッカリ叩きつけられてしまったらしく顔を上げる力もなくなったかして泥だらけの板張りの上にヘバリついてしまってメソメソ泣いては水洟をすすりあげ、すすりあげては涙をこすりつけていたが、あんまりいつまでも返事をしないのでトンボ姐さんがじれったくなったと見えて、髯巡査にチカット眼くばせをすると、帯の間から、用意して来たものらしい紙包みを取り出して、ひれ伏している男親の手の甲に載せた。

「それならドウゾ。承知してやんなさいなあ」

と念を押すように言い言い元の椅子に返った。

すると男親はドウヤラ泣き止んだらしく、女のように袖口で両眼をコスリコスリ金の包みを取り上げて額に当てて押し戴こうとしたが、かの時遅くこの時早く我慢し切れなくなった吾輩は横寺巡査の前をチョロチョロと走ってその金の包みを男親の掌から取り上げるとすぐにトンボ姐さんの膝の上に投げ返した。

二人の巡査と姐さんはもちろんのこと、男親も口をあんぐりと開いて、包みを押し戴いた恰好のまま吾輩の額を見上げた。

その中で吾輩はピッタリと男親に寄り添うて肩に両手を廻した。

「ワテエ。アネサンのところへ行くのは嫌や。父さんと一所にいるがええ」

四人の大人はイヨイヨ唖然となった。髯巡査はモウ一度物々しく腕を組み直した。

トンボ姐さんの眼に涙が一パイ溜った。それを鼻紙で押えるとイキナリ吾輩の傍へ走り寄って背中を撫でた。

「ホンになあ。こげな親孝行な児ばなあ」

とトンボ姐さんは水洟をすすり上げたが、またもや髯巡査と顔を合わせると二つ三つうなずいて、唾をグッとのみ込みながら鼻の詰まった声で吾輩に言い聞かせた。

「あのなあ。ようとききなざいや、あんたの父さんと母さんな、ほかの所い居んなざるとばい。あんたの帰って来なざるとば待ち焦れとんなざるとばい。そのホンナ父さんと母さ

ん の所へあたしが連れて行って上げるとじゃけんな……あたしが言うことば聞きなざいや」

「ワテエ。父さんも母さんもモウいらん。この父さんと母さんと、二ア人だけでモウ結構や……」

トンボ姐さんの眼に泪がまたも一パイになった。

「ふうん。なあ。どうしたまあ親思いの……」

と言いさしたが、その泪を拭い拭い髯巡査の顔を見上げると、絶体絶命の恰好で吾輩の前に顔をさし寄せた。

「あのなあ。この姐さんナア、ホンなこと言いよりますとばい。あんたがなあ。あたしの所へ来なざりゃあナア。毎日たたかれも蹴られもせん……」

「蹴られてもええ。踊りおどるのが好きや」

「踊りゃイクラでも踊られるけん……」

「この父さんの歌でのうて踊るのは嫌や」

「……まあ……どうしたわからん人じゃろうかいなあ。この父さんは、これから毎日あんたの所へ来なざるとばい」

「嘘や。父さんと母さんは、お金を貰うたら、ワテエを棄ててどこかへ去んでしまうのや」

「まあ。どうしたまあ物のわかった……わからん人じゃろうカイナア……それならチョット見てんなざい。こげな美しい着物ば毎日着せて上げるとばい」

と言いながらトンボ姐さんは、手早く傍の風呂敷包みを解いた。その中の折り畳んだ新聞紙の下から、今まで見たこともないような美しい振袖と、端の方に金筋のはいった赤いシゴキ帯と鈴のはいったカッポレ（表付塗下駄）を出して吾輩の鼻の先にブラ下げて見せながら、最前大友親分にして見せたような笑い顔をニッコリとして見せた。

吾輩はイヨイヨ腹が立ってきた。今まで担がせられた荷物でさえ重たくてたまらないのにこの上に着物が殖えてたまるものか。大人というものはどうしてコンナに聞き分けのないものだろう……どうぞ来て下さいと手を下げて頼めば、何もくれなくとも踊りに行ってやるのに……と思いながら返事もせずに男親の肩にすがりついていると、今度は髯巡査が、大きな目をむいて吾輩を睨みつけた。

「コラ。いうことをきかんと懲役にやるぞ」

しかし吾輩はチットも恐くなかった。子供ながらこっちの方が正しいと思っていたから平気の平左であった。

「懲役に行ってもええ。父さんと母さんと一所ならどこへでも行く。これワテエの父さんや」

と男親の背中越しに首ッ玉へカジリついた。

ところが吾輩がこう言うと間もなく室中に不思議な現象が起った。

髯巡査の目から涙がポロポロ流れ出した。ちょうど棕梠箒に小便を放りかけたように……

…。トンボ姐さんの目がまっ赤になった。首を切り落される魚のように……。男親が四ツンばいになったまま身体をゆすり上げゆすり上げして、エヘッエヘッと区別りをつけて泣き出した。この頃毎日見る汽罐車の止まりがけのように……。その中央に坐った横寺巡査が両方の二の腕で涙をなぎ払いなぎ払いし初めた。
吾輩はおかしいのを我慢しながらニコニコと見まわしていた。

二五

吾輩は四人の大人が代る代るシャクリ上げては涙を拭き拭きしているのをおもしろそうに見まわしていたが、あんまりいつまでも泣き止まないのでじれったくなってきた。その上にお臍のまわりから背骨のところへかけてグルグルという物音が廻転し初めて、急にお腹が空いてきたので男親の耳へソットロを寄せて
「帰らんけえ」
とささやいた。
吾輩がそう言うと男親はピッタリと泣き止んだがジット考え込んだままナカナカ起ち上ろうとしなかった。これは多分、木賃宿に寝ている女親のことを思い出したので、あんまり遅くなったからといって叱られはしまいかと心配しているらしかったが、これは吾輩も同感であった。都合によってはこのまま男親と一所にどこかへ逃げて行ってもいいと考えながら、男親の首すじへアゴを載せていると、そのうちにやっと、トンボ姐さんが泣き止

んで口を利き出した。

「アーア。泣かせられた。こげな親孝行な子供あなか。一夜添うても妻は妻ばいなあ」

「馬鹿」

と髯巡査が姐さんを睨みつけた。

「それとコレとはわけが違うぞ」

トンボ姐さんの顔が泣き笑いに変った。

「おんなじことだすたいあなたア、一と晩抱かれても親は親だっしょうもん。おかげでわたしア自分の親不孝まで思い出させられた。両親の言うことをばきかんナ芸者になったりして……あアあア。芸者ば止めとうなったあたしゃア」

「勝手に止めて帰るがええ」

髯巡査はイヨイヨ不機嫌な顔になった。

「その両親がモウ死んどりますったい。アハハハハハ」

「……コ……この馬鹿めえ……親が死んだチュテ笑う奴があるか。よくよく親不孝な奴じゃなあ貴様ア……ええコレ……」

と髯巡査がつかみかからんばかりに身体を乗り出した。その見幕を見るとトンボ姐さんはビックリして身を退きながら、急に笑い顔を呑み込もうとして眼を白黒さした。

「あたしが悪うござんした。親孝行には勝たれません」

「勝たれんのが当り前じゃア、親不孝作りが商売じゃもの……」

と言い言い髯巡査はヤット自分の椅子に落ちついた。その顔をジロリと横目で見い見いトンボ姐さんは、ヤケに襟を突越した。唾液をグッとのみ込みながらキッパリとうなずいた。

「何でもよございます。こうなりゃわたしも中券のトンボだす。意地でもこの児ば両親込みに引き受けて匿まいます。二度と非人ナアさせまっせん。大友さんにゃわたしから承知させます」

「ウムッ。よしっ……」

と髯巡査が突然に大きな声を出したので、皆ビックリしてその顔を見た。その中で髯巡査は皆にわかるように幾度も幾度もうなずいて見せながら眼を光らして一同を見まわした。

「ヨシッ。それで話の筋が通るようになった。おれも立ち会うて大友君を説き伏せてやる」

「ありがとうございます。ホンニすみまっせん」

髯巡査はまたもうなずきうなずき威儀を正して男親を振り返った。

「わかったか」

「ヒエー。わかり……ました」

「ウム。よしよし、それならば、モウ用はない。このことを帰って女親によう話せよ。そうしてこちらから誰か行くまでどこへも出ずに待っておれ。違背すると承知せんぞ」

「ヒエー。わかり……ました」

「これというのもこの児の親孝心のおかげじゃ。これから決してこの児を粗末にすることはならんぞ」

「ヒエー」

「女親にもヨク言うて聞かせよ」

「……か……かしこまり……ました。ヒエーヒエー……」

「よし。わかったならモウ晩いから帰れ」

「チョット待っちゃんなざい」

とトンボ姐さんが白い手をあげて制し止めた。そうして御飯でも喰わせるのかと思ったらコンナことを言い出した。

「チョット待っちゃんなざいや。着物の寸法ば合わせてみるけん」

二六

気の早いトンボ姐さんは、吾輩をモウ自分の抱え妓にしたかのように思い込んでしまったらしい。躾のかかった振袖と帯を取り上げて左腕に引っかけながら、チョコチョコと吾輩の傍へ寄って来た。そうして男親の背中にもたれている吾輩をなれなれしく引き起して、赤い振袖に両手を通させて、これ見よがしにタメツすがめつし初めた。

「まあ。ちょうどよかたい、立派な別嬪さんばい。なあ荒巻さん」

「うむ。行く末が案じられる」

「いらんことば言いなざんな。この児はなんでもわかるとじゃが」

「ハハハハ。この姐さんがごとなりさいせにゃよか」

「なりまっせん……。あたしゃ親孝行者だすけん、トンボ姐さんた違いますッテ言いなざい……。ばってんがチョット身幅の狭かごとある。チョット帯ば解いてんなざい」

「おい横寺君。ソッチから帯を解いてやり給え」

「イイエ。ようござんす。わたしが……アラすみません」

と言ううちに二人がかりで吾輩を丸裸体にしてしまった。

「アラ。この人あ出臍ばい。嫌らっさなあ」

「アハハ。それくらいなら治るもんじゃよ」

「そうだっしょうか……そうしてアナタア猿股ば何ごとはいとんなざるとナ。こげな穢なか猿股をば……」

とトンボ姐さんは不審そうに吾輩に問うた。ところが吾輩も実は猿股をはかせられている理由をこの時までは知らなかったので、至極単純におかっぱ頭を振った。

「ワテエ知らん」

トンボ姐さんはチョット妙な顔をして吾輩を見上げた。そうして手早く爪の先で猿股の紐を引いてスッポリと下に落したが、

「アラッ」

と言ったなりにヒンガラ眼をしてまっ青になってしまった。ちょうど吾輩の出臍のとこ

ろに喰いつきそうな顔で気味が悪くなったくらいであった。それと同時に吾輩の足下に坐っていた男親がゴソゴソと縮まって、頸を抱え込みながらブルブルと震え出したので吾輩はイヨイヨ不思議な気持になった。

「何じゃ何じゃ、どうしたんか」

と髯巡査がトンボ姐さんの銀杏髷越しに覗き込んだ。それに釣り込まれて横寺巡査も、吾輩のうしろから、さし覗いたが、二人とも同時に腰かけの上にドタンと尻餅を突いて引っくり返らんばかりに噴きだした。

「ワッハハッハッハッハッハッ」

「ウワアッハッハッハッハッ」

それは文字通りに笑いの大爆発であった。二人とも靴で床板をガタンガタンと踏み鳴らして笑いコケた。制服の手前も何も忘れて、胸を叩いて、横腹を押えまわって、涙と汗を拭いもあえず右に左に身体を捻じりまわったが、しまいには眼が眩みそうになったらしく、横寺巡査は慌てて立ち上って、室の隅のテーブルに逃げて行こうとした拍子に、またも自分の佩剣に引っかかって、物の見事にモンドリ打って、髯巡査の前に引っくり返った。そのまま机にはいついて、尻を押え押え笑いこけた。それがおかしかったので吾輩もついゲラゲラと笑い出した。ビックリして顔を上げた男親も思わずブーと吹き出してしまったので、トウトウ室中がクンクンゲラゲラアハハハハという笑い声だらけになってしまった。

しかしその中でトンボ姐さんはタッタ一人笑わなかった。振袖を床の上に取り落したまま白い眼をギョロギョロさして、吾輩の顔と股倉とを何度も何度も見上げ見下していたが、やがて幽霊にでも出会ったかのように血の気のない唇をワナワナと動かした。そうして独り言のように気の抜けた声で問うた。

「あなたア男だすな？　モシ……」

「ワテエ知らん」

と吾輩は笑い止めて答えた。あんまりトンボ姐さんの態度が真剣だったので……。

しかし吾輩の返事を聞くと荒巻髯巡査もトウトウ我慢ができなくなったらしく、帽子を落っことして、禿頭（はげあたま）を丸出しにしながら、テーブルのところへ逃げて行った。横寺巡査と差し向いに板の平面にはいすがって、テーブルの奪い合いを始めた。

それをジッと睨みまわしたトンボ姐さんは、これも泥だらけの床の上にはいついて笑っている男親の背中にチョット眼を配ると、またも吾輩の顔を見つめた。額のまん中に青すじを立てて唇をギリギリとかんだ。

吾輩も指をくわえたまま、その顔をジッと見上げていた。

二七

そのうちに丸裸体のまま吾輩は少々寒くなった。元来みんながなぜこんなに笑いころげるのか、そうしてトンボ姐さんがなぜこんな怖い顔をするのか、チットモ見当がつかなかったので、キョロキョロと室の中を見まわしながら、早く着物を着せてくれるといいと思っていると、そのうちにトンボ姐さんがヤットおびえたような声を出した。

「あなたあホンナことい、自分で、男か女か知んなざれんと？」

吾輩はモウ一度無造作にうなずいた。

「知らん。そやけどドッチでもええ」

トンボ姐さんはいよいよ我慢し切れなくなったという見得で、だしぬけに金切声を立てて吾輩にシガミついた。

「どっちでもええチュウがありますかいな。歯掻いタラシ気なかこの人ア。大概知れたもんたい。セッカク人が足掻き手掻きして福岡一番の芸妓い成いてやろうとしよるとい……」

「芸妓さんは嫌いや。非人がええ」

「太平楽ば言いなざんな。芸者いどうしてなられますな。こげな物ば持っとって……こらあ何な……」

「チンコじゃがな」

「こげなもんをば何ごと持っとんなざるな。ばからしげなか」

「モトから持っとるがナ」

「そらあわかっとります。後から拾い出いたもんなあおりまっせん。バッテンが持っとるなら持っとるごとナシ早よう出しんしゃらんな。フウタラヌルカ……」

「アホラシイ姐さんや。早よう出せててここで小便されるかいな」

「小便も小便。大小便じゃないな。見てんなざい。何もかんもワヤいなってしもうて……」

「まだ小便しとらへン。これから小便するのや。最前から辛棒しとったんや……」

「……知らんッ……」

とトンボ姐さんは吾輩を突き離した。床の上に落ちた美しい振袖と帯を拾ってツンケンしいしい椅子に帰ったが、まだ腹が立っているらしく吾輩を睨んでいる。

「……モ……モウ……堪えてくれい。カンニンしてくれい」

「ああ。死ぬ死ぬ。アハ……アハ……モウいかん……」

と言う二人の巡査の声が同時にテーブルの上から聞えた。トンボ姐さんは恨めしそうに唇をかんでその方を振り返ったが
「喧嘩過ぎての棒千切りてこの事たい。ホンナことオ……」

と吾輩を睨みつけながら言った。しかし吾輩は別段睨まれるオボエがなかったから、指をくわえたまま睨み返してやった。その吾輩の足もとヘトンボ姐さんはチリメンの着物を包みごと投げつけた。

「持って行きなんせえ」

「いらん」

と吾輩は下駄で蹴かえした。包みの中でカッポレの鈴がチロチロと鳴った。

「まあまあそう腹立くな」

と髯巡査が言い言い席に帰って来た。横寺巡査の西洋手拭で顔を撫でまわして、無理に真面目な顔を作りながら……

「男の児なら男の児で話のしようがあるじゃないか。これほどの孝行者じゃから、大友君に話したら何とかしてくれるじゃろう……アハ……アハ……」

「あなた話いてやんなざっせえ」

とトンボ姐さんは投げ返すように言った。

「コゲエナ恥掻いたことあなか。両親も両親たい。往還バタで拾うた男の児ば知らん振りして芸者い売ろうとして……詐欺だっしょうもん、こらあ」

「ヨシヨシ。おれが知っとる。コラ非人。貴様たちはモウ帰れ。そうしてこちらから通知するまで木賃で待っとれ」

「ヒエッ。かしこまり……ました」

というちに男親は、トンボ姐さんが投げ棄てた包みを慌てて拾って、結び目を締直したがその素早やかったこと……。その隙に吾輩は丸裸のまま警察の裏手へ駆け出して、石垣の上から立小便をし始めたが、二人の巡査は叱りもドウもしなかった。

二八

吾輩が警察の中で立小便をしたのはこの時が皮切りであった。

ところがその小便が、最前から我慢していたせいかいつまでもいつまでも出る。そのうちに夜の河風に吹かれてだんだん寒くなりながらも河向うにさして来る汐が最前よりも倍も倍も高くなって、東中洲の灯がイョイョ美しく行列を立てて、吾輩が放り出す小便の下まで流れ漂って来る……その美しさ。吾輩は身ぶるいしいしいそれを眺めながら、自分の身の行く末がドウなって行くのか考えてみた。そうして何が何だかわからないまま「明日はどこに居るだろう、おもしろいなあ」と思い思いい心持ちになって、もう一つ二つ身ぶるいをしていると、そのうちに男親がダシヌケに慌てた声で

「チイよチイよ」

と呼んだので、何事かと思って走って帰ってみると何だか室の中の様子が変テコである。第一みんなが笑い止めて、真面目くさった顔になっている上に髯巡査が大急ぎで釦をかけ直して、床に落ちた制帽の泥を払い払い坐り直している。トンボ姐さんが粉白粉を首のまわりから、額から、頬ペタにコスリつけて平手でタタキまわした上から兎の手で撫でまわしている。

吾輩の男親が、膝や、掌のゴミを払い落しているのを、うしろから横寺巡査が西洋手拭片手に手伝ってやっている。

そこへ丸裸体の吾輩が飛び込んで行くと、有無を言わさずトンボ姐さんと男親に引っ捉えられて、古い方の着物を着せられた。新しい方の着物は男親が包みごとしっかりと抱えこんだ。ちょうど親の死目か火事場へでも駆けつけるような形勢である。そのさなかで

「ワテエもう一度小便がしとうなった」

という吾輩を三人が

「警察で小便することアならん」

と叱り叱り手とり足とりしかねない恰好で警察の門前に来ると、そこに来ている四台の人力車のうちの一番先頭の車に乗せられた。そうして

「タッタ今裏でしたやないか」

という吾輩一流の口返答をする間もなく、その次の車に男親、その次の車にトンボ姐さん、ドン尻に荒巻髯巡査という順序で乗り込んで一斉に梶棒を上げると

「……ハイッ……ハイッ……」

と言う素晴らしい勢いで行列を立てて馳け出した。

吾輩は背後を振り返る間もなく夢のような気持になった。生れつき恐ろしいことを知らない吾輩もこの時ばかりは少々気味が悪くなった。ちょうど田舎者が飛行機に乗せられたような塩梅で、どこへ連れて行かれるのかマルッキリ見当がつかない。おまけに身体が小さいものだから車の上ではね上ることはね上ること……。

そのうちに中島の橋を一気に渡って、両側の町の灯が一しきり行列を立てて、うしろへうしろへとすべったと思うと、どこをどう曲ったのかわからないうちに、最前吾輩と男親がフン捕まった券番の前の広場に来た……と思ううちに、その横の大きな待合の入口に四台の車が威勢よく馳け込んだ。

すると、まず先に梶棒を下した吾輩の車屋が、立派な玄関に向って大きな声で

「お着きイ――」

と怒鳴った。

吾輩はまたビックリしてしまった。何しろ今日が今日までどこへ行っても「サッサト歩みおろう」式でお着きになったことなぞは一度もなかったので、どうしていいかわからないまま、シッカリと人力車の左右の幌につかまっていると、あとから来た三台の車から降りた荒巻部長とトンボ姐さんがドンドン玄関から上り込んで行ったから、吾輩も車から飛び降りて、あとから来た男親と一緒に玄関から上ろうとするとそこへドヤドヤと五、六人出て来た女たちの中でも、一番年をとった意地の悪そうな奴が片手を上げて

「アラ。あんたたちあ。こっちイ来なざい」

と言い言い庭下駄をはいて玄関から降りて来た。

二九

今から考えると、その人相の悪い奴は、この待合の女中頭か何かであったろう。揃いの浴衣に揃いの前垂かけた女中たちの中でタッタ一人眉を剃って、オハグロをつけて、小さな丸髷に結って、黒っぽい涼しそうな着物を着ていたようであるが、そいつが髯巡査に二言三言愛想を言うと、庭下駄をカタカタ鳴らしながら、吾輩親子の先に立って、玄関の横の茂みの蔭に突っ立っている巨大な瀬戸物の狸の背後から築山のうしろへ案内して行った。

吾輩はその時にもうスッカリ腹ペコになっていた。おまけに車の上でサンザンゆすぶら

れて来たのでそこへ坐り込みたいくらいに弱り切っていたのであったが、その瀬戸物の狸が、あんまり意外なところに突立っていたのに驚かされたせいか、また、ちょっと元気を回復したようであった。そうしてその狸の巨大な睾丸の横顔を振り返り振り返り男親に手を引かれて行くと、やがてガチャガチャと音のする台所の前を通り抜けて行ったが、その時に、出来かかっている御馳走のたまらない匂いを嗅がされたので、またもやハッキリし過ぎるほど、空腹を思い出させられて、眼が眩みそうになったのには弱らされた。お腹の空いたのならば、今日まで鍛われ続けて来たおかげで、かなりの抵抗力を持っているつもりであった吾輩もこの時ばかりは少々へこたれかけた。男親はドウしてコンナにいつまでも飯を喰わないで我慢できるのかしらんと今更に不思議なような恨めしいような気持にさえなった。

そのうちに先に立った婆は台所の横を一まわりして、暗い壁に取り付けてある小さな潜り戸をコトンと押し明けると

「ここからはいんなざい」

と吾輩親子を追い込んであとから自分も

「ドッコイショ」

とはいって来た。

見ると内部は狭い湯殿になっていて濛々と立ちこむる湯気の中に小さな二分芯ぐらいのランプが一つポツネンとブラ下っている。

「さあ。ここで行水ばして、ようと汚垢(あか)ば落しなざい。あとでお化粧ばして、美しか衣服(きりもん)と着がえさせてやるけんな」

と婆はヒシャゲた声で、命令的に言うのであった。

ところが吾輩にはその命令が少々癪(しゃく)にさわってきた。むろん腹が減り過ぎた棄て鉢のヤケ気味も交っていたようであるが、とにもかくにも初めて会った人間の癖に、他人(ひと)の気持も構わないで、イヤに押し付けがましい口をきく婆だと思ったから、とりあえず吾輩の帯を解きかけた婆の手をスリ抜けながら断然反抗してやった。

「ワテエ。お湯にはいらんでもええ。着物もいらん」

「何故(なし)な」

と婆は吾輩を取り逃がした恰好のまま、しゃがみ込んで眼を丸くした。そのうしろから男親が

「コオレ……チイよ……」

と眼顔でたしなめたが、しかし吾輩はひるまなかった。

「なし言うたて、お腹が空いてたまらんやないか」

と思い切って唇をとんがらしたが、また後の文句を言わないうちに、たまらなく胸にコミ上げてきた。どうしてコンナ眼にあわされるのだろうと思ったので……。

ところが、その吾輩の顔を見ると婆がだしぬけに笑い出した。

「エヘヘヘヘ……」

と薄紅を塗った唇の内側を引っくり返して狒々みたいな顔になったが、その拍子にウッスリと塗ったお化粧が、顔中に白い浅ましい皺の群を描きあらわした。腹の減った子供にとっては一番コタえるであろう実に冷酷無情を極めた笑い顔であった。そうしてその声が薄暗い湯殿の中に反響して消え失せると、何だか鬼婆にでも見込まれたような情けない不愉快だけが、シインとして残った。吾輩がいわゆる婆なるものの大部分を好かなくなったのはこの時の印象が残っているせいかも知れない。

しかし、それでも婆は吾輩を深切にアヤナシているつもりらしく

「エヘヘヘ。千松さん千松さん」

と言いながらモウ一度手をさし伸ばして吾輩の帯を解きかけた。その手を吾輩は慌てて振りほどいて逃げ出しながら睨みつけた。

「センマツて何や……」

「フウンなあ」

と婆がまだニタニタしながらうなずいた。

「あんたあ芝居ば見なされんけん知んなさるめえ。おなかが空いてもヒモジュウないていう忠義な子たい」

「それ芝居やから、そないに言うのや。お腹が空いたらヒモジイのが本当や」

三〇

「まあ……この人ア……ドウシタ口のきいた……」

と婆は眼を丸くした。そこを吾輩はすかさず追撃した。

「ワテエ。口がきいとらせん芝居の千松やたら御飯たべとるからヒモジュウない言うのや。ワテエ御飯喰べとらんからヒモジイ言うのや当り前やないか」

婆は吾輩に言い込められてまっ赤になった。しかし、それでも乞食の子供にやられたのが口惜しいらしく、衣紋を突っ越して詰め寄った。

「それでもアンタア……千松は忠義者じゃろうが」

「忠義て何や」

と吾輩は男親に裸体にされながら反問した。事実吾輩が忠義という言葉を聞いたのはこの時が初めてだったのだからね。

「まあ。この人あ。どうしたまあ、日本人に生れて忠義ば知んなざれんと?」

「知らんがな。知らんけんど日本人やがな」

「まあこの人あ……」

と婆はイヨイヨ呆れ返ったらしい。裸体のまま流し板の上に突立っている吾輩を、白い眼で見上げ見下ろした。

「忠義ちゅうたあなあ。目上の人の言わっしゃることをば何でも聞くとが忠義たい」

「目上の人の言うことなら何でもよう聞きよるがな。尻振れ言うたら振りよるがな。どないな悪いことでも……」

と言ううちに男親が、頭からザブリと熱い湯を引っかぶせたので眼も口も明かなくなった。

婆は慌てて飛び退いたらしい。

「それそれ、それたいそれたい。何でも目上の人の言わっしゃることを聞いとりゃあヨカトたい。どげなことでもカンマン。……その上なあ。今夜のお客はまた特別のお方じゃけんなあ。ようと気ばつけていらんことをば子供に言わせなさんなや。よかな？　わかったな若い衆さん」

男親は吾輩の顔から背中へ石鹼を塗りながらペコペコ頭を下げてうなずいたらしい。しかし吾輩の方はまだ忠義の意味を呑み込み得ないうちに婆は

「エヘヘヘヘヘヘ……」

と嘲るような笑い声をして出て行った。

そのうちに男親の手でスッカリ洗い上げられた吾輩は、迎えに来た女中の手に引き取られると、綿のような柔らかい感じのする大きな手拭みたようなもので、身体中の雫を拭い上げられた。そのついでによく見ると、その柔らかい布というのは、この頃往来でハイカラな書生さんが襟巻にしているソレで、身体を拭くものとは夢にも知らなかったタオルの大きいのであった。しかし何にしてもステキにいい心持ちだったので、腹の減ったのも忘

れて、される通りになっていた。ヤッパリこれも忠義の一つかしらん……忠義というものはコンナにいい心持ちのものかしらん……なぞと子供心に思いながら……。

ところがそのうちにスッカリ拭い上げられて、あとから出て来た背の高い丸髷（まるまげ）のおばさんに引き渡されて、大きな鏡台が五ツと、ステキに明るい丸芯（まるしん）のランプが二つギラギラと輝き並んだ部屋に連れ込まれると、またもや大変なことが初まった。

女中と二人がかりで吾輩のお化粧をし初めたのだ。それも平生（いつも）のように安白粉（やすおしろい）を顔に塗りこくった程度の簡単なものではない。まず頭は生え際を剃（そ）って、首すじのところで一直線に切り揃えて、スキ腹にコタエるほどいい匂いのする油を塗り込んで、その上から櫛目（くしめ）をキチンと入れた。それから、その次には足の爪先から指の股（また）まで、全身残るくまなくまっ白に塗り上げたものだ。それからモウ一度、腮（あご）から首すじへかけて白壁のように固ねりを塗りつけて、眉（まゆ）の下と、眥（めじり）と、頬へ薄紅をさして、唇を玉虫色に光らせると、眉とマツ毛を黛（すみ）で黒々と塗り上げたので、自分でも誰だかわからない、妙テケレンな人形じみた顔になった。それから新しい白足袋（しろたび）をはいて、肌に泌み入るような赤いゆもじと、桃色の薄い肌着と、最前の美しい着物を着せられて、金糸ずくめの板のような帯をギューギューと巻きつけられると、腹の皮が背中にくっつきそうになった。腹が減ったのか、それとも満腹しているのか、自分の身体だか他人（ひと）の身体だかわからないような変テコな気持になってしまった。

しかし吾輩の扮装よりも男親の扮装（それ）の方がモット物騒で大変であった。

三一

吾輩がアヤツリ人形式の振袖姿に変装させられながら、生れて初めて聞いた忠義という言葉の意味について、いろいろと考えさせられている一方に、男親は生れが役者だけあって、芸妓に惚れられようとでも思ったものであろう。長いことかかって一生懸命でコスリあげたらしく、吾輩が羽子板結びの帯の上から赤い扱帯を結び下げてもらっている時分に、ヤット、新しい越中褌一つで上って来た。

　ところでそこまではよかったがアトがいけない。モトは役者とはいえ、久しく白粉気を離れていた上にヒドイ黒アバタときているので、白粉のノリがとても悪いらしく、何べんも何べんも洗い落しては塗りコクリ、塗りこくっては湯殿に走り込んだ。しかし何遍洗い直してもうまくゆかないらしく、「モウあかん。顔じゅうがヒリヒリしよって……」

　と越中褌一貫でベソをかきかき鏡の前をマゴマゴしているので、吾輩の帯の間に赤い扇を挿込んで、顔を直しかけていた、着付け屋さんらしい丸髷の女と、手伝っている女中の二人は、おかしいのをヤット我慢しているようであった。そうしてトウトウおしまいがけに見るに見かねたらしい二人の女から教わって、赤黒い砥の粉をペタペタと顔一面に塗たくってその上からモウ一度白粉を塗りつけて、みるみるうちに人間とも化物ともつかぬ、コンニャクの白和えみたような呆れ返った顔を作り上げてしまった。そうしてそのまんまはでな浴衣を着て、茶色の角帯を締めて、襟元をグイと突っ越しながら

「オホン。どんなもんや……」

と言わんばかりにキョロリと吾輩の方を振り向いたのには二人の女も仰天させられたらしい。ほとんど同時に吾輩をつき離して、タッタ二人で押し合いヘシ合いながら立ち上ってバタバタと廊下へ逃げ出して行った。そうして長い長い畳廊下の向うの端まで行き着かないうちに、二人が折り重なってブッ倒れると抱き合ったりすがり合ったりして笑いころげている気はいが、吾輩のいる化粧部屋まで聞えてきた。

しかし吾輩は笑わなかった。何だか知らないが、これからイヨイヨ腹の減ったのも我慢して「忠義」というものを習いに行かなければならないというような大切な場合らしく感ぜられたので、妙に緊張した気持になったまま突っ立って、マジマジと男親の顔を見ていた。吾輩がコンナ大きな帯を背負わされたのも、男親がコンナ不手際な顔になったのも、やっぱりその忠義とやらいうもののためじゃないかしらんと考えつくと何だかわけのわからない物悲しい淋しさをさえ感じていたくらいであった。そうしてわれわれ親子に、こうした忠義を要求している当の相手はソモソモどこの何者だろう。また銭を投げないで威張るような役人面じゃないかしらん。それとも最前、宵の口に、大友親分が投げてくれた一円銀貨の効能の残りを、ここでモウ一度発揮させられるのかしらん。一体全体吾輩親子の忠義の買い主はドンナ風体の奴かしらん。早く顔が見たいな。そうしてできるだけ早く忠義の取引を済まして夕飯を食べさしてもらいたいな……などと子供心に考えまわしているうちに、どこから来たのか最前の婆がペタペタと内股ではいって来た。そうして

「こっちぃ来なさい」

と言い棄てたまま、いかにも冷淡なヨソヨソしい態度で先に立って行くのであった。その後から、チョコチョコ走りの吾輩と、乙にとりすました男親とがついて行くのであったがそのうちに吾輩はこの家の中が、外から見て考えたよりもずっと広いことがわかってきたので、チョット不思議な気持になった。長い畳廊下から玄関へ出て筧のかかった泉水の横を通って、月あかりのさした便所の前を通って、モウ一度竹藪みたようなお庭の前に出て、それから築山の蔭の外廊下をグルリとまわって行く間じゅう、猫の子一匹出くわさない、どの室もどの室もヒッソリ閑としているので、何だか化物屋敷にでも迷い込んで来たような気がした。

もっともこれは今から考えてみると無理もなかった。第一先に立っている婆なるものが尋常の婆ではない。五十くらいの皺苦茶顔に薄化粧を塗って、薄紅をつけて、銀杏髷に結うてすましているのだから、普通の人間から見れば、たしかに変態の半化け婆である。化物屋敷の先触れには似合い相当のところであったろう。また、あとから来る男親ときたら、これは文句なしに金箔付きの化物であった。博多名物のドンタクにも出て来そうにない白黒塗り分けのノッペラボーが、はでな安浴衣の衣紋を抜きながら、両手を束ねた、伏し目勝ちの柳腰か何かでヘナヘナとついて来るのに気がついたら、知らない人はヒックリ返るであろう。

ただし、その中に立ってチョコチョコ走りをして行く吾輩がまた、前後の二人に輪をかけたバケモノの特選であることが吾輩自身にチットモ自覚されなかったのは是非もないこととはいえ遺憾千万であった。しかしそれにしてもこの三人がお目見えに出かけたら、気の弱い妖怪は退散するにきまっていたので、そんな異妖な気持が、何も知らない幼稚な吾輩のアタマに反映した結果、こんな感じがしたものであろう。

そのうちにやっと外廊が尽きてここらしいと思われる中二階の階子段をトントンと五つばかり上ると立派な簾を下げた板張りの前に来た。その向うの襖の中で、大きな男の声とキイキイ笑う女づれの声が聞えたが、何人ぐらいおるのか、よくわからなかった。

三二

その襖の前の玄関みたような板張りの上で立ち止まった半化けの婆は、白眼をジロジロさせながらわれわれ親子を振り返った。そうしてサモサモ勿体らしく声を落して注意を与えた。

「……よかな……この襖ば明けてはいるとなあ……正面にござるとがなあ……」

といううちにモウ一度声を落して眼を白黒さした。それこそ妖怪の巣窟にでも案内するような恰好である。

「よかな。正面にござるとが知事さんだすばい。それから右にござるとが署長さんばい。よかな……いらんことば言わんとばい。そうしてはいるとすぐ父さんと並うで、座ってお辞儀しなざいや。そうしてお礼言いなざいや」

そういううちに半化け婆は今までと打って変った謹んだ態度で、襖の蔭にヘエックばった。そうして襖をソーッと開くと、眼顔で中へはいれと指図した。それと同時に室の中の笑い声が急にシイーンとなった。

吾輩はその中へ、おめず臆せず先に立ってはいって行ったが、入口に近い畳のまん中に立ち止まったまま室の中を一渡り見まわすと、思ったよりも明るくて広い座敷であった。

奇妙な木目の板を張った天井のまん中から、これがランプかと思われるほど大きいガラスずくめの盆燈籠みたようなものがギラギラ光りながらブラ下がっている。その上に床の間の前から室のまん中あたりへかけて押し並んだ御馳走の合い間合い間に、雪洞型の置ランプが四ツ五ツ配置してあるので、昼間よりもズットまぶしいくらいである。その真正面の床の間のまん前に、大きな紫色の座布団を二枚重ねて脇息にもたれている禿頭の爺が、知事さんと呼ばれる人間であろう。蚊蜻蛉みたいに痩せこけた小柄な色の黒い梅干爺で、白髪髯をムシャクシャと鼻の下に生やしている。そこいらの辻占売りの爺よりもモット見すぼらしい恰好であったが、ただ眼の玉ばかりは鷹のように鋭く吾輩の顔を直視していた。ずっと後になって聞いたところによるとこの爺が有名な錦鶏の間祗候の筑波子爵であったが、有名なカンシャク持ちだったので宮中からも中央の政界からも敬遠されて、県知事に左遷されたものだそうで、福岡県庁支配下の役人どもは元よりのこと、県下に充満している玄洋社式の豪傑ども初めとして、その時分から盛んになりかけていた筑豊三池にかけた炭坑界の生命知らずの親分までも、頭ゴナシに大喝してピリピリさせていたという豪傑だったそうであるが、むろん子供の吾輩にはソンナことがわかろうはずがない。ただの禿茶瓶にしか見えなかったのは返す返すも気の毒であった。

それからその右に坐っている天神髯のノッペリした大男が署長さんであろう。ちょっと見たところこの男の方が華族様らしい上品な風付きであったが、それでも眼つきだけはやはり底意地の悪そうな光りを帯びていた。それから、そのまた右手の座布団の上に窮屈そうに正座しているのは最前の荒巻巡査部長であったが、胸と手足の毛ムクジャラが、まるで熊かアイヌの兄弟分のように見えた。

また、知事の禿茶瓶の向って左手には、すこし離れて大友親分が坐っていたが、みごとな竜の刺青をムキ出しにしているせいか、一番堂々とした、満場を圧する態度を構えていた。

そんな男たちは全部揃いの浴衣で、打ち寛いで一杯呑んだものらしく天神髯の署長さんを除いたほかは皆まっ赤になっていた。その合い間合い間から左手の縁側へかけて盛装をした十四、五人の芸妓や舞妓がズラリと並んで、手に手に団扇を動かして男たちを扇いでいたが吾輩が振袖姿で乗り込んで行くと、皆申し合わせたようにピタリと手を止めて吾輩の方を見た。知事の禿茶瓶の前で一パイ頂戴していた平常着姿のトンボ姐さんも、盃片手に振り返った。そのほかの男たちも一斉に吾輩の方を見守ったが、吾輩は指をくわえて突っ立ったまま、そんな連中の顔を一と渡り見返すと、最後に正面にいる知事の禿茶瓶にピタリと視線を合わせた。

この爺がわれわれ親子に忠義を要求するのかと思って……。

すると知事の禿茶瓶は一層眼の光りを鋭くしてギューと吾輩を睨みつけた。そこで吾輩も、指をくわえたままジイッと睨み返した。そのまんま二人の視線が期せずして睨み合いにまで緊張していった。

三三

この時の睨み合いは、その頃の福岡の新聞に出たそうである。「乞食の子、雷霆子爵を睨み返す」という標題で大評判になったそうであるが、何しろ天下に聞えた癇癪貴族の一と睨みを受け返したものは、福岡県下に吾輩タッタ一人だったというのだから豪気なもんだろう。むろん列席していた連中も、眼の前に意外な情景が展開し初めたので、どうなることかと手に汗を握ったそうであるが、しかし当の本人の吾輩に取ってはさほどの問題ではなかった。ただ……この知事とか何とかいう禿茶瓶は、よく往来で、吾輩親子の興行を妨害しに来る無頼漢式のスゴイ眼付きをしているが、もしやそんなケダモノ仲間の親方みたいな人間じゃないかしらん。それが、おんなじケダモノ仲間の巡査の親分と棒組んで、われわれ親子を取っちめようと企んでいるのじゃないかしらん……と疑いながら、ジイッと睨みつけていたのだから、子供ながらも一生懸命の眼付きをしていたに違いないと思う。

ところで、カンシャク知事の禿茶瓶と、踊り子姿の吾輩とがコンナ風にして無言のまま、睨み合いを緊張させてゆくと、シインとなった座敷の中で、芸者や舞妓の連中が一人一人に居ずまいを正していった。トンボ姐さんも片手をついて振り返ったまま、呆れたような顔をして吾輩を見上げ初めた。大安座を掻いていた大友親分も、急に坐り直しながら、両腕を肩までまくり上げて半身を乗り出しつつ知事と吾輩の顔を互違いに見比べはじめた。署長が天神髯をつかんだまま固くなった。髯巡査が腕を組んだまま微かなタメ息を一つした。

一座がまたもシイーンとなった。

それでも知事の禿茶瓶は、横すじかいに脇息にもたれたまま吾輩を睨みつけていた。そこで吾輩も指をくわえて突立ったまま負けないように睨み返していたが、そのうちに相手の禿茶瓶が、吾輩を睨みつけたまま豹みたような声を出して

「ウームムム」

と唸り出したのでさすがの吾輩も気味が悪くなった。そのままあとしざりをして逃げ出そうかしらんと思ったくらいモノスゴイ唸り声であったが、間もなくその禿茶瓶が二、三度ショボショボと瞬きをしてモウ一度、

「フーム」

とため息をしたので、吾輩はヤット睨み合いに勝ったことを意識してホッとさせられた。

「ウーム。これはおもしろい児じゃノウ大友……」

「ハイ。礼儀を弁えませんで……甚だ……」

と大友親分はいかにも恐縮した恰好になって頭を掻いた。しかし禿茶瓶はまじめくさっ

た顔付きで頭を左右に振った。

「イヤイヤ礼儀なぞは知らんでもええ。忠孝が第一じゃ。のみならずナカナカ意気の盛んな奴らしい。余の前に出て怯まぬところが頼もしいぞ。ハハハ……」

と顎を天井に突き上げて嘯き笑いをした。自分の前に出て来る人間は一人残らず縮み上ることにきめているような笑い方である。

「ハハイ。イヤ恐れ入ります。ハハハ……」

と大友親分がまた頭を掻いた。

「オイオイ。そこな子供。こちらへ来い。爺のところへ来いよ。許す許す」

と禿茶瓶が上機嫌になったらしく、眼を細くして吾輩をさし招いた。同時に皆がホッとしたらしく、四、五の団扇が一斉に動き出した。

しかし吾輩は動かなかった。依然として突立ったまま反問した。

「何や。何かくれるのけエ」

「アハハハハハハ……」

と禿茶瓶がイヨイヨ上機嫌になったらしく大口を開いて笑いこけた。すると、それに共鳴するかのように満座の連中がアハアハイヒイヒホオホオと止め度もなく笑い崩れはじめたので、吾輩はイヨイヨ腹が立って睨みまわした。

「アハハハハ。氏より育ちじゃノウ署長……」

「御意にございます」

と署長は笑いもせずに頭を下げた。一方に吾輩は、何だか侮辱されているような気がしたので、青々と月のさしたお庭の樹を見上げながら鼻汁をススリ上げた。

「アハアハアハ。これは一段と変った座興じゃ。アハアハ……イヤナニ子供……そちはナカナカ親孝行者じゃそうじゃのう」

「そないなことワテ知らんがな」

「イヤ。知らん方がええ。『知らざるはこれ知れるなり』じゃ。その親孝行に賞でて余が盃を取らする。近う参れ。許すぞ……」

三四

「まああんたくさ。座らにゃこて……そうしてこっち来て御前様のお盃ば頂かにゃこて……許すてお言葉のかかりよろうが」

トンボ姐さんが、たまりかねたものか立ち上って来て、吾輩を押しやろうとした。しかし「許す」という言葉の有難味がピッタリこなかった吾輩は依然として動こうともしなかった。

その吾輩の背中をばモウ一度向うへ押しやろうとした。

「行きなざれんか。お許しの出とろうが」

「許されんでもええ」

「まあ何事を言いよんなざるとな」

とトンボ姐さんが吾輩の顔を、上から覗き込んで、大きな大きな眼を剥いて見せた。それを吾輩は上目づかいに見上げた。

「許されんでもええ言いよるやないか。行こうと思たらどこへでも行くがな」

「まあこの人あ……」

とトンボ姐さんは二の句がつげなくなった。

「ハッハッハッ。これはイョイョ愉快じゃ。この児は生れながらにして自由民権の思想があるわい。ノゥ大友……」

「お言葉の通りで……」

「ウーム。生れながらにして忠孝の志操と自由民権の思想があれば、日本国民として満足じゃ。国権党でも自由党でも木ッ葉微塵じゃァ。ワハハハ……」

とエラそうなことを言いながら禿茶瓶は反り返って笑った。大友親分もアグラを掻き直しながら腹を抱えた。

「アハアハアハ。イヤ愉快じゃ愉快じゃ。コレ子供。余が悪かった。こっちへ来て余に盃をさしてくれい。ナ……そちの親孝行にあやからせてくれい……この通りじゃ……」

と言ううちに禿茶瓶はかしこまって、盃を高々とさし上げながら、吾輩の方へ頭を下げた。それを見やりながら吾輩は、おかっぱさんを強硬に左右へ振り立てた。

「ワテエ。盃、いらん」

「……」

一座が急にシンと白け渡った。その中で吾輩はモトの通りに指をくわえたまま言い放った。

「御飯食べたいのや」

「何。飯を喰うておらんのか」

と禿茶瓶が急に機嫌の悪い顔になって、盃を下に置いた。

「アイ。最前からヒモジイてペコペコや。誰も食べさしてくれんよってに……」

「フーム」

と禿茶瓶が、前と違ったスゴイ唸り声を出しながら、室の中の顔を一つ一つに睨みまわした。そうするとその顔が一つに青い顔になっていった。

「ムムム――。自分で飯を喰う隙はなかったのか」

「あらへんがナ、ワテエと父さんと道ばたで寝とったんを、その旦那さんと、この姐さんが手招きして、この家の前に連れて来て、アネサンマチマチ踊らしたんや。そうしたら若い巡査のケダモノサンが、その踊りアカン言うて、警察へ連れて行きよったんや」

「フーム。ちょっと待て。アネサン待ち待ちという踊りを踊ったというかどで、警察へ拘引されたというのじゃな」

「サイヤ」

「フーム。それはドンナ踊りじゃ」

「ハハハ。爺さんもそれが見たいのけえ」

「ウム。見たい。見せてくれい」

「ハハハハ。馬鹿やなあ」

「……まあ……あんたクサ……」

と背後(うしろ)からトンボ姐さんが吾輩の肩を小突いた。

「そげなことば……御無礼な……」

吾輩は振り返って唇をツキ出した。

「……阿呆(あほ)な姐さんやなあ。最前ワテエに踊れ言うて銭投げたやないか」

「……ま……いらんことばっかり……」

とトンボ姐さんは泣き笑いみたような顔をしながら吾輩の頭の上で袖(そで)を振り上げた。吾輩は一尺ばかり逃げ退いた。それを見ると禿茶瓶の機嫌がまた直ったらしい。

「アハハ……かもうなかもうな……その踊りをこの爺に見せてくれい」

「いやや。ワテエの大嫌いの踊りやからモウ踊らん。ホントは父さんと母さんが一番喜ぶ踊りやけど」

「フフム。何で喜ぶのか」

「みんなが銭投げてくれるよって……」

「それならば余も何か投げてつかわすから一つ踊ってみい」

「イヤヤ。あないな踊り見たい言うて銭投げるお客シンカラ好かん」

三五

吾輩から一本やられた禿茶瓶は眼の玉を凹ませながら杯をグッと干した。フーッと息を吹いて眼を据えた。

「フーム。ナカナカ一筋縄では行かぬ奴じゃな。なるほど。しかし親孝行のために踊るのならばかまわぬではないか。……ノウさようではないか」

「アネサンマチマチ踊るのが何で親孝行になるのヤ」

「余の言うことを聞いておれば、この上もない親孝行になるのじゃぞ。余は福岡の県知事じゃぞ。眼上の者の言うことは聞くものじゃ」

「それが忠義というものかいナ」

「ウーム。イヤ。ナカナカ明敏な児じゃノウ貴様は……その通りじゃその通りじゃ……」

「嘘や嘘や。アネサンマチマチ踊っても、親孝行にも忠義にもならヘン」

「フーム。それはまた、なぜか」

と禿茶瓶は盃を置いて乗り出した。一座の連中も顔を見合せた。

「なぜ言うたかて親孝行やたら忠義やたらいうことは、人に賞められるええことやろが」

「ウムム、それはさようじゃ。ええどころではない。せねばならんというて、天子様からおすすめになっているくらいじゃ。この世の中で一番よいことじゃ」

「そんならアネサンマチマチ踊るのはええことかいな……わるいことかいな」

「ウムム。これはむつかしいことを言う児じゃぞ。まるで板垣か犬養の口吻じゃ。……余はその踊りを見んからわからん」

「そんならアノ踊り知らんのけえ」

「……知らん……知らんから見たいのじゃ」

「知らんけえ。知らんなら言うて聞かそか。あの踊りはフウゾク・カイランいうて巡査に叱られる踊りやがな」

「ウッフッフッフッ。これは呆れた奴じゃ。どうしてそのようなことを知っているのか」

「知らいでか爺さん。タッタ今、警察で聞いたばっかりじゃがな」

「ハッハッハッ。なるほどノウ……」

「あの踊り見たがるノンは田舎の二本棒ばっかりやがな」

「フーム。二本棒とは何のことじゃ」

「アネサンマチマチ見たがる鼻垂オヤジのことや」

「コレッ……」

と髯巡査が末席から眼の色をかえて乗り出して来そうにした。しかし禿茶瓶の顔色を見た天神髯の署長に押えられて、不承不承に坐り直した。そのうちに禿茶瓶がまた一杯酌をさせた。

「ウーム。それなれば余も二本棒のうちじゃな」

「サイヤ。巡査さんやたら、知事さんやたら、親分さんやたら、みんなフウゾクカイラン見たがる馬鹿たれや」

「……………」

「往来で踊ることならん言うといて、ナイショで自分たちだけ見たがる阿呆タレヤ」

「……………」

「男はミンナ二本棒や。おおイヤラシ。ハハハハハ……」

こう言い放した吾輩は、一人残らず顔色を喪っている一座の連中を見まわして、小気味よく笑いつづけた。何だか知らないが今日まで押えつけられ通してきた鬱憤と現在タッタ今、腹が減っても飯にありつけない目にあわせられているヤケクソ気分を一ペンに吐き出したような気がして、涙ぐましいくらい清々した気持になってしまった。そうしてこの上にも禿茶瓶が命令がましいことを言うようだったら、サッサと着物を着かえて、男親と一所に帰ってしまおう。そうしてどこかで甘たれて饂飩か何か喰わせてもらおう。その方がヨッポド早道だ……と一人で胸算用をしていた。

ところがあいにく当の相手の禿茶瓶がチットモ憤り出す様子を見せなかった。それどころか、吾輩と問答をしているうちに、いつの間にか酒の酔いも醒めてしまったらしく、青い顔になって、盃を下に置いて、両肱をキチンと膝の上に張って、何か御祈禱でもするかのように眼を閉じて、頭をうなだれていた。その禿茶瓶のつるつるしたマン中に、猫の鬚みたいな白髪が十五、六本バラバラと生えているのをサモ大切そうに七、八本ずつ左右に分けて並べているのを発見した吾輩は大人なんてドウしてコンナつまらないお洒落をするものだろうと思うと、腹の立ったのも忘れてしまって、おかしいのを我慢しいしい見惚れていた。

その時に禿茶瓶はやっと顔を上げて吾輩の顔を見た。その眼は今までのスゴイ光りをスッカリ失ってしまって、何だか吾輩を見るのが恐ろしくてたまらないような……妖怪にでも出会ったような怯えた眼付きに変っていた。そうして間もなく気味の悪い梟みたいな声を出した。

「……ウムム……これは天の声じゃ……」

三六

みんなは黙っていた。禿茶瓶の知事さんが言った「天の声」の意味がわからなかったらしい。無論吾輩も「テンの声」だのイタチの屁だのいうものは聞いたことがなかったので、少々面喰らいながら指をくわえていると、その吾輩に向って禿茶瓶は、いかにも恭しく頭を一つ下げた。

「……天の声じゃ……神様の声じゃ。この児は神様のおつかわしめじゃ。皆わかったか」

と言いながら今度はまたスゴイ眼つきをして一同を見まわした。しかし誰にもわからなかったらしくポカンとした顔になって、禿茶瓶の顔を見守っていた。

「天の声じゃ。天の声じゃ。ええか。皆よく聞けよ。今この児が余に向って言うた言葉は、政治に裏表があってはならぬという神様のおさとしじゃ。余は福岡県下の役人に一人残らずこの児の言葉を記念させたいと思う。人民がしてならぬ不正な事で、役人だけがしてよいという事はただの一つもないことを骨の髄まで知らせておきたいと思う。この一言さえ徹底すれば日本帝国の前途は万々歳じゃ。……ええか……わかったか……」

一同は禿頭に向って低頭平身した。吾輩の方には見向きもしなかった。

「……えーか……この児は余の先生じゃ。同時に万人の模範として仰ぐべき忠臣孝子の典型じゃ。マンロクな両親を持って死ぬほど可愛がられて、腹一つ学問をさせてもらっても、その学問を屁理屈に応用して、自分の得手勝手ばかり働く青年男女が多い中に、このような境遇の子供の中からかような純忠純誠の……」

ここまで禿茶瓶がしゃべってくると、吾輩は何が何だかわからなくなってきた。魚が死にかかったように欠伸が出てきた。けれども、ほかの連中は皆禿茶瓶の言うことがわかるらしく、揃って畏まり奉って傾聴していたが、その中でタッタ一人一番背後の縁側に近いところにいる、一番可愛らしい美しい女の子がソッと欠伸をかみ殺しながら吾輩の方を見てにっこりと笑った。ソレヲ見ると吾輩はスッカリ共鳴してしまって、思わずニッコリしながら今一ッ取っときの新しい、大きな欠伸をして見せてやった。モウ少し年を取っていたらすぐに恋に落ちてしまったかも知れないくらい嬉しかった。

すると、そのうちに禿茶瓶のお説諭がすんだらしく皆一斉に頭をさげたが、そのうちでも大友親分は両手を畳につかえたまま、切り口上で挨拶をした。

「……まことに御訓誡のほど恐れ入りました。何にせい私どもは無学な者でございますから、御趣意の通りにできるかどうか存じまっせんが、この子の将来はきっと私が受持ちましてエライ人間に……」

　と言いながらまた頭を下げた。それをエラそうに見下しながら禿茶瓶は、学校の先生のように片手を上げた。

「……イヤ……この子供はその方たちには渡さぬ。他人と言わず余が自身に引き取って教育をしてやるからそのつもりに心得ていよ。この児に昔風の漢学教育を施したならば、キット今の天岡鉄斎のような偉人になることと思う。現在滔々（とうとう）として流入しつつある西洋崇拝熱に拮抗（きっこう）して……」

　またわからなくなってきた。第一吾輩の身の振り方が、次から次へと変化してきたあげく、禿茶瓶のおかげでまた一転換したらしいので、どれが本当なのか、見当がつかなくなった。そればかりでなく、その有難いもったいない神様のお使わしめを放ったらかしたまま、見向きもしないで勝手な講釈を始めたり、それを拝み上げたりし初めるのでじれったいことおびただしい。とうとう我慢し切れなくなった吾輩は思い切って禿茶瓶の方へ一歩進み出た。

「爺さま、御飯の話ドウしたけエ」

「ウム。さようさよう。さようじゃったノウ」

　と禿茶瓶は慌てて返事をしながら、座り直して左右をかえり見た。

「そうしてモウ何時かノウ」

署長と、大友親分と、髯巡査が同時に時計を出してみた。

「ちょうど十時でございます」

とまっ先に署長が返事をした。

「ちょうどその頃でございます……」

とその次に大友親分が言った。

「小官のは十分過ぎております る」

とあとから髯巡査が付け加えた。どこまで手数のかかるおやじかわからない。

三七

「ウーム」

と禿茶瓶がまた唸(うな)り出した。ちょうど十時という時間に驚いたような恰好であったが、心持ち青い顔になりながらジロリと吾輩を見た。

「ウーム。そこでどこまで話を聞いておったかノウ最前の話は……」

「アイ。警察に引っぱられたところまでや」

「ウムそうそう。それからどうしたのじゃ」

「それから警察に来てその髯巡査さんに叱られよったらこの姐(ねえ)さんが来て、ワテエを芸者にするというてこの美しい着物くれたんや。そうしてここへ来て、お湯使(ぶ)うたり、お化粧したりしてこのお座敷へ来たんや。そうしたらまた、爺さまが何じゃらわからん、むつかしいことばっかり言うて、チョットモ御飯食べさしてくれんのエ。そやから御飯食べる隙(ひま)がなかったのや。もう腹ペコで死にそうや」

「ウーム」

と禿茶瓶がまた唸り出した。ちょうど自分が腹を減らしたかのようにイヨイヨ青い顔になって眼の球を凹(へこ)ましたが、最前から吾輩にサンザンやりこめられた上に、話の腰を折られたりしたので多少御機嫌に触ってきたらしい。芸者どもをジロリと見渡しながら
「早く飯を喰(く)わせんか」

と顎(あご)で吾輩の方を指して頬を膨らました。

芸者どもはこの言葉を聞くと同時にハッとしたらしく、三、四人一斉に中腰になりながらトンボ姐さんの顔を見ると、トンボ姐さんも中腰になったまま当惑した恰好(かっこう)になった。

「用意してないとだっしょ」

「…………」

一人の芸者が黙ってうなずいて同時に禿茶瓶の方をチラリと見たが、その意味がわれらにはよくわかった。お説教がはじまったので御飯の用意をする隙がなかったという、不平の意味に違いなかった。

「誰かあちらへ用意して来てやんなさいや」

「台所でよござっしょ」

「サアー」

とトンボ姐さんがまた躊躇しながら大友親分の顔を見た。

「次の問いしまっしょか」

「サア……」

と女共が三、四人中腰のままでボソボソ言い合った。その時であった。

「馬鹿ッ……何をしよるのかッ」

と突然大砲のような声を出して、禿茶瓶が大喝したのは……しかもその顔の恐ろしかったこと、お祭りの見せ物にでも出したらキット人がビックリするに違いないと思われるくらい急激な大変化をあらわして見せたのであった。肩が逆立って、眼が皿のように光って、口が耳まで裂けたかと思われるくらいであった。

それを見ると中腰になって向い合っていた女たちは、このままペタリと坐り込んでしまった。大友親分も面喰らったまま座蒲団から辷り降りた。そのまん中で禿茶瓶は血相をかえたまま威丈高になった。

「馬鹿どもがッ……貴様どもはみんな自分のことばかり考えとるからコンナ残酷なことをするのじゃ、何の罪があればこの子供に夜の十時まで飯を喰わせんのか。第一警察で人を拘留したら、その晩は飯を喰わせん規則になっとるのか……」

今まで座蒲団の上に頑張っていた二人の警官はこの一言を聞くと慌てて畳の上に辷り落ちて両手を突いた。

吾輩は知事という役人の勢力の素晴らしいのに驚いた。まさかこれほどとは思わなかった。

「また女子どもも女子どもじゃ。非人の子を連れて来たら何より先に飯を喰うとるか、喰うとらんか聞いてみるくらいの気がなぜつかんのか。腹を干し上げた子供を、御馳走の前で踊らせて余が喜ぶとばし思うているかッ……不注意も甚だしいッ。この馬鹿どもがッ……」

禿茶瓶の怒鳴る声は身体に似合わずますます大きくなって来た。永年のカンシャクで鍛え上げたものらしく、家の中はもちろんのこと、遠いところの屋根の上までワンワンと反響するくらい素晴らしいものがあった。ことにその言葉の切れ目切れ目にギラギラと光り出す、その眼の色の物すごいこと……家の中の連中は一人として顔を上げるものがないくらいであったが、しかし、そのカンシャクの圏外に立たされた吾輩から言わせると、この禿茶瓶のカンシャクは全然なっていなかった。吾輩に腹を干させた責任は当然自分も負わなければならないのに、そんなことは気がつかないまま巡査や芸者たちを怒鳴りつけるなんて随分得手勝手な禿茶瓶と言わなければならなかった。大方これは吾輩に凹まされつづけてきた埋合わせにコンナでたらめなカンシャクを爆発させているのだろうと思うと子供ながらおかしくもあり可哀そうにもなった。

三八

しかし当の本人の禿茶瓶はとてもカンカンの白真剣であった。震え上がって平伏している一同を見まわしながら、額にみみずみたいな青すじを一本ウネウネとオッ立てて、コメカミをヒクヒク動かしていたが、またも突然に

「……たわけめがッ……その上余に恥を掻(か)かせおって……エエッ……」

と言うなり、手に持っていた盃(さかずき)を膳(ぜん)の上にタタキつけた。お皿か何かが盃と一所にガチャンと割れる音がした。それはスバラシイ勢いであった。とにかくにもこの世の中ではカンシャクの一番強い奴が、一番エラクなるのじゃないかと、吾輩自身の女親に引き比べて思い当ったくらい大した威光であった。ところがその時に

「ええ。恐れ入ります。みんな私が不行届き……」

と大友親分がヤット口をきき出した。すると、その真似をするかのようにトンボ姐さんが頭を畳にコスリつけた。

「イエイエ。わたくしが最前から気づきませずに……」

「黙れ黙れッ」

と禿茶瓶(はげちゃびん)は二人の言うことを半分聞かずに怒鳴り立てたが、その拍子に額の青筋が二本になった。

「黙れ黙れ。そんな不注意なことで、どうしてこの児を引き取って……一人前に育てることができるのかッ。まだ引き取らぬうちから虐待しよるじゃないかッ」

「ハイ……何とも……」

「……何とも申しわけが……」

署長もトンボ姐さんのあとから両肱を張ってヘエつくばった。

「イヤ。私が不注意で……」

「イヤ。本来を申せばこの私が……」

と髯巡査も署長のお尻に向って三拝九拝した。

指をくわえながらソンナ光景を見ていた吾輩は、モウたまらないくらいばかばかしくなってきた。吾輩は元来、毎晩木賃宿で夕食にありつく際に、両親の晩酌が済むまで待たせられる習慣がついていたのでコンナ眼にあわせられてもさほど驚きはしなかったが、それにしてもこれほど手数のかかる晩飯を喰ったことは生れて一度もなかった。政府の農民救済だってモウすこしは手ッ取り早いだろう。カンジンの飯を喰わせることは後まわしにして、怒鳴りクラと、あやまりクラの共進会を開いているようなもんだ。しかも本来ならば吾輩が飯にありつけなかったのは、あやまっている連中の不注意に違いないのだから、その方を怨まなければならない筋合いであったが、そんな気がチットモしなかったのはわれながら不思議であった。それよりも何よりも、とりあえず、まん中でカンシャクを破裂させている禿茶瓶の馬鹿さ加減が腹が立って腹が立ってたまらなくなった。一切合財が一つ残さず禿茶瓶の責任のような気がしてきたので、思い切ってトンボ姐さんの背後から口をとんがらしてやった。

「……爺さま。そないに憤ったてアカンがな。それより早う喰べさしてんか。難儀な爺さんやなあ……」

吾輩がこういうと禿茶瓶は威丈高になったまま、白眼と黒眼をクルクルと回転させた。ヤット自分の不注意に気がついたらしい。そうして突然にパンクしたように腰を落して、しろちゃけた顔になりながら脇息にグッタリともたれかかった。スッカリ気の抜けた力のない声でトンボ姐さんに指図をした。

「早う喰わせい」

「かしこまりました」

というううちにまたも芸者が四、五人立ちかけた。禿茶瓶がパンクすると同時に室の中が急に景気づいたようなアンバイである。

「そこに一つ余った膳があるではないか」

「……はい……いえ……あのお次の間で……」

「ここで喰わせて苦しゅうない。喰わせるのが目下の急務じゃ。その膳をそのまま遣わせ」

トンボ姐さんは慌てて立ち上って向うの端に置いてある膳を抱えて、吾輩の前に持って来た。そのあとから最前吾輩に笑って見せた美しい舞妓が二の膳を持って来て吾輩の足もとに置いた。

「さあ……おあがんなさいまっせえ」

とトンボ姐さんが吾輩に向ってお膳の向うから三つ指を突いた。

三九

吾輩の前にお膳が据えられたので皆ホッとしたらしかった。めいめいに顔を上げて眼を見交すと、皆申し合せたように吾輩の顔を注視した。

しかし吾輩は坐らなかった。指をくわえて突っ立ったまま、足下に並んでいる一の膳と二の膳を見まわした。それからマジリマジリとトンボ姐さんの顔を見つめながら言った。

「ワテエの父さんもまだ喰べとらんがな」

「おおそうそう……」

とトンボ姐さんはまっ赤になって片膝を立てた。

「ホンニイ、すみまっせんじゃったなあ……ばってんが……父さんなあ……あっちの室で喰べさせるけん……」

「いや。父さんと一所に喰べるのや」

「フーン。なあ……」

とトンボ姐さんは一つ大きくうなずいたが、そのうちにモウ眼をまっ赤にしてしまった。この女は吾輩が父親のことを言いさえすれば泣くことにきめているらしく、警察で泣いた時と同様にあたりかまわず鼻紙を出して眼がしらを拭いた。ところが、それと一所にそこいらに坐っていた十四、五人の芸者どもがトンボ姐さんの真似をするかのように手に手にハンケチや鼻紙を取り出し初めたのには呆れた。最前吾輩に笑って見せた可愛い舞妓までもが、大粒の涙をポタポタと落しているので吾輩は妙な気持になってしまった。

「やっぱなあ……親孝行もんなあ違うばい」

というささやき声が聞えた。

「苦しゅうない。男親もここで喰べさせえ。膳をモウ一つ用意せえ。早うせんか」

と禿茶瓶がまたもカンシャクを起しそうな声を出した。その声に応じて向うの縁側の端から、今まで見なかった女中が二人出て来て、膳を作り初めた。

「父さん。酒好きやから、一本貰うてや……」

と吾輩はすこし調子に乗って甘えてみた。

しかし誰も笑わなかった。たった一人禿茶瓶が鼻紙を顔一パイに押し当てたまま、うるみ声で言った。

「……飲めるだけ飲ましてやれえ。……ああ……感心な奴じゃ……オホンオホン……」

お膳が出来上るとトンボ姐さんは、最前から開いたまんまになっている入口の襖の向うをさし覗いてその蔭に小さくなっているらしい男親をさしのぞいた。

「……そんなら……アノ……どげん言やあよかかいな。……アンタクサ……あの……父さんクサ……こっちいはいって……御膳をば……」

と言いかけたが、その途端にドタンバタンと組み打ちみたような音がし初めたので、皆ビックリして中腰になった。吾輩も男親がどうかされているのじゃないかしらんと心配しいしい、駈けつけて見ると、男親は最前の半化けの婆と何かしらつかみ合いみたようなことをしている。そうして隙があったら逃げ出そう逃げ出そうとしているのを半化け婆がシッカリと袖を捉えて、逃がすまい逃がすまいとしている。それをまた男親が無言のまま突き離して、俥に轢かれた犬みたいに腰を引きずり引きずりはい出して行こうとする。大方腰が抜けていたのであろう。そこへトンボ姐さんが馳けつけて、加勢をして押えつけたので、男親はトウトウ悲鳴をあげてしまった。

「助けてえ……助けてえ……チィヨ……助けてエ……」

吾輩は助けてやろうと思って傍へ寄りかけたが、芸者に押えつけられて縮み上がっている男親の恰好が、あんまりおかしかったので、ついゲラゲラと笑い出してしまった。

「何事かいな。こらあ……」

とその時にトンボ姐さんは男親の両手をつかまえて、尻餅を突いたままの半化け婆をかえりみた。

「……あなたあ……」

と半化け婆は、珍妙なシカメッ面をしいしい、芝居がかりの大業な恰好で起き上った。

「あなたあ……今御前様のお声のしましつろうが。そうしたらあなたあ……この人がガタガタ震い出して逃げて行こうとしてだっしょうが。それであなたあ……あたしゃあ一生懸命で押えつけとりましたとたい」

「堪忍しとくれやす……堪忍しとくれやす……」

と男親は芋虫のように自分の膝の間へ顔を突込みながら蚊の泣くような声を出した。

「何じゃ何じゃ、何をしよるのじゃそこで……」

とまたも禿茶瓶がカンシャクじみた声を出した。

「ととさんナ、ここで御膳たべんて言いおるがな。アンタがあんまり憤るよってに……」

「ウーム」

と禿茶瓶がまた眼を白黒して頬を膨らましたが、そのまま横を向いて宣言した。

「それならば仕方がない。どこか次の間で喰わせえ。しかしそのまま帰すことはならんぞ」

大友親分と一所に芸者一同が頭を下げた。そのうしろから女中が三、四人出て来てお膳を持って廊下へ出て来た。

四〇

こんな風にして、前代未聞の手数の掛った晩飯が、やっとのことでわれわれ親子に提供されたのであった。

提供された場所は最前来た長い廊下を半分以上逆戻りした、玄関の横の狭い、みすぼらしい部屋であったが、それでも欄間や床の間がくっついていたから木賃宿より立派であったろう。そのまん中に据えられた四つの御膳に差向いに坐って、半化け婆にお給仕をしてもらいながら今まで見たこともない御馳走の箸を取ったわけであるが、吾輩がまだ飯を一杯喰い終らないうちに男親は前に伏せてあった盃を取り上げて立て続けて五、六杯がぶがぶと呑んだ。その顔を半化け婆はあきれかえったように眼を丸くして見ていたが、やがて顔じゅうを飯粒だらけにしている吾輩を振返るとニヤリと笑った。

「アナタも一杯どうだすな」

　吾輩は左手に茶碗をかかえたまま、箸を持った方の手で盃を取り上げて無言のまま婆の方へつき出した。ちょうど何かしら液体が欲しくなっていたところだったので……。

　吾輩がその盃をがぶりと一口に呑み干すと婆がまた目を丸くしてニヤリと笑った。

「ドウしたまあ……。こらあ感心……ま一杯どうだすな」

　吾輩は遠慮しなかった。それから二、三杯たて続けに飲んだが、しまいには口の中がエガラッポクなったので冷たいお清汁をぐっと呑んで残った飯をガツガツとかき込んだ。

　ところがそれから先、何杯御飯を食ったか……、生れて初めてありついた御馳走がどんなにおいしかったか、まるで記憶に残っていないのは残念であった。何の気なしに飲んだ二、三杯の酒がこれもって生れて初めてのことであったばかりでなく、すき腹であったので、すてきにきいたらしく、振袖にオカッパさん姿のままベロベロに酔っぱらってしまった。そうしていい心持にふらりふらりしながら男親の方を見ると、これも空き腹に熱燗がきいたらしくつい今さきのへこたれ加減はどこへやら、両腕を肩までまくり上げて大気焔を上げていた。

「知事が何じゃい、署長が何じゃい、文句言うならここへ失せおろう。ハハハハハ。どんなもんじゃい、この鼻様を知らんかい」

そう言ってペロリと舌なめずりをしながら盃を差出す男親の妖怪じみたトノコ面を見ると、吾輩も滅多無性に嬉しくなった。

「ああチイよ、知事やたら禿頭やたら、テントあかんなあ」

と言い言い一杯干した男親が盃をさした。

「サイヤ気のきかんハゲタレ唐人や」

と言い言い吾輩は受取った。

「アンタまあーだ飲みなさると、いやらしさなあ」

と叱りながら半化け婆がにらみつけた。

「アホやなあ、呑まれるだけ呑ませれて禿茶瓶が言うたやないか」

「黙ってヘッコンデけつかれ、この糞たれ婆あ。市川鯉次郎はんを知らんかい」

婆は面を膨らせながら酌をした。

「あんまれ、あの人たちのことをば悪う言いよんなさると、あとで私が届けますばい」

「ハハ……。届けてもよかたい。なあ父さん。ちょっともこわいことあらへん。可愛らしい禿茶瓶や」

「ワテやかて恐いことあらへん。あの禿茶瓶親切者や、ああええ心持になった。チイよ一つ踊ってみんかい」

と言ううちに男親はヒョコヒョコと立上った。

「アイ、何でもええから唄うてや」

と言い言い吾輩も立上りかけたが、酔っていたのであろうベタンと尻餅をついた。

半化け婆は親子ばりの醜態にあきれ返ったらしく、慌てて御膳を引き初めたが、そのうちに男親は障子や襖に行き当りながら、両手をたたいて首を振り振り何やら唄い出した。吾輩もその歌につれて立上りながら、ひょろひょろと、踊り出した。

それからどこをどう歩いたか吾輩親子は手を引き合いながら、長い廊下を伝って最前の中二階の階子段のところへ来ていた。その階子段を男親がはい上っては滑り落ち、滑り落ちてははい登りしているうちに、吾輩は半分開いたままの入口の襖のところに行って室内を覗いて見ると、あんまり様子が変っていたので、酔も何も醒めてしまうほどビックリしてしまった。

四一

吾輩が襖の間から顔を差し出すとほとんど同時に眼の前を火のようなまっ赤なものが横切ったので、ビックリした。慌てて首を引っこめながら、よくよく見ると、それは緋縮緬の長襦袢の前褄を高々と取った髯巡査で、これを青い長襦袢を引きずったトンボ姐さんと手に手を取って達磨の道行きみたいなものを踊っているところであった。

その横手で手拭を姉さん冠りにした署長さんがペコンペコンと三味線を弾いているがドウモうまくゆかないらしく、水ッ洟をコスリ上げては天神鬚をシゴイているが、何べんシゴイてもうまく弾けないらしい。

それと向い合った縁側のまん中には大友親分が、昇り竜の黒雲と火焔を丸出しにした双肌脱ぎの向う鉢巻で、署長さんの三味線にかまわず両手をたたいて大きな声で歌を唄っている。

「達磨さんえい。達磨さんえい。赤いおべべは誰がくれたア。どこのドンショの誰がくれたア」

「ヨイヨイ」

と芸者が一斉に手をたたきながら共鳴した。署長の三味線も何もどこかへフッ飛んでしまうくらいスバラシイ景気である。そのさなかで髯巡査が胴間声を張り上げながらドタンドタンと踊り上った。

「これは天竺。色町横町の。オイラン菩薩の赤ゆもじ」

「ヨイヨイ」

吾輩は髯巡査の踊りの要領を得ているのに感心してしまった。赤い長襦袢から、毛ムクジャラの手足を、煙花線香みたいに突き出して跳ねまわるのだから、チョット見には非常に乱暴な、武骨な踊りのようであるが、その中にいい知れぬ風雅な趣と愛嬌がある。それがその据わりのいい腰付きに原因していることを発見したので子供ながらモウ一度感心しながら見とれていた。

「達磨さんエイエイ。チョットこちらを向かしゃんせ。味な話があるわいな」

「ヨイヨイ」

「味な話と。聞いてうしろを。チョイと見たれば、梅や桜の花ざかり」

「ヨイヨイ」

「達磨さん。エイエイ。チョイとここらで、座禅休みに、お茶を一パイ飲ましゃんせ」

「ヨイヨイ」

「そげに言うなら。一つくれいと、グイと一杯。飲んでみれば酒じゃった」

「ワハ……」

「オホ……」

「イヒ……」

という笑い声のうちに髯巡査は盃洗に一パイ注いだ酒をグーッと飲み干すと、赤い長襦袢を引きずったまま自分の席に逃げ帰った。

「イヨ――オオ……」

と大友親分が手を打って喝采した。それにつれてほかの芸者が一斉に手を打って黄色い声をあげた。署長も渋々三味線を置いて手をたたいたが、その時に最前からコクリコクリと居眠りをしていた禿茶瓶が、もたれていた脇息から膝を外してビックリしながら眼をさました。同時に鼻からプーッと丸い提灯を吹き出したので、吾輩は思わずゲラゲラと笑い出した。

　皆は一斉にこちらを見た。その中にもトンボ姐さんはいち早く吾輩を見つけて青い襦袢を引きずったまま走り寄って来た。

「まあ……よう来なざったなア。ばってんがどうかいなア。顔じゅうは御飯粒だらけえして……」

と言い言い、傍にいた若い芸妓の懐中を借りて吾輩の顔を直してくれた。

吾輩はトンボ姐さんに抱きついて顔を直してもらいながらヘラヘラと笑った。

「こんどはワテエが踊って見せてやろかい。アネサンマチマチでも何でも……」

「ウワア。賛成……」

と髯巡査が双手をあげて踊り上った。禿茶瓶も酔眼モーローとして手をたたいた。

「この帯解いてや。あんまり食べて苦しいよって……」

「この帯解かんな踊らにゃ……こてお行儀のわるか……」

とトンボ姐さんが白い眼をして見せた。

「かまわんかまわん。アネサン待ち待ちなら帯のない方がええぞ。ハハ……」

と大友親分が吾輩に声援をしたおかげで吾輩は羽子板の帯から解放されたが、同時に酒の酔いが一時に上って来たらしい。何んだか眼がクラクラしてきた。

そこへ最前から階段のところで寝ていたらしい男親が、酒を運んで来た女中に起されると同時に鵞鳥みたいな声をあげて、

「祝うたア祝うたア」

と座敷のまん中に転り込んで来た。

その風体を見ると女連中は皆引っくり返って笑った。一方に男連中は

「イヨー。色男色男」

と鯨の声をあげて拍手喝采したので座敷じゅうが一時にドヨメキ渡った。

それまではハッキリ記憶しているようであるが、それから先の記憶がハッキリしていない。そうしてホントウに気がついた時には、どこかわからない広々とした大川のまん中を、白い帆をかけた船に乗って走っていた。

四二

吾輩はあんまり様子の変りようが甚だしいので、夢ではないかと思いながら、またジットを閉じた。

しかし眼を閉じて考えてみるとドウモ夢ではないらしい。吾輩は現在たしかに固い板張りの上に、大きな風呂敷包みを枕にして寝ているようである。傍には男親と女親が坐ってヒソヒソ話し合っている声がきこえる。

「アンジョ助かった」

「まだわからへン。この船、木屋の瀬から下り船に乗りかえて若松に出で、そこから尾の道に渡らんとこっちのもんにならへん」

とか何とか……。その話の切れ目切れ目に頭の上の高いところからハタリハタリと帆柱の鳴る音がきこえる、枕の下からはパタリパタリピチャリピチャリという水の音が入れ変わって伝わってくる。決して夢ではない。

「おかしいな」

と吾輩はモウ一度子供心に不思議がりながら昨夜？　のことを思い出してみた。そうすると、いろいろなアラレもない光景が、夢ともなく、うつつともない絵巻物のように、眼の前に展開されてきた。

吾輩は、あれから白木綿の襦袢と赤い腰巻一つになって、知事公や、署長や、大友親分や、芸者たちの前でアネサンマチマチ以下の妙技を御披露に及んで大喝采を博したようである。実にアカメン・エンド・アセガンのいたりで、吾輩が酒のために失敗したのはこの時をもって嚆矢とする次第であるが、しかしその時にはたしかに大得意だったようである。いわんや、それに感激して飛び出して来た髯巡査が、赤い長襦袢の尻をまくって吾輩の横に横坐りをして、吾輩の妙技を真似しながら芸者連中を引っくり返らせて、座敷じゅうをはいまわらせた時の愉快だったこと……。

ところがまたそのうちに誰かが「ドンタクドンタク」と怒鳴り立てると聞くより早く皆総立ちになって、茶椀やお皿をたたいて、座敷をグルグルまわり初めた。それを見ると吾輩もメチャクチャに愉快になったので、大いに大人と張り合う気で、お縁側に置きっ放しになっていたお櫃の中から杓子を二本抜き出して、御飯粒をスッカリなめはがして、ピシャリピシャリと叩き合わせながら、その行列に参加した……するとその杓子の音が非常に効果的だったらしく、台所から新しい杓子が十数本徴発されてきたのを、男連中が奪い合うようにして、吾も吾もとタタキ初めた……そのまま吾輩を先頭にして男連中が先に立って、そのうしろから芸者が三味線を弾き弾きついて来る。その一番うしろから男親が、鼓をタタキタタキ奇妙なかけ声を連発して来るといったようなわけで、都合二十人近い同勢が中二階を練り出して、広い料理屋じゅうを、ぐるぐるとドンタクリ初めた。

……それからしばらくの間は、何が何やらメチャクチャになっていたが、そのうちにいつの間にか同勢から取り残された吾輩が、お庭の切石の上に突立って、泉水の底に光っている満月に小便を放りかけていると、これも同勢からハグレたらしい男親が見つけ出して、大急ぎで吾輩を湯殿に引っぱり込んだ、そうして自分の口を押えて見せて

「物言うたらアカンデ」

と言い言い二階へ舞い上っているドンタク騒ぎを指してみせた。

吾輩は、そういう男親の意味がわからないので少々面喰った。そうして男親の言うなりになりながら眠くなりかけた眼をコスリまわしていたようであるが、しかし男親の方は何かしら吾輩以上に面喰っているらしかった。キョロキョロと前後を見まわしながら、泳ぐような恰好で湯殿のクグリ戸をあけて脱け出すと、台所の前の横門を音のしないように開けて、見覚えのある中島の町筋に出て、折よく通りかかった人力車に二人で乗った。……までは、どうやら記憶に残っているようであるが、そのあとがパッタリと中絶しているようである。多分そのまま人力車の上で眠ったのであろう。

その次に眼が醒めた時は汽車の中で吾輩は女親と差向いになって男親の膝にもたれながら寝ていた。その時に二人は誰もいない車室の暗いランプの下で、今まで見たこともない

立派な金具のついた蟇口（がまぐち）や、折り畳になった紙入れを三つ四つ出して、腰かけの上に並べて、中から一円銀貨や、大黒様や猪（いのしし）の絵のついた札をザラザラかき出して勘定していた。しかし半分夢心地でいた吾輩（わがはい）は多分御褒美に貰（もら）ったものだろうぐらいに考えて格別不思議がりもしないまま薄目で見ていたが、そのうちにまたも睡ってしまったらしい。

それからまた、どこかわからないところで揺り起されて大急ぎで汽車を降りた。そうして長い長い石の段々を降りつくすと、そこらでウドンを一杯喰ったようであったが、しかしこのときも半分眠りながら喰ったのでうまかったかまずかったか記憶していない。……それから一足飛びに現在になっているようである。

いうまでもなくこのような記憶は、今からその当時のことを追憶した大人の吾輩の記憶である。だからよく考えてみると前後の連絡がチャントついているようで決して夢ではなかったと思われる。つまり男親は酔っていたために大胆になったものか、今までにない出来心を起したものらしい。ドンタクの騒ぎに紛れてどこかの部屋に置いてあった知事や、警察署長や、大友親分なぞいうとんでもない連中の持ち物を失敬するとそのまま逃げ出して、木賃宿に寝ている女親を誘い出して、博多駅から夜行列車に乗って折尾に出て、そこから飯塚通いか何かの石炭舟に便乗したらしい事情がアラカタ推測されるのであるが、しかし、その当時七ツか八ツぐらいであった吾輩にはむろん何が何やらわかりようがなかった。いわんやどうしてコンナ風に形勢が急転直下したか。何のためにコンナところまで逃げて来たのか……という理由なんぞは、テンデわからなかったのであった。

四三

ところがそんなことを考えているうち板子の上に寝ている吾輩の襟首のところから冷たい風が吹き込んで来たので、大きなクシャミを一つ二つした。その拍子にムックリ起き上った吾輩は、大きな声で

「ここはどこけえ」

と眼の前に坐っている両親に問いかけると、その拍子にまたもクシンクシンと二つばかりクシャミが出た。

ちょうど船の舳のところに坐っていた両親は吾輩の声を聞くとハッとしたらしく振り返った。そうして大慌てに慌てながら二人がかりで吾輩をモトの板張りの上に押しつけると、頭の上からホコリ臭い茣蓙をガサガサと引っかぶせた。そのあとから女親が

「寝ておらチタラ。外道され……動くと水の中へ落つるぞ……」

と威嚇したが、その時に吾輩は女親が冠っていた手拭が、昨日警察署長が冠っていた二輪加面のついた手拭と同じものであることに気がついた。同時に男親が中折帽を眉深く冠って、その下に青眼鏡をかけて、風付きをまるで変えてしまっているのに驚いたが、それでもまた、どこかでドンタクでも初まるのかしらんと思うと、別段不思議がりもせずに横向きになってウトウトし初めた。

われわれの一行三人が、直方の近くの木屋の瀬という大きな村に着いたのはそれから間

もなくのことであった。追風に乗って来た船から引き起されて河岸に上ると、急に風が強くなったのに驚いたが、女親はまだ足がフラフラすると言うし吾輩は寝足りなかったし、男親はまた昨夜の酔いが残っているらしく三人共吹き飛ばされそうな恰好で河堤をはい上ると、すぐに村外れの木賃宿にはいった。そうして、ほかに相客がないを幸いに、飯を喰ってしまうと枕を借りて、三人ともグーグー寝てしまったのであった。

ところでこの木屋の瀬というところは、今はどうだか知らないが、その当時まではかなり大きな村であったように思う。そうして現在もこの界隈は、賭博の本場で、大抵の木賃には花札と骰子ぐらい転がっている。直方の町に行くと乾電池仕掛けの本式のインチキ骰子まで売っているという話であるが、吾輩は無論そんなことは知らなかったらしい。夕方になって眼を醒ましてみると、両親はモウ湯にはいって、飯をすましたらしく、二人とも一パイ祝杯をあげたらしい上機嫌で、木賃宿に似合わない赤い、大きなツギハギだらけの座蒲団を借りて来て、吾輩の枕元に置いてパチリパチリと花を引いていた。ところが、そのうちに男親はもう当座のお小遣いを綺麗にハタカせられてしまった上に若干の借りまで出来たらしく、スッカリ元気をなくしてしまった。そうしていかにもつまらなさそうにモウ二、三回くり返していたが、そのうちに

「モウアカン」

と札を投げ出して止めにかかった。今までは負ければ負けるほどカンカンになる男親だったのにコンナことは全く珍しかった。

しかし女親は、まだ男親が昨夜の稼ぎでタンマリ金を残しているのを睨んでいるらしくナカナカ素直に手を引かなかった。

「モウ止めるのけエ、まだ宵の口でねえけえ。せめて今日の借り貫だけでも返して退かんけえ」

とニヤニヤ笑いながらボツボツ札を切り出した。

ところがこの時の男親は多少いつもと違っていた。それとも昨日の出来事で心気一転させられたものか女親の言ったことがドウヤラ虫に障ったらしく、後手を突いて反り返りながら、イクラか投げやり気味で皮肉らしいことを言った。

「イヤ。もうアカン。あんたと花はモウ引かん」

「何でや」

と女親も多少聞き棄てにならんという気味合いで坐り直した。

「何でやちゅうて訳はあらへんけど花ではトテモかなわんよって……」

「どうしてかなわんチことわかるけえ」

といよいよ聞き棄てにならんという恰好で威丈高になった。そういう男の表情が、黒アバタで見当がつかないために、自分のインチキを疑われたのじゃないかとうたがったものらしい。

起き上るとすぐに横の窓から遠賀川の流れを眺めていた吾輩も、いつの間にか振り返って耳を澄ましていた。

四四

しかし女親が気色ばんでくるにつれて、男親は正反対に冷静になっていった。うしろ手をついたまま白い歯を見せてアハアハアハと笑い出した。男親がコンナ風に男らしい笑い声を立てたのは吾輩も初めて聞いたのであった。

「何で笑うのケエ。わてから負けるのが何でおかしいケエ」

と女親はイヨイヨ気色ばんで赤い座蒲団を引き退けた。

「アハアハアハ」

と男親はやはり恐れ気もなく笑い続けた。

「モウ八年も負け続けとるやないか。どないな人間でも大概飽きるがな」

そういう男親の眼には薄い涙が滲(にじ)んで見えた。吾輩にはそうした男親の気持がよくわかったように思えた。

しかし芸術家肌でない、我利我利一点張りの女親には、そういう相手の気持がサッパリわからないらしかった。いささか面喰った形で小さな金壺眼(かなつぼまなこ)をパチパチさせたがそれでも自分のインチキ手段がバレたのではないことがわかったのでいくらか安心したらしく、小さなタメ息を一つした。そうして逆襲的な冷笑をニヤリと浮べて見せた。

「フーン。そんならもうワテエと花引かん言うのけえ」

と言い言いまた名残り惜しそうに花札をチョキチョキ切り初めた。

男親は相手の顔を見ないように眼を閉じて言った。悄然（ぼんやり）とした口調で……

「……アイサ、ワテエはこれからワテエ独りで稼ぐがな」

「ナニイ」

と女親はまたも気色ばんだ。切りかけた花札を左手にシッカリと握り込みながら片膝（ひざ）を立てた。

「何をぬかしくさるのケエ。芸ショウモないくせに……」

いつもならこうした女親の態度を見るまでもなく、男親は一ペンに縮み上るのであったが、きょうは不思議に縮み上らなかった。スッカリ諦（あきら）めつけているらしく、依然としてうしろ手をついたまま眼を閉じていた。

「あんたは花の方が上手やから毎日花で稼ぎなはれ。ワテエは毎日自分で稼ぐがな。あの児と一所に……そんでえやろが……」

そういううちに男親はチョッと眼をあけて吾輩の方を見た。吾輩も飛び上るほどうれし喜んで、承諾の意味をうなずいて見せようとしたが間に合わなかった。

スパーン……。

という大きな音がしてビックリする間もなく、男親が畳の上に引っくり返るのを見た。女親が腕まくりをして、横たおしになったままの男親の目面へ、花札をタタキつけるのを見た。花札がバラバラになって、そこいらじゅうに散らかるのを見た。こんな活劇を見るのも吾輩初めてであった。

「……コ……コン外道サレエ。恩知らず。義理知らずの、黒ジャンコ……ええッ……」

と言いさして女親は言いなじった。あんまり逆上して口がかなわなくなったらしい。

「……エエッ……ココ……コンけだもの。片輪ヅラ……ダ誰のおかげでその着物着た。誰のおかげで飯喰うてきた……ソ……そんでもウチを邪魔んすのケエ。三味線いらんチュウのけえ。エエッ……ココこの……」

そのあとの言葉を何と続けていいか考える間もなく女親は、男親の横ッ面へポコーンと一つ拳固を喰らわせた。男親は両手で顔を抱えたその指の間から涙がポロポロと流れ落ちた。それを見ると女親はイヨイヨ猛り立った。

「出て行くなら出て行きくされ。ゴク潰しの餓鬼サレも連れて退け。ケンドその前に今までの借り貫払うて行きクサレ。二百七十二円ときょうの三円十五銭片付けてウセクサレ。……ダ……黙っとるチュウたらつけ上りくさる。コン外道外道外道外道外道」

四五

女親のヒステリー弁が非常な勢いで速力化し初めた同時に男親の頭の左右から雨霰と握り拳が乱下し初めたのを、男親は両手で防ぎ止めようとしたが、拳固の当ったところをあとから押えていくので何の役にも立たなかった。

吾輩は見るに見かねて、止めにはいりかけた。むろん張り飛ばされる覚悟で、せめて女親の向う脛に喰いつくか何かしたら、驚いて止めるだろう。あとはどうなってもかまわないというような吾輩一流の無鉄砲な考えで窓から離れて、犬も喰わないマン中へ走り込みかけたが、この時遅くかの時早く、大急ぎで二階段を駈け上って来て、二人の間に割り込んだ者があった。

それはこの木賃宿の亭主で、恐ろしく背の高い、馬鹿みたいな顔をした大入道であった。

「……ま……ま……待ちなさっせえ。そんなひどいことさっしゃったて話はわからん。ま……まあ待ちなっせちゅうたら……」

木賃宿の亭主はピカピカ光る坊主頭を振り立て振り立て両親の喧嘩を止めた。その亭主の頭のマン中に一升徳利の栓ぐらいの円い瘤があるのが吾輩の眼についたが、これはやはりどこかで喧嘩を止めた際に出来たものに違いないと、咄嗟の間に吾輩は考えた。

ヒステリーを起した女親は、止められるとなおのこと、猛り立って阿修羅のように男親をタタキつけようとしたが、たちまちのうちに息が切れて、口がきけなくなってきた。やはり心臓が弱いせいであったろう。腕力も男親よりは確かに強かったに違いないが、しかし六尺豊かの大男にはかなうはずがなかった。間もなく両腕をつかまれて、花札の上に尻餅をつかせられると、今度は袂を顔に当て、メソメソと泣き出したので、やっとのことで女らしい恰好になった。

その女親と、うつ伏せにヘタバッテ伸ばされてしまっている男親との間にかしこまったツンツルテンの浴衣がけの亭主は、ツルツル頭の瘤のまわりをなでなで顔を長くした。

「いったいこれはどうしたわけでござすかいナ。南風になりましたけんであの窓をば閉こうと思うて上りかけたところへこのような……」

と言いかけて後は言い得ずにモウ一度瘤のまわりを撫でまわした。

女親は袖を顔に当てたまま何事か弁じ出した。しかし非常な早口で、いつもとまるで違った、泣くような、訴えるようなヒステリー声を続けやりにまくしたてるので、女親の言葉癖を聞き慣れていた吾輩も、よく聞き取れなかった。

けれどもツルツルの頭の亭主は頭のマン中に瘤があるだけに女親のヒステリー語がよくわかったらしく聞いているうちに長い顔を一層長くしたのは奇観であった。

「……ハハアー……。それはまあごもっとも千万なことで、せっかく今日まで仲よく暮してござったのに、お気の毒なことでございます。……しかし何でございます。モトは申しまっすると、やっぱりあなたがたお二人のお手慰みからでございましょう。エヘッ。さようでございましょうがな……」

女親は泣き声をやめてうなずいた。男親も伸びたまま耳を傾けているらしい。吾輩も子供心にこの爺さんがどんなロジックを持ち出して裁判をするだろうと耳を澄ました。禿頭のまん中の瘤がピカピカと光った。

「それでどうでございましょうか。今度はこのおやじも仲間に入れてもろうて、オン仲直りに機嫌よう一年引こうではございませんか。幸いきょうは雨風もようで巡査は廻って来んことが、チャントわかっておりまするし、ほかに相客もございませんけんで、私も所在無いところで……アッハハ……へへへ……」

このロジックは子供の吾輩にはわからなかったが、賭博好きの両親にはわかったらしい。ことにこのおやじが一端の利いた兄哥ならともかく、どうやら人の良い愛嬌ものらしいので、大した相手ではないとタカをくったのであろう。女親がシャクリ上げ上げ散らばった札を拾い集めて切り直すと、男親もすぐに起き直って頭をなでなで座蒲団の位置を直した。バクチにかけると両親ともコンナ風に実に子供じみた朗らかな現金さを見せるのであった。

この様子を見た瘤のおやじは、何やら思い出したようにニヤリと笑うと、チャントそのつもりで上って来たものらしく、懐中から新しい金色の帯封のかかった赤裏の札を二組出して座蒲団のまん中に置いた。

「ちょうど新しいとが二アツございましたけんで、これでお願いしまっしょう。初めでございますけんで……エヘヘ……」

四六

新しい二組の花札を見ると女親は不承不承に黒い札を引っこめた。そうしてその帯封のまわりをクルリと見まわしながら、指の腹でプツリと切って、バラバラにして掻きまわしながら、瘤おやじと役の打ち合せを始めた。

それから始まったスポーツは後で考えるとハチハチというやつであったが、女親の札さばきが、今までにも増して勇壮活潑なのに反しておやじの手つきは世にも無器用を極めたものであった。銭の代りに勘定するコマを間違えたり、最初に打ち合わせた花札の役を、途中で忘れて問い直したり、一度一度に取り落しそうな恰好で札を出したりしているうちに、一勝敗ごとに大きく負けていった。

この様子を見ると、女親はイヨイヨ調子に乗ってきたらしい。獅子鼻(ししっぱな)の頭に汗をかきかき、櫛巻(くしまき)の頭に向う鉢巻をして、エンヤッとばかり片肌脱ぎになった。男親はまた男親で、心持ち青い顔になって痩(や)せ枯れた両腕を肩までマクリ上げて、オズオズと札を投げ出してゆくのであったが、これは無理もない話であった。男親は今までになく勝ち続けていて、半年(六回)くり返すか返さないうちに、ほかの二人のコマの半分以上を取り上げているのであった。

しかしこれはハタから見ている吾輩にとっては、不思議でも何でもなかった。女親が腕によりをかけて、インチキ手段のあらん限りを使いまわしながら男親が勝つように勝つようにと仕向けているのだから、そうなるのは当り前であった。ことに一枚一枚めくられてゆく場札のウラの特徴をチラチラする窓明りに透かしながら、一枚残らず憶(おぼ)えてやろうと思って、一生懸命になっている吾輩の眼で見ると、三人が手札を起さない前から、札のウラをチラリと見まわしただけで、三人の手役があらかたわかってしまっていた。今度の場がどうなるかということが、最初から見当がついていたのだからつまらないことおびただしかった。間もなく退屈してしまったので、小さなあくびをしながらポツリポツリと降り込んでくる南側の窓を閉めるべく立ち上って行った。それを見ると、またも負けている瘤

おやじが瘤のまわりをツルリと撫でながら
「コレハどうも……すみません……お悧口さんお悧口さん。あとでお菓子を上げますよ……アッハハ……」

と愛想笑いをした。バクチを打つ人間はみんな向う鉢巻で血相をかえているものだと思っていた吾輩は、いささか変な気がしたので、そういうおやじの顔を振り返り振り返り小さな雨戸を閉めた。

そのうちに日がトップリと暮れてしまうとおやじはバクチを中止してランプをつけに降りて行った。両親も立ち上って二階の雨戸を閉めまわったが、そのついでに二人が顔を見合わせてペロリと舌を出し合っているのが、外の夕明りで影人形のように見えた。

瘤のおやじはまた瘤おやじで、下の戸締りをゴトゴトやって、吊りランプをつけて上って来ると、吾輩を見てまたお愛想を言った。

「サア嬢ちゃん、下に御飯の仕度がしてあるけに喰べて来なさい。ぬるいお茶もかかっとる。お菓子もチットばかりお膳の横に置いといたげにな」

吾輩は案外に深切なおやじの言葉に面喰いながら両親の顔を見たが勝ち続けている女親はむろん上機嫌で、畳の上に手を突いてペコペコと顔を下げた。

「ホンニなあ。すんまっせん。……コオレ。お礼言わんかチタラ」

吾輩は依然として面喰いながら畳の上に両手を突いた。おかっぱさんを畳の上に擦りつけながら、

「オワリがトウ、ゴザイマス」

といつもの伝でやっつけると瘤おやじがまたも瘤のまわりを撫で撫で感心した。

「ウーム。感心なあ。まああんた方の平素のお仕込みがええけんで……行儀のええことなあ……アッハハ……」

と笑った。それがおかしかったと見えて男親が、女親のお尻のところに顔を持って行って忍んで笑うのを、女親がお尻でグイと押し除けて「笑ってはいけない」と警告したが、それと一所に二人ともふきだしてしまったのでせっかくの警告が何もならなくなった。

その笑い声を聞きながら吾輩は大急ぎに階段を駈け降りて行った。

四七

階段を降りてみると、鼠の音一つ聞えないくら暗のまん中に、小さなカンテラの光が赤黒くチラチラと揺れて、粗末なお膳と、飯櫃を照し出していた。

吾輩の記憶に残っている木賃宿の亭主というものは大抵男に限っていた。しかも独身の老人が割り合いに多かったように思うが、此家の主人もそうらしかった。吾輩は、その亭主の手料理らしい茄子の味噌汁と、カマボコと、葱の煮付けを、タッタ一人でガツガツ喰い始めたが、そのうちに、だんだん嵐がひどくなってきて、家じゅうがメキメキ鳴り出したのには驚いた。二階の両親が花札に勝っているらしいので、この上もない幸福感に浸りながら唐米飯を顔じゅうにブチマケていた吾輩も、時々箸を止めてそこいらを見はったくらい大きな音響が、家のまわりを取り捲き始めた。棚の空罐が転がり落ちたり、入口のつっかい棒が外れ落ちたりし始めたのであったが、しかし吾輩はそのたんびに、すぐ眼の前に黒光りしている、巨大な大黒柱を見い見い、安心して尻を据え直したものであった。

吾輩はこうして、いつもよりも何層倍か時間をかけて飯をしまって、大黒柱のつけ根にある火鉢の上の、生温い渋茶をガブガブと飲んだ。それから膳の横に置いてあった小さな菓子の包みを取って立ち上ろうとすると、ちょうどその時に床の下から吹き込んできた一カタマリの風のためにカンテラの火がフットと消えたので、仕方なしに手探りで菓子の包みを取り上げたが、中に包んであった鉄砲玉が、雨風模様のお天気でスッカリしけていたらしく、握り締めて立ち上る拍子に紙が破れて、中身がスッカリ脱け落ちてしまった。

吾輩はその鉄砲玉が、まっ暗闇の畳の上を遠くの方へ逃げて行く音を聞きながら、ドウしようかと思った。とりあえず人生の無常を感じさせられたわけであったが、すぐにまた気を取り直して、まっ暗な畳の上をはいまわって、逃げた鉄砲玉を探りはじめた。

ところで経験のある人間は知っているであろうが、まっ暗闇の中で鉄砲玉を探していると、かなり情けない心理状態になるものである。闇夜に鉄砲というのはこのことじゃないかしらんと思われるくらいで、チョイト指が触っただけでせっかく探り当てた鉄砲玉がどこへ消えたかわからなくなるのだから焦だたしいことおびただしい。いわんやその探す相手の鉄砲玉が、吾輩の大好物の黒砂糖製で、闇の中に漂う甘ったるい匂いだけでも、夢のような陶酔を感ずるにおいてをやである。

だから吾輩は一生懸命になって顔から滴り落つる汗をなめなめくら暗の中をはいずりまわった。そうしてヤットのことで五個ほど探し出したが、あとにまだ一つ二つ残っているような気がしたのでモウ一度広い範囲にわたって大捜査をこころみるべく決心しながら、とりあえず五個だけを手探りで膳の上に置いて、その膳のまわりを中心にしてだんだん遠くの方へはい出して行きかけると、遠いと思った大黒柱が案外近くにあってゴツンとおでこをぶっつけた。それをジット我慢しながら、その大黒柱と火鉢の間に手を入れて掻きまわしておるうちに、大黒柱のつけ根のところをチョト押えたように思うとパチリと妙な音がしたのでビックリした。同時に何だろうと思って手を出して探ってみると、柱のつけ根の框と境目のところにバネ仕掛の蓋がついていて、そいつが押えられた拍子に開いたものらしかった。

そこまで探り出すと吾輩はモウ二階のバクチも鉄砲玉のことも忘れるぐらい、好奇心に満たされてしまった。とりあえず傍の火鉢のまわりを撫でまわして、タッタ一つついていた抽出の中からつけ木（薄い木の端に硫黄を塗ったもの）を一枚探り出して、火鉢に残っていた蛍のような火をカンテラに移してみると、そのバネ仕掛の蓋の内側は小さな四角い穴になっていて、中には白い滑らかな、ピカピカ光る骰子が二個はいっていた。

吾輩の好奇心はイヨイヨ高まった。

四八

大黒柱のつけ根の隠し蓋の中に骰子が二個はいっている……といえばその家の主人公がドンナ人物であるかは大抵想像がつくであろう。

ところが子供の悲しさには、そんなことを吾輩はミジンも気づかなかった。ただいいしれぬ好奇心に囚われながら、その骰子を取り上げて、見様見真似で畳の上をゴロゴロ転がしているうちに生得敏感な吾輩の指先は次第次第にその二個の象牙の中に隠されている秘密を感じ初めた。指の間をコロコロと転がして振り出す準備をしているうちに、二個の骰子が互い違いに重くなったり軽くなったりするのをハッキリと感じてきた。

吾輩の好奇心はイヨイヨ高まるばかりであった。鉄砲玉の甘味でベタベタする両手と骰子を、框に掛けてあった濡れ雑巾で念入りに拭い上げて、着物の端で揉み乾かしてから、モウ一度一心こめて振り直してみると間もなく真相がわかってきた。

その骰子は二つとも一と五と三の間が突んがったところに、何かしら重みが仕込んであった。そうして振り出す時の持ち方と、指の曲げ加減一つで、思う通りの目が出てくるのであった。

これは最も熟練した賭博打ちの使用するもので、三の目の端の一粒から穴を明けて黄金か鉛の小粒を入れる。それから同じ三の目のまん中を利用して骰子の中心を空虚にしたものであるが、表面から見たところでは象牙の目がキレイに揃っているのだから、ナカナカ細工がわからないものだと「袁玄道夜話」に書いてあるのを後に発見して、なるほどと感心したが、そのときはむろん、そんな秘密を知っているはずがなかった。これもって生れて初めての事だったものだから、骰子というものはみんなコンナ物かと思い込んでしまった。そうしてなるほどこれなら花札よりも骰子の方が勝負が早い。こんな風にサイコロの一つ一つの癖を発見すればドンナ目でも自由自在に出るのだから、丁でも半でも百発百中するにきまっている……としきりに感心しながら、熱心にコロコロやっているうちに二階で……アッハッハ……と禿頭のおやじの笑い声がしたので、吾輩はハッとした。大急ぎで骰子を元の穴に入れた。そうして慌てて蓋を閉めてしまうと、やっと鉄砲玉のことを思い出したので、膳の上の五ツを左手につかんで、あとから見つけた一個を口の中に入れながら、カンテラを吹き消すと、一層烈しくなった嵐の音を聞き聞き、階子段を二階に上って来た。

見ると二階には、そんなにも蚊もいないのに大きな蚊屋が室一パイに釣ってあって、その片隅に吾輩の床が取ってある。その反対側の蚊屋の外に釣るしてある煤けたランプの前に三人が座蒲団を取り囲んで、最前の通りに八八を続けているのであったが、蚊屋をまくって中にはいってみるとすぐに、最前とは形勢がスッカリ一変しているのに気がついた。

片肌脱ぎで鼻の頭に汗をかいていた女親はいつの間にかスッポリと肌を入れている上に、眼の球ばかり釣り上げた血の気のない顔一面に髪をバラバラと垂らしかけている。むろん唇をキリキリとかんでいるので口をきく余裕なぞはないらしい。その向いに坐った男親は女みたいに抜き衣紋をして正座しているがいかにも力無さそうに、痩せ枯れた手で手札をいじりまわしている。バクチを打つ幽霊のうしろ姿を見るようだ。

その中にタッタ一人異彩を放っているのは瘤頭のおやじであった。たださえ大きな身体を威丈高にあぐらをかいて、瘤を中心にした禿頭に古ぼけた茶色の手拭を向う鉢巻にしていたが、ランプをまっ正面にした赤光りする顔を、いよいよ上機嫌らしく長くして、いろいろな文句を言い言い場札をさらい上げていた。

その文句は初め何のことだかわからなかったが、あんまり何度も何度も繰返して言うのでツイ憶え込ませられてしまった。

「アッハハ……青タンかけが残念か……」

「……坊主……」

と男親が気抜けしたように札を投げた。

「……アッハハ……松桐坊主が寺持だすとござるかな……」

「メクッタッ……」

と女親が突然に一枚タタキつけながら、カスレたような声を立てたが、勢よく次の札をめくると、またもキリキリと眉を釣り上げて唇をかんだ。

「アッハハ……坊主取られた六角堂……と……頂戴仕っておいて……と……ソーラ。キリトリ御免の、四揃パッサリとござった。雨は待たん方が利口でガンショウ。そなたの方に降りそうじゃからアッハハ……」

女親はオヤジがこんな文句を言うたんびに、イヨイヨ眼を釣り上げて唇をかんだ。

男親もそのたんびに坐り直しては固くなり、固くなっては坐り直した。

四九

吾輩はコンナ風にして花札に負けかけている両親を横目に見ながら、サッサト寝床の中にモグリ込んでいった。

いうまでもなく吾輩は、吾輩の女親がヒトカドの瞞着屋であることを知り過ぎるくらい知っている。だからその女親と男親を束にしてタタキつけていく瘤おやじが生やさしい腕前の持ち主でありえないであろうことは、子供心にもチャント察していたわけであるが、しかしそれだからといって、さほど大した腕前とはもちろん、最初から思っていなかった。またやっているバクチも今まで、両親が水入らずでやってきた小さなもので、タカダカ五円か三円ぐらいの取引で済むものと思っていたので、かえって腕自慢の女親がタタキつけられているのがおもしろいな……ぐらいに考えて、見向きもせずに寝床に潜ったわけであった。

ところが平常の吾輩ならば、既に十二分に満腹している上に、大好物の鉄砲玉にまでありついているのだから枕に頭をクッつけると間もなく、無上の満足と安心のうちにグーグーと睡り込むはずであったが、今夜はナカナカそういかなかった。昨夜博多から、遠賀川の川舟の中までズーッと睡り通して来たせいか、それとも吾輩の子供らしい、純な第六感が、この時既に大変なことが起りかけていたのを感じていたものか、何遍も寝返りを打っても眼が冴えてきてしようがなかった。

そこで吾輩は今一つ新しい黒砂糖の鉄砲玉を口の中にほうり込みながら、クルリと寝返りを打った。そうして腹ばいになったまま両親と瘤おやじの花の打ち方をベースボールでも眺めるような気持で見物していると、果せるかなそのうちに大変なことを発見した。瘤おやじのインチキ手段がいかに玄怪(グロテスク)なスバラシイものであるかを発見して、吾(われ)を忘れて見(み)惚(と)れさせられたのであった。

その時に吾輩が発見した瘤おやじのインチキ手段は、あまり詳しいことを話すと、悪い奴に利用される恐れがあるから大略して話そうと思うくらいすてきなものであるが、しかし、その発見の緒(いとぐち)は極めて些細(ささい)なことからであった。

……というのはほかでもない。

最初この木賃宿の亭主の瘤おやじが、吾輩の両親と三人で赤い座蒲団を囲んで車座になった時に、自分の方から新しい赤裏の札を二組提供して、吾輩の両親が使い古した黒札を引っこめさしたことは、前に話した通りである。これは今から考えると、亭主の瘤おやじがいつの間にか両親の花札の打ち方を透き見して、女親がひとかどのインチキ師であることを看破していたので、その女親のインチキ手段を封ずるために、目印だらけの古札を引っ込めさしたものに相違なかった。そうしてその代り新しい赤札を投げ出したわけであるが、これはホントウに新しい二組で、最初から目印も何もついていない物と思って吾輩は見物していたのであった。

ところがチョウド、吾輩の寝ているところは、蚊屋越しのランプを背景にした、女親の真正面に当っていて、その右手に男親が小さくなって坐っているし、左手には瘤おやじが、魏々(きき)堂々とあぐらをかいている。だから女親の左の肩越しに来るランプの光は、座蒲団の上に散らばった花札を横すじかいに照しているわけで、花札の裏の凸凹やザラザラが、一々極端にハッキリと照し出されている。それを見ているうちに、手札や場札の配合がザラリとわかってしまうのはむろんのことであった。

ところで、それはまあいいとして、ここに一つ不思議なことには、そんな風にして吾輩が、目印のない札の裏(うら)面の特徴を発見して、表面(おもて)の絵模様を見物しているうちに、最初から人間の手の痕跡(あと)がチットモついていなかったはずの新しい札の赤裏の一隅に、チョット蟹(かに)が挟んだくらいの一点の凹(へこ)みがついているのが幾つも幾つも出て来るのを吾輩は見のがすことができなかった。しかもその小さな凹みは青タンだの、五光だのいう重要な役札に限って二ツも三ツもついているようで、点のないいわゆるガラ札にはついていないのが多い。のみならずその目印を、誰が、いつどうして、何のためにつけたものなのかサッパリわからないのであった。

そこで吾輩はチョット変に思いながら、なおも垢臭(あかくさ)い夜着の中から眼を光らして覗(のぞ)いているとそのうちに勝敗がだんだんと重なって、両親がイヨイヨ負けてくるにつれて、その片隅の小さな疵(きず)が、今までついていなかった札にもチョイチョイと現われてくる。しかも誰が、どうしてつけてゆくのかということは、依然として判明しないのだから、サア吾輩は不思議でたまらなくなった。

五〇

吾輩は半分ぐらいになりかけた黒砂糖の鉄砲玉をグッと丸呑(まるの)みにして、あとに残った甘い甘い汁を飲み飲み、一心不乱に瘤おやじの札の動きを凝視し初めた。瘤おやじのインチキ手段らしい花札の裏の疵痕(きずあと)の曰(いわ)く因縁(いんねん)を探偵し初めた。

するとそのうちにまたも新しい事実を一つ発見したのであった。……というのは、ほかでもない。

瘤おやじが投げ出す札の一枚一枚をランプの逆光線に透かして見ていると、そのうちに時々息を吐きかけたように曇っているのが出てくる。しかもその曇りは、横から透かして見ているうちにスーッと消えてしまうので真正面から見たって到底わかりっこない。ましていわんや負け通しでカンカンになっている吾輩の両親の眼には絶対に止まる気づかいがないであろうホンの一時的の現象に過ぎなかった。……のみならず、その曇った札が瘤おやじの手から投げ出されるたんびによく気をつけてみると、その札の片隅には必ず小さな凹んだ疵痕が一つ殖(ふ)えているのであった。

この事実を発見した吾輩は、全身が眼の球になるほど緊張させられた。一層深く夜着の中にモグリ込む恰好(かっこう)をしながら、息をこらして瘤おやじの一挙一動を見上げ見下しているとは知るや知らずや、瘤おやじは最前から引続いて大ニコニコで、いろいろな文句をしゃべりながら目星い札を片ッ端からさらっている。その口元を何気なく凝視しているうちにヤットわかった。このオヤジの驚くべきインチキ手段が次から次へと電光石火のように吾輩の眼に閃き込んできて、戦慄的な讃嘆の眼をみはらせたのであった。こんな手にかかっちゃ誰だってかないっこないと、子供ながらに舌を捲かせられたのであった。

　その瘤おやじのインチキ手段というのはこうであった。

瘤おやじは何しろ六尺豊かの大男で、顔が馬みたいに長いのだから口の幅も、それに相応して偉大なものがある。握り拳の二ツぐらい、束にしてはいりそうに見える。ところでその口元をジット見ていると瘤おやじは、時々指に唾液をつけるような真似をしながら、眼にも止まらぬ早業で、札を一枚口の中に投げ込んで糸切歯のところあたりでチョットくわえるのであった。しかも便利なことには、おやじの口の中がまた並外れて大きいらしく、チットモ唾液がクッつかないのみならず、その札をくわえ込んだまま、唇をすこし動かすだけで、いろんな憎まれ口を含んだ洒落文句を言ったり、アッハハと咽喉の奥で笑ったりすることが自由自在にできるのであった。

　吾輩は後になって、西洋に腹話術というものがあることを聞き及んで、自身に研究してみたことがある。というのは口をチットも動かさないまんまに、呼吸と口腔の使い方でいろいろな声色を出すので、かなりむつかしい要領のものであることを知ったが、瘤おやじのインチキ手段はまさにこの腹話術を応用したものに相違なかった。つまり札を口にくわえていることを相手に覚らせないように、わざと刺戟的に憎まれ口をきいて、相手の神経を見当違いにとんがらせるのが、このインチキ手段の山であることがこの頃になってヤットうなずかれたのであったが、その時には、そんな細かいところまでは気がつかなかったにしても、そのやり方の巧妙さと、手際の鮮やかさには驚目駭心せずにはいられなかったのであった。

おやじは、こうして別に帯の間に挟んでいるインチキ用の役札を、口にくわえてはスリかえていく。または自分の手札がどうにも細工のきかないほど悪い時には、その中の一枚を素早く口の中に隠して、一枚配り足りないといって、まき直しをやらせたりするのだからたまらない。吾輩の女親が向う鉢巻をし直して、肌を脱ぎ直して、腕によりをかけ直してもおっつかないのは当り前のことであった。

しかし吾輩は、こうして瘤おやじのインチキ手段をドン底まで看破して終うと、急に睡くなってきた。それは恐らく何もかもわかったので安心したせいであったろう。そこでモウ一つの鉄砲玉を口に入れて仰向けに引っくり返ると、モゴリモゴリと口を動かしながら眼を閉じた。そうして瘤おやじがしゃべり立てる皮肉まじりの洒落文句をネンネコ歌みたいに聞きながらいつの間にか睡ってしまったらしい。

「梅は咲いたが桜はまだか……とおいでなすったナ……」

「一杯呑んで言うことを菊……と行きますかな……」

「果報寝て待て猪鹿蝶……」

「飛んで逃げたかホトトギス……か……アハハ……」

「雨ッ……メクッタッ……」

「ドッコイ……梅に鶯サカサマ事……とはドウジャイ……アハハハハ……青が腐りましつろう……アハハハ……」

五一

それから何時間眠ったかわからないが、フト眼が醒めたままウトウトしていると、枕元で何か言い争っているらしい大きな声が耳にはいってきた。そのおかげでホントウに眼が醒めてしまったので、何事かしらんと思って夜着の中から顔を出してみると、吾輩の両親と瘤おやじが、せっかく仲よくやっていた賭博を中止して睨み合いながら、何かしら一生懸命に言い争っている。しかもその一生懸命になっているのは女親の方で、瘤おやじの方はまっ白な歯を出しながらニタリニタリと、女親を嘲弄するような調子で相手になっている。その向い側に男親が一縮みになって畏まっているようである。それをチラリと見やりながら瘤おやじは咳払いをした。

「……オホンオホン……私の言う理屈はモウわかっとりまっしょうがな……あんた方は今まで負け続けて、借り貫ばっかりで来とんなさる。それが引っくるめて百三十一円と五十五銭になっとります。それをば今更になって払われんと言わっしゃっても……」

「それが最前から言いよるやないか。ワテたちの身上で百円という金持っとるかどうか考えなはれ。そんな金持っとりゃあ非人しはせん。借り貫は勝負の目当につけたのんやから、払わんでもええものと思うて……」

「アッハハ……そげな無理なこと言うたとて通りまっせんが。第一ドコからドコまでがホンマの借り貫で、どこから先がウソの借り貫ということがハッキリせんのに……」

「ハッキリしとるやないか。最初から終いまでタダの借り貫やがな」

　吾輩は女親の押しの太いのに驚いた。むろん子供の吾輩には百円の金のねうちが、どれくらいのものかということはテンデわからなかったが、それにしても金を賭けていればこそ女親は、向う鉢巻で眼の色を変えているものと最初から思っていたのに、今更それが嘘だったと言い張る女親の皮の厚さには、子供ながらアキレ返らざるを得なかった。けれどもまた、今から考えると、ソンナ無茶なことを、たかが一介の女乞食に言いかけられながら、憤りもドウもしなかった瘤おやじもただの曲者でなかったことがわかるだろう。

「アッハハ。そげな理屈はヨソでは、どうか知りまっせんけど、ここいらでは通りまっせんばい」

「通らんチュウたて理屈は理屈やないか」

「アッハハ。まあ聞かっしゃれ。……ここいらは知ってござるか知らんがバクチ打ちの本場でな、私もイクラか人に知られたオヤジでございますけんで、アンタのようなおなごさんを相手に喧嘩してもつまらんと思うて穏やかに言いよりますが……」

「女やかて、男やかて博奕の法は変らへんがな、金賭けるのやったら金賭けると、何で最初から断わらんかいな、ワテエ嘘はヨウ言わんよって……」

「アッハハ、嘘はよう言わんはヨウ出ましたな。アッハッハッハ……」

「ワテエがいつ言うたかいな」

と女親は血相をかえて詰め寄った。しかし瘤おやじは物ともせずに高笑いした。

「アッハハハハハ。あんたはタッタ今、百円チュ金は持たんと言わっしゃったが、あれは私の聞き違いでございましつろうか」

「…………」

女親はチョットひるんだらしい恰好で口ごもった。男親が県知事や警察署長や、大友親分の蟇口から掻っ浚らって来た大金を持っていることを感づかれたかと思って、すくなからずギョッとしたらしく、片目をまん丸にして瘤おやじの顔を凝視した。しかし間もなく絶対にソンナことがわかるはずはないと考えたかして、思い切って強く言い放った。

「……そんな金持っとらへん。持っとらへん。持っとるはずがないやないか」

「アハハハハ。これはおかしい。アハハハハハ……」

「何がソナイにおかしいのや」

「持ってござるかござらんか、チョッとあなたの背後の風呂敷包みをば開けてみなされ」

「エッ……」

「すぐにわかることじゃがな」

「…………」

「アッハハハハハ。あんた方は人を盲目とばし思うてござるかな……」

五二

この瘤おやじの一言には、さすがの女親もギャフンと参ったらしい。否、女親ばかりでない。よもや人は知るまいと思って隠して来た大金のありかを図星に指されたので、二人とも仰天の余り中腰になりかけたまま、瘤おやじの指した方向を振り返った。

するとその眼を丸くして口をポカンと開いた二人の顔を、瘤おやじはサモサモ愉快そうに見比べながら、ドッカリと坐り直した。白い馬みたいな歯を一パイに剝き出してニヤリニヤリと笑いながらツルリと撫でまわした顔を二人の前にさしつけた。

「エヘヘヘ……文句を言いなさんなよ。他人の懐中を見るのは私どもの商売じゃ。宿屋にしても博奕打ちにしてもそれが本職じゃ。アッハッハこの人が手の切れるような札を二、三十枚持っとるチュウくらいのことは、一眼でわかりまっする。そればっかりか、その金が、こげな木賃宿にはいり込むはずのない、不思議な金チュウことも。あんた方が昼寝をしてござる間に、チャント見て取っておりまっするぞ」

「……………」

「けんどなア。わしゃ、そげな金をただ貰おうとは言いまっせんわい。事を分けて穏やかに分けてもらわれはせんかと思うたけんで、今までお相手しておりましたわけじゃ。あッハハ」

「……………」

「どうしたもんでござっしょうかいな。アッハハ……」

「……」

「それでもないと言わっしゃるなら言わっしゃるで、ええがな。払わんと言わっしゃるなら言わっしゃるでもええ。そう言われんようにするここいらの風がありますがな」

こうした瘤おやじの冗談まじりの威嚇は百二十パーセントに効を奏したらしい。吾輩の両親はもうまっ青になってヘタバリ坐ったまま顔を見合わせるばかりであった。その前に瘤おやじはモウ一膝進めながら、眼を細くして咳払いをした。

「エッヘッヘッヘッ。どげなもんでございまっしょうかいな。……勝負は時の運と言いまっするくらいじゃけんな。あんた方お二ア人が負けさっしゃったのは気の毒じゃけんど、よう考えてみさっしゃれ。そうじゃないことがわかりまっしょうが。あんた方二ア人がこの宿に泊まらっしゃったのはホンニイ運がよかったのじゃ。悪い宿に泊ってみなさっせえ。その金をば寝てござる間に盗まれても、あんた方は警察に届けることができまっせんじゃろーが。アッハハ。勝負事で取られたものなら、楽しゅうだだけでも得だしょうが。アッハハ」

「……」

「それともその金が是非とも無うしてはならぬ大切な金で、私に払うことができんとなら、なんとか外に方法を立てさっしゃるか……」

「ほかに……」

げた。

と女親は妙な顔をして顔を上げた。男親もあとから怪訝な眼つきで瘤おやじの顔を見上げた。

「ほかに方法いうたら……証文でも入れたらええかいな」

瘤おやじはモウ一度ツルリト顔を撫でた。

「アッハッハッハッ。証文が何になりまっしょうぞ。あんた方のような旅の人から借銭の証文貰うたとていつ払うてもらわれるやらわかりまっせんがな」

「……そりゃワテエかて、払う言うたら違わんと……」

「アハハハハハ。あんたのその口は信用しまっしょう。口は信用しまっしょうが、金の方が信用できまっせんでなあ。人間とおんなじよう金が信用できたら、世の中に間違いはありまっせん」

「…………」

「それじゃから私は長い短かしは言いまっせん。何かお金の抵当になるものを置いて行きなされというのじゃがナ」

吾輩の両親はまたも顔を見合わせた。

「……お金の抵当いうたら……」

「アハハハ。わかりまっせんかな。ハハハ。何でもないことじゃ。金を払うのがイヤなら、そこに寝てござる娘御さんを置いて行かっしゃれというのじゃ。ハハハ。わかりましたかな……」

五三

吾輩の両親はモウ一度眼を丸くして顔を見合わせた。バクチの抵当に娘を置いて行けというのだから面喰らったに違いないが、夜着の中で聞いていた本人の吾輩も眼を丸くせざるを得なかった。どうしてミンナこんな風に吾輩を欲しがるのだろうと思うと、不思議で不思議でしようがなかったが、しかしその次の瞬間には、たまらないほどおかしくなって、どうも我慢ができなくなったのでわれ知らず蒲団の中にアト退りをしつつモグリ込んだのであった。この瘤おやじもやっぱり吾輩を女の児と間違えて、芸者か何かに売るつもりらしいことがわかったので……。

もっとも今から考えると瘤おやじのこうした思いつきはナカナカ考えたものであったろうと思う。第一脛に疵持つ両親に取っては、吾輩は目下のところ、逃走の足手まといになるばかりでなく、警官たちの捜索上について、何よりの眼じるしになることは請合いであった。だからこの際両親は、金よりも吾輩の方がズッと諦めよかったに違いないので、そこを瘤おやじはつけ込んだものらしい。そうして取り上げておいて、その次に現金を捲き上げる算段に相違なかったことが後でわかった。

しかし、まだ子供の吾輩には、そんなところまでは見透せなかった。それよりも瘤おやじがまたしても吾輩を女の児と間違えているのが、おかしくておかしくてたまらなかったので、早く両親が承知をするといいがなあ。瘤おやじに高い金で売りつけてくれるとおもしろいなあ。……そうしてそのあとで瘤おやじに、吾輩が男であることをわからせてビックリさせたら、どんなにか愉快だろう。万一まかり間違ったって芸者になるまでのことだ。世の中に芸者になるくらいタヤスイことはないのだから……なぞと思い思いまたも夜着の中からソッと片眼を出してみると、吾輩の両親も、吾輩を借銭の抵当にしろという瘤おやじの提議には大賛成らしく揉み手をしいしい、下に筆墨を取りに行った瘤おやじを待ちかねているていであった。もっとも男親の方はイクラか吾輩のことが気になるらしく、セムシみたいに背中を丸くして俯伏いて考え込んでいるのを女親がいろいろと説き伏せている。それを聞きながら男親もウンウンとうなずいていたが、そのうちにこれで虎口を逃れることができるというような嬉しさで一パイになっている態度がアリアリと見えてきた。

すると間もなく瘤おやじが階下から大きな掛硯と半紙を一枚持って上って来た。そうして吾輩の両親は無筆というので、自分で証文の文句を書いて読んで聞かせた。

証文

一、わたくし二人の養女チイ当年とって七歳ことお前様の子供として引きわたし申候上は後日いかなるわけありとも文句申すまじくそのため証文如件

「こんでよろしいな。そんならアンタ方の名前を書いて爪印捺して下され」

両親は無言のままうなずいた。

吾輩はそうした光景をおもしろ半分に夜着の中から見物していた。そうしてコミ上げてくるおかしさを一生懸命に我慢していたのであったが、そのうちに両親が爪印を捺すべく、

半紙に書いた証文を引き寄せて、覗き込むところまで来ると、今度は急に心配になってきた。

というのはほかでもない、その証文を覗き込んでいる両親の頭を、上から見下ろしている瘤おやじの顔が、みるみる悪魔のような気味の悪い顔に変ってきたからであった。それは瘤おやじが誰も見ていないと思って本性をあらわしたものであったろう。何だか知らないが両親に対して非常な悪巧みを持っているに違いないことが一眼でわかる顔付きになった。今までの柔和な、お人好しらしい人相に引き換えて、血も涙もない青鬼みたいな冷たい、意地の悪い表情に変ると、両親を取って喰うかのように眼を光らしてニタニタと笑った。その形相があんまり恐ろしかったので、これはこの証文に爪印を捺すと同時に両親はともかく吾輩が退っ引きならぬはめに陥るのじゃないかというような気がし初めたので、吾輩は思わず夜着の中から叫び出した。

「ワテエ。いやや……」

そう叫ぶと同時に夜着の中から飛び出して、座布団の前に膝小僧を出して坐り込むと、そこに置いてある爪印の済んだばかりの証文を、両手で引っつかんで引き破ろうとした。

五四

吾輩のこうした不意打ちには三人も驚いたらしい。瘤おやじの悪魔面も、両親の安心顔も一ペンに消え失せてしまった。同時に六本の手が一時に吾輩の両手を引っつかむと声を揃えてガミつけた。

「何しなさるのじゃ」

「見とったのけえ」

「起きとったんけえ」

吾輩も三人の慌て方の大げさなのに驚きながら証文を放した。そうしてまだ両腕をつかまれながらに瘤おやじの顔を見上げて笑った。

「おかしなオヤジやな。ワテエを芸者に売ろういうのけえ」

「コレッ」

と女親が力をこめて吾輩の腕をゆすぶった。まるで血相が変っている上に、死に物狂いの力を入れているので、吾輩は腕が折れるかと思った。

「痛い痛い痛い痛い痛い痛い」

吾輩がこう言って金切声をあげると三人が一時に手をゆるめた。とたんにスポリと両腕が抜けた拍子に吾輩は引っくり返りそうになった。

しかし吾輩はそのおかげでスッカリ調子づいてしまった。畜生。どうするか見ろと子供心に思ったので、その手を撫で擦りながら座蒲団の上に散らばった花札を整理しいしい瘤おやじの方に向き直った。

「オジイ。ワテエが一番行こう。二ア人でも四人でもええ」

三人の大人は唖然となって顔を見合わせた。その顔を見まわしながら吾輩は勢込んで札を切りはじめた。

「サア行こう。負けただけミンナ取り返すのや」

三人は啞然を通り越して茫然となったらしい。申し合わせたように吾輩の顔を穴のあくほど凝視していたが、そのうちに瘤おやじが突然に笑い出した。

「アハハハ。それはおもしろい。アハハハ……」

しかし吾輩はそんなことにおかまいなしで、危なっかしい手つきをしながら札を切って、四人の前に配り初めた。

「アッハッハッハッ……」

と瘤おやじはイョイョ引っくり返らんばかり笑い出した。一方に女親は眼を丸くして吾輩の腕をつかんだ。

「コレッ……おチイ……われホン気ケエ……」

吾輩は自分の手札を持ったままこともなげにうなずいた。

「ホン気やがな」

「花引いたことあるのけえ」

と女親はタタミかけて問うた。

「イイエ。一度もあらへん。そやけどこのオジィに勝つくらい何でもあらへん」

「アッハッハッハッハッ……」

と瘤おやじは片手をうしろに突きながら、片手で証文を懐中にしまい込んだ。そうしてからかうように吾輩を見下ろした。

「アハハハ。このオジイに勝つくらい何でもないと言わっしゃるか」

「サイヤ。花札でもサイコロでも何でもええ」

「アハハハ。これはおもしろい嬢ちゃんばい。そんで何を賭けさっしゃるかな」

「オジイは今の証文賭けなされ。それから父さんと母さんは銭かけなされ」

「コレ。オチイ。そないなことがヨウできるか。百円もの金ドウして賭けられるケエ」

「ワテエ違わんと勝つのんやからええやないか」

「アハハハハ。それはまあええがな。証文は後でま一度書かっしゃればすむことじゃがな。何も慰みやから気のすむだけ賭けさっしゃれ。私も永年手遊びはしておりまっするが、七ツになる児に負けたとなれば話の種になりまっする。アンタ方さえよければ一つ行きまっしょうかい。アッハハ。どうだすな」

　瘤おやじはむろん勝負を問題にしていなかったらしい。それとも両親の金を根こそぎ捲き上げるのにもってこいのキッカケと思ったものかも知れない。こう言って両親の顔を等分に見比べると、何も知らない女親はさすがに躊躇したらしく、青い顔をして男親をかえりみた。するとその男親はやはり何も言わずにジット考えていたが、やがて返事の代りに懐から、横腹の破れた蟇口を出して、五円札を一枚座蒲団のまん中に投げ出した。そうしてまたジットうつむいてしまった。

五五

頭のトンチンカンな男親は、吾輩(わがはい)が、昨日福岡の警察署で言い張った言葉を、ちょうどここで思い出したものらしい。そうして一も二もなく吾輩が花札の名手であることを信じ切ってしまったらしい。ことによると吾輩の男親はこの時既に吾輩の万能に達した神通力を、その半片輪式なアタマで直覚していたのかも知れないが、いずれにしても、こうして虎の子のようにして隠していた臍繰(へそくり)の中から、驚くなかれ五円札の一枚を投げ出したということは、その頃のお金のねうちからいっても、または男親の性分からいっても実に破天荒の冒険であった。仮に吾輩のバク才を百二十パーセントに信じていたにしてもたしかに福岡の俗諺(ぞくげん)でいう「宝満山から後飛び」式の無鉄砲には相違ないのであった。

果せるかなその手の切れるような五円札を見ると、女親と瘤おやじの眼が異常に光った。中にも瘤おやじの眼は、容易ならぬ驚きと疑いの光を帯びて、吾輩と男親の顔を何度も何度も見比べていたが、やがて何事か一つうなずいたと思うと、吾輩の方に向って居ずまいを正しつつニッコリと笑った。

「フーム。そこでアンタは何を賭けさっしゃるのじゃ」

「アイ」

と吾輩は返事をした……が、そのままハタと行き詰まった。自分だけが何も賭けていないばかりでなく、何一つ賭ける物を持たないことに気がついたからであった。吾輩はそこで一瞬間、小さなおかっぱアタマをかしげて考えたが、結局どうにもしようがないことがわかったので、思い切ってこう言ってやった。

「アイ。ワテエだけ何も賭けんでもええやないか。勝ちさえすればええのやろが」

三人の大人はまたも唖然となってしまった。吾輩の大胆さとずうずうしさとに呆れ返ったらしかったが、そのうちに吾輩はフト思い出して両手をタタキ合わせた。

「アッ。ソヤソヤ父さん。その風呂敷包みの中に入れたるワテエの着物出してんか。それワテエの着物や。ワテエ負けやったら、あの着物着て、アネサン待ち待ち踊って見せるがな。父さん歌うとうてや。ソンデええやろが」

吾輩のこうした提議が、いかにも子供らしいナンセンスを極めたものであったことはいうまでもなかった。しかし三人の大人は不思議にも笑い顔一つ見せなかった。……というのは、そんなことを言っているうちに三人が三人とも別々の意味で、吾輩がドンナ風に花を引くかということに対してこげつくような好奇心を感じ始めたものらしい。

その証拠に吾輩の提議を聞いた瘤おやじは、無言のまま、承諾の意味でうなずいた。すると女親がやはり黙って吾輩の顔を見い見い五円札を一枚座蒲団の上に置いた。そのあとから瘤おやじも証文を取り出して、二枚の札と一所に座蒲団の下に入れると、席もかえないまま吾輩の配った札を取り上げたのであった。

ところが取り上げると間もなく瘤おやじは、吾輩の配った手札が気に入らなかったらしく、その中の一枚を素早く口の中にくわえ込むと、残った手札を表向きにしてパラリと座蒲団の上に投げ出した。

「アハハハ。一枚足りまっせん。今度は私が配りまっしょうかな」

吾輩はせっかく順序を記憶しいしい配った札がゴチャゴチャになってゆくので少々残念であった。ことに瘤おやじのインチキ手段に引っかかってごまかされるのがいささかならず癪にさわったが、しかしイクラ配り直しても勝ちさえすればいいのだ。いくらごまかしたって結局同じことだと思い直したから、黙ってする通りにさせておいた。

ところがまた、そう思って、一生懸命で見ていたせいであったろう。場札が引っくり返るまでに、皆の手札がアラカタ見当がついてしまったので吾輩はスッカリ愉快になってしまった。何しろ片隅に疵の余計についているやつが、いい役にきまっている上に、その疵のつきぐあいを一々見おぼえているのだからわけはない。

ところが今度の札の配りぐあいを見るとさすがはインチキの大家が配っただけに、吾輩の手のミジメさといったらなかった。札らしい札は雨だけで、あとはバラバラのガラ札だからやりくりのつけようがない。今度の勝負は諦めようかな……と吾輩は思い思い手札を束にして手の中に握り込んでしまった。

五六

ところがこれに反して吾輩の後から悠々と手札を起した瘤おやじは大きな掌の中を一わたり見まわすといかにも得意らしくニヤリと笑った。もっともこれは笑うはずで、自分の手の中に青丹が三枚と、雨の二十と、坊主と、盃（さかずき）が一つというステキな手を配り込んだつもりで配り込んだのが、その通りになっていたのだから喜ぶのが当り前であろう。しかも場札の順がまた、おやじのイタズラかどうか知らないがしまいの方になってバタバタといい札ばかりが出てきて、そいつがまた片ッ端から瘤おやじの手にはいるようにできているのだから、今度の場は全然おやじの独り賭博（ばくち）になるわけであった。

　このことがわかると吾輩はイヨイヨ諦めてしまった。万一負けたら仕方がないから、瘤おやじの手に渡って芸者になってやろう。トンボ姐（ねえ）さんは男の子は芸者になれないと言ったけれどもお化粧をつけて三味線を弾くくらいのことは何でもないのだから、吾輩だって芸者になれないことはないだろう。しかし、それにしても、せめて男親の手にだけはいい札がはいるようにと思って男親の手と次の場札を見い見い役札を片っ端から投げ出して行くと、そのうちだんだんと札順がよくなってきて、男親の手に短冊がゾロゾロ集まりかけてきた。これは瘤おやじがわれわれをあんまり甘く見過ぎたせいで、自分の手にいい札をまわすべくマングリし過ぎたためにできた札順の弱点にほかならなかった。

　ところでこの形勢を見ると今度は瘤おやじの方が小々あわてだしてきた。何しろ子供と侮っていた吾輩が、案外鋭く形勢を看破して、惜し気もなく犠牲打式の高等戦術を発揮し始めたので、それこそホントウに驚いたらしい。お得意の洒落（しゃれ）文句も言えないままに思い切って雨の二十から打って来ると同時に、場札をめくるふりをして、下の方の札を二、三枚電光石火の早業で引っこ抜いて、上の方へ置き換えたが、その鮮やかだったこと。札の順を記憶している吾輩でさえも、いつの間に入れ換えたかわからないくらいであった。そうして二たまわりばかりするうちに瘤おやじは自分の青丹を二枚と盃を一枚取り込んでしまった。

　またもおやじのインチキ手段に文句を入れる機会を失った吾輩はイヨイヨ今度の勝負を諦めなければならなかった。そうして今度おやじがまた何か手品でも使ったら、すぐに抗議を申し込んで、この場を無効にしてくれようと、それぱっかりを考えながら一生懸命になってガラ札ばかり集めてゆくうちに、やがて半分以上済んだと思うと、最前からまっ青になってやっていた女親が突然にまっ赤になって、眼の色をかえながら叫び出した。

「……ちょっと待って……コレ、チイよ。お前の役はソレ何けえ」

「何でもあらへんがな」

「……あらへんけんど……それ素十六でねえけえ」

「さいや……」

と返事はしたが、そんなステキな役があることを忘れていた吾輩はビックリしながら持っている札を取り落した。夢のような気持で自分の膝の前を見まわした。

両親も知らない間にできたステキな大役に呆れ返ったらしく、眼を白くして吾輩の顔と瘤おやじの顔を見比べた。

　瘤おやじはまっ青になってしまった。

「ウーム」

と唸りながら眼を白黒さしたが、いつの間にか札を一枚口の中に入れていたので、そのまま文句も言えずに固くなってしまった。その眼の前で急に調子づいた吾輩は、場札を一枚一枚めくりながら喜び躍った。

「……ワテエ負けたんかと思うたよ。……ホレ……この次がアヤメや。それから猪や、それからやっぱり萩や。それから次の次の……この次がホレ――かかさんに行く桐に鳳凰やけんど、これはトトサマの桐で取られるよってにワテエ今度の場は負けたんかと思うとった。……おお嬉し嬉し……勝った勝った……」

瘤おやじはその間に慌てて左手で顔を撫でまわすふりをして、口の中の札を取り出すと、そのまま何も言わずに手札を投げて座蒲団の上でゴチャゴチャに掻きまわしてしまった。

これは言うまでもなく、甲を脱いだ証拠で、同時に自分のインチキが馬脚をあらわしかけたところを、生命からがら切り抜けるために、コンナみっともない降参の仕方をしたものに相違なかったが、何にしても、さぞかし残念であったろう。それかあらぬか眼の色を変えてしまった瘤おやじは、そのまま物も言わずにズイと立ち上ると、ヤケに蚊屋を撥ね上げて、トントントンと階子段を降りて行った。

吾輩の両親は色青ざめたままそのあとを見送った。

その間に吾輩は瘤おやじが賭けた証文と両親が出した二枚の五円札とを取り上げて、ふところの中へ押し込んだ。

五七

瘤おやじの後姿が、階段の下に見えなくなると、吾輩の両親は、やはり無言のまま申し合わせたように吾輩の顔を振りかえったが、その怯え切った顔といったらなかった。瘤おやじが今の賭博の仕返しのために、出刃庖丁でも取りに行ったかのように、外の嵐の音を聞きながら、互いに白い眼を見交していたが、そのうちに瘤おやじの足音が、またも、ミシリミシリと階段を上って来て、蚊屋の中にニュッと顔を突込むと、いつの間にかまた、旧のニコニコ顔に返っていたのでホッと安心したらしかった。

実際瘤おやじはチョットの間にスッカリ機嫌を回復していた。顔色も何もかも最初の通りにテカテカとした、ノンキそうな、愛嬌タップリの態度に返って、眼を糸のように細くしながら座蒲団の上の札を手早く片付けると、そのまん中の凹みの上にコロリと二つの骰子を投げ出した。

「サア。嬢ちゃん。今度は二人切りじゃ。さし向いで運定めをしよう。あんたは今の証文を賭けなされ。わたくしはここに持って来た十円札を賭けますよって……」

吾輩はそう言う瘤おやじの計略を、すぐに見透かすことができた。……このおやじめ、花札では到底かなわんと見て取ったものだから骰子で凹まそうと思っているな……とすぐに感づいてしまったが、しかもその二人切りの真剣勝負こそこっちの本懐とするところだったので、吾輩は大喜びでうなずいた。

「……アイ……骰子でも何でもエエ。トッサマに勝つくらい何でもあらへん」

「アッハハハ。またその口癖を言わっしゃるか。ばってんが骰子は花札と違いまっするでな……」

……インチキができまっせん……と言うつもりで、ハッと気づいたらしく、慌てて口をつぐんだので吾輩はイヨイヨおかしくなった。

「サイヤ。そやけどドウして勝ち負けを定めるのんかいな」

「三番勝負にしまっしょう。一度ずつ、振り合うて、三度のうち二ン度勝った方が勝ちにしまっしょう」

「そんなら黒いポッンポッンの多い方が勝ちかいな」

「さようさよう。骰子が一番正直な運だめしじゃ。サテ振ってみなされ」

「チョット待ってや。わてえ振っチみるけに……」

「さあさあ何ぼでも試してみなされ」

吾輩は最前畳の上では練習したが、こんな風に柔らかいスベスベした、平らな座蒲団の上では転がりぐあいが変ってくるに違いないと思ったから、よく手の中で振りもうてみいみい、モウ一度二つの骰子の重さの偏り(かたよ)ぐあいをたしかめた。それから手加減をみいみい最初に一、二と振ってみた。それから三、四と振ってみた。そうして最後には五、六と振ってみて、イヨイヨ思い通りに振れることがわかると、これなら大丈夫とひとまず安心をした。

こうした吾輩の腕だめしは、子供らしいとはいうものの随分思い切った露骨なものであった。誰でも一二三四五六と順序を逐うて出てくる骰子目を見たら、決して偶然でないことがすぐに感づかれるはずであったが、幸か不幸か瘤おやじは、骰子ならば天下無敵と自信していたらしく、吾輩の手付きを見向きもしないで、大風のためにメキメキと鳴り出す家の中を見まわしていたので、全く気づかないらしかった。そうして吾輩が、念入りに掌をなめまわして、着物の膝で拭い上げるのを見ると、ニッコリとして坐り直した。

「サテ来なされ。その証文出しなされ」

「これケエ」

「さようさよう。それじゃそれじゃ。わたしもここに十円出す。一所に座蒲団の下に入れときましょう。サア。アンタから振んなされ」

「トッサマ先に振んなされ」

「まあええ、あんた子供じゃから……」

「そんならヤンケンにしよう」

「それならそれでもええ。そらヤンケンポイ……」

「ソラ……ワテエが勝った。トッサマが先や……」

「アッハハ。しようがないな。それならば行きまっするぞ」

瘤おやじは座蒲団の平面を平手で撫でて、一層平らかに広々とした。

五八

座蒲団の平面をツルリと撫でまわした瘤おやじは……これが、お前の一生涯の運命のわかれ目になる真剣勝負だぞ……とモウ一度念を押すかのように、吾輩の顔を見込んでニヤリと笑った。

だから吾輩も……芸者になってもええ……という風に、ニッコリと笑い返してやった。すると急に真面目な顔になった瘤おやじは、大きな掌を合わせた中に二ツの骰子を入れて、ゴチャゴチャと振りまわすと、両手の腹の間から一粒ずつ、ポロリポロリと揉み落すような振り方をしたが、その掌の感触の鋭敏さには、さすがの吾輩もシンカラ感心させられた。その大きな掌のぬくもりを受けた、象牙細工のインチキ骰子は、さながらおやじの生命の一部分でも貰ったかのように、座蒲団の平面に触れると同時に軽い回転を起して、二、三度位置を換えたかと思うと左右に走りわかれながらチョコナンと坐った。

「アッ……四と二が出た」

「死人がシロモク六文銭という……ええとこじゃ」

とおやじは例によって洒落文句を言い言い、鼻高々と腕を組んだ。

「ちょうどマン中が出たがドンナモンじゃえ」

「そんならワテエもええとこ振ろう」

というなり吾輩は引っつかんで投げ出した。その骰子の目の一つがすぐに三を上にして居据わった横に、いささか手許の狂った残りの一つがクルクルと回転している上から、両親と瘤おやじの額がブッつかり合うほどオッ冠さってきた。

「ワテエも六ツや。三と三やから……」

「ウーム。これは豪い。サザナミ和歌の浦とござったか。それなら今度は……ソレ……三と四じゃ。死産七文土器とはどうじゃい」

「そんならワテエも……ホーレ……五と二の七つじゃ。これは何と言うのけえ」

「具雑煮、七草汁……ウーム……」

瘤おやじはまたしても吾輩の腕前に驚かされたらしく、吾輩の顔を凝視しいしい唸り出した。そうしてみるみるうちに、最前の兇悪な青ざめた顔にかえっていったが、それはさながらに吾輩を喰ってしまいそうな恰好に見えた。

同じように最前から息を凝らして見物していた両親も、ちょうどおやじが振り出した数だけ振り出されて行く骰子の目を見ると、奇蹟のように感じたらしく、薄気味の悪そうな四ツの眼を吾輩に移しながら、ほとんど同時に長い、ふるえた溜息をついた。まるで吾輩が見世物の片輪者か怪獣か何かに見えるらしい態度なので、吾輩はクスグラれるようなおかしさを感じながらアトを催促した。

「サア。トッサマ。アトを振ってや」

「ウーム」

と瘤おやじは額から流れる生汗を拭き拭き唸ったが、そのソボソボした眼を一つこすると、いつの間にか座蒲団の上で六六の目に変っている賽の目を指した。

「今振ったトコじゃがな。畳六、地獄の底という目じゃ、サア。アンタも振ってみなされ」

と白い眼を据えて吾輩を睨んだ。

吾輩は瘤おやじのずるいのに呆れてしまった。この骰子の目の重量の偏り加減では、一と六の目が一番出にくいのをおやじはチャント知っているのだ。だから他が見ていない隙に、指の先でチョット突ッついて、振ったと言ってごまかしているが、実はおやじの振り方ではほとんど絶対に困難ともいうべき畳六の目を出して、最高点で押し付けようと巧らんでいるのだ。

これがわかると吾輩は子供ながら、煮えくり返るほど癪にさわってきた。六六だろうが八八だろうが骰子の目に刻んである限り手加減一つで出ないことはあるまい。オキアガリ小法師の赤い達磨さんだってマカリ間違えば逆立ちするのを見たことがある。だから今度だけは六六にしてアイコで片付けてこの次に本当に振らして負かしてやろう。そうしてその後で、最初からのインチキ手段を残らずアバキ立ててくれよう……どうするかみろ……と思うと味噌ッ歯で唇をかみしめながら鷲掴みに骰子を取り上げた。

五九

「お前、畳六の目をヨウ振るケエ」

と女親が額から生汗をしたたらしながら片目をショボショボさして吾輩の顔をのぞき込んだその言い方は吾輩の手腕を半分ぐらい信じている言葉つきであったが、しかしその態度は半分以上諦めている恰好であった。しかし吾輩は平気の平左で答えた。

「ワテエ知らんがな。運やから……」

「運やからて……運やからて……」

と女親は唾液をのみのみ今にも泣き出しそうな顔になった。男親も何に感激したのか知らないが眼に涙を一パイ湛えて吾輩の顔をのぞき込んだ。その珍妙な顔を見ると吾輩はまた、フキ出したいくらいおかしくなってきた。

「……そやけどなあ。六と六より上はないよって、ワテエ六と六振ろうと思うとるがな」

「六と六……ジョウ六の上なら……」

と女親はほとんどふるえ出さんばかりにして瘤おやじをかえりみた。

「デコ一じゃ」

と瘤おやじは両膝をつかんだまま投げ出すようにプッスリと言った。そうして後でしまったという恰好で唇をかんだが、もはや追っつかなかった。

「デコ一て何や」

「一と一や」

「そんならわけない……。ソラ一や……こちらも一や……ソーラ……」

吾輩は座蒲団のまん中を指さしながらケラケラと笑った。

ところがその笑った一瞬間であった。

その吾輩が指さした左の手を、大きな毛ムクジャラの右手でムズとつかんだ瘤おやじは、グット自分の方に引き寄せたので、ハズミを喰った吾輩は、右手に座蒲団の下の十円札と証文をつかんだまま引っくり返りそうになった。同時にシッカリとつかまれた左手がねじれ返ったので、証文と十円札を懐にしまう間もなく、悲鳴をあげてしまった。

「痛アイッ」

「何するのや……」

と女親が慌てて立ちかかったまま片膝を立てた。同時に男親も中腰になって、引きずり寄せられて行く吾輩の片足を押えたので、吾輩の腕がイヨイヨねじれかかったおかげで喰いつこうにも引っ掻こうにも手の出しようがなくなった。

「何するのや……この児を……どうするのけえ……」

と今にもつかみかかりそうな恰好をした女親は、そのまま瘤おやじを睨みつけて赤くなりまた青くなった。これに反して吾輩の足をつかんだ男親は、やはりそのままガタガタ震え出していることが、吾輩の足にハッキリと感じられた。

しかしそうなると、イヨイヨ落ち付き払った瘤おやじは吾輩の腕をつかんだ指に一層強く力を入れた。その顔を下から見上げると、依然として血の気のない白ちゃけた顔をして、額に青すじをモリモリとあらわしていたが、それでも声だけは大きく高らかに笑い出した。

「アッハッハッハッハッ。何をしようとこちらの勝手じゃ。文句言うなら言うてみやれ」

「……エエッ……文句言うなテテ……この児は勝っとるやないか」

「アッハハ。勝ち負けもくそもあったものかい。コラ……よう聞けよ……貴様たち夫婦は、今、警察のお尋ねものじゃろうが。利いた風なことをぬかしくさると堪えんぞ。アッハッ、ハッハッハッハッ」

この瘤おやじの一撃には、さすがの勝気な女親も参ったらしい。中腰になったままワナワナとふるえ出してきた。それにつれて男親は吾輩の足を放して、ジリジリと風呂敷包みの方に後退りし初めた。

瘤おやじはそうした恰好の二人を笑殺するかのように、モウ一度高笑いをした。

「アッハッハッハッ。どんなもんじゃい。文句は言わん方が良かろうがな。せっかくコッチが穏やかに一晩泊めてやって、明日はイクラか小遣いを持たせて、安心の行く親分の処へ送り届けてやろうと思うとったに、案外な餓鬼サレどもじゃな貴様たちは……。カンのええ子供にインチキを仕込んで道中をするイカサマの非人とは知らなんだ。知らなんだ……」

六〇

「……しかも、この瘤様の縄張りの中に失せおって、利いた風な手悪戯をサラシおったからには片手片足コキ折ってタタキ放すが規則じゃが、今度ばっかりは堪えてやる……その代りにこの児とその風呂敷包みをば文句無しに置いて行け……」

「…………」

こうした瘤おやじの胴間声のタンカは、今でもハッキリ印象に残っている。口真似をするといかにも手ぬるいようであるが、その間の抜けた文句の切れ目切れ目に聞える、物すごい嵐の音と共に、何ともいえない重みを含んだ、場面にふさわしい名啖呵として、子供の吾輩の耳に響いた。

しかし吾輩は、あお向けに引っくり返されたまま押えつけられながらも……そうして押えつけた奴の名タンカに敬服しながらも、何とかして逃げ出してやろうと、一心に隙を狙っていた。片手で半身を支えながら、ジリジリとスタートをするような恰好に姿勢を変えているうちに、女親と男親は意気地なくも畳に手を突いて、交り番こに米搗きバッタを始めていた。

もっともこれは無理もない話であった。吾輩の両親が束になって掛かって行ったたって、腕力といい度胸といい、この瘤おやじにかなうはずがなかった。いわんや相手がコンナ方面で相当の場数を踏んで来たらしい剛の者であるにおいてをやであった。

「……すまんこと致しました」

「……えらいことしまして……堪忍しとくんなされ……」

「文句があるなら言え。……ないならないで今出て行け。渡すものも渡いて……」

「……ヘッ……」

「……エヘッ……」

った。

と両親はいよいよ平ベッタクひれ伏してしまったが、あんまり瘤おやじがかさにかかってきたので返事ができないらしく、ただミジメにブルブルワナワナと震え出すばかりであった。

この様子を見ると瘤おやじはイョイョ徹底的に両親をタタキつけたと思ったらしい。そうしてイクラか安心したらしく、ホンの心持ち手を緩めてきたので、吾輩はしめたとばかり、とりあえず戦闘準備に取りかかった。まず右手につかんだままの証文と十円札を、ソーッと懐中にねじ込んでから、次の作戦計画をめぐらしつつ、なおも機会をうかがっていると、その機会は意外にもすぐに来た。察するところ瘤おやじは吾輩を、インチキと踊り以外には何の能力もない女の児と侮って、スッカリ油断していたらしい。両親がヘタッタのを見ると、モウ大丈夫と思ったかして、片手で花札とサイコロを掻き集めて内ぶところに無造作にしまい込んだ。それから今度は座蒲団の下に手を突込んで証文とお金を探しまわったが、これはもはやトックの昔に吾輩が、電光石火の早業をもって引っこ抜いてしまったアトだから、いくら探したってありようがない。しかしそんなこととは知らない瘤おやじは、何より大事な証文がなくなっているので少々面喰ったらしく、ウッカリ吾輩の手を離して、両手で座蒲団を持ち上げて覗いてみた。

吾輩はこの機会を逃がさなかった。電光のように起き上って、両親の背後にある風呂敷包みを引っつかむが早いか、アッという間もなくランプと反対側の蚊帳の外に飛出して大きな声で叫んだ。

「ととさん。かかさん。はよう出て来んか」

「…………」

「そないなインチキのお爺、怖いことあらへん。何も謝罪言うことあらへん。お爺の方が、よっぽど悪人やないか」

「…………」

「ワテエ。福岡の髯巡査さんトコへ行くけんで安心してや。そのインチキお爺の悪いことみな言うたるけんで怖いことチョットモあらへん……」

六一

コンナ調子に蚊帳の外で、吾輩は大威張りに威張りながら、思う存分に毒舌をつきはじめると、瘤おやじは果せるかな、こっちの計略に引っかかり過ぎるくらい引っかかってきた。

最初、蚊帳の中に取り残された両親と瘤おやじは、吾輩の行動があんまりすばしこかったので、呆気に取られたまま見送っていたが、続いて瘤おやじを嘲弄し始めた吾輩の言いぐさがまた、極端に傍若無人だったので、一々肝を冷したらしく三人が三人とも首を縮めて息を殺していたようであった。……と思うと間もなく瘤おやじが、弾き上げられたように大きな身体を四ツンばいにした。そうして吾輩につかみかかるべく眼の前の蚊帳の内側に飛んで来たのであったが、あの時遅くこの時早く、吾輩はイキナリ蚊帳の隅に飛びついて、釣紐を引っ切ってしまったので、瘤おやじは急に出られなくなって、手ごたえのない蚊帳天井をつかみながらモガモガし始めた。おまけにその足か帯際かに両親がしがみついたらしく、たちまちドタンドタンと組打ちになった。

しかし組みついたのは二人とはいえ、たかが女と、女以下の腕力しかないヘナヘナ男だから、大した組打ちになるはずはなかった。何の苦もなく左右へ突き放されてしまったらしく、階段の下へ降りて行こうとする吾輩を、瘤おやじは走り寄って反対の方へ追い詰めながら蚊帳越しに大手を拡げて捉まえようとした。

そこで吾輩はまた、一隅の釣紐を引き落す。また一方から出ようとする。また釣紐を引き千切る。とうとう四隅とも引き落した蚊帳の中で、三人の男女のヤッサモッサが始まることになったが、そのうちにランプの前に畳まった蚊帳の天井から、まん丸い瘤おやじのアタマが、青い蚊帳に包まれたままニューッと突き出てきた。そうして蚊帳越しに見当をつけながら、倒れかかるようにして吾輩を捉えようとしたが、ツイ眼の前にランプがあるのに気がついたらしく、よろめきながら立ち止まって眼の球ばかりをギョロギョロ回転さした。その恰好があんまりおかしかったので吾輩は逃げることを忘れてしまって、ついゲラゲラと笑い出してしまった。

「……おじい……ここまで来んかい」

「……チ……畜生……ウムムッ……」

瘤おやじは青鬼みたように歯をバリバリとかんだ。そうして蚊帳の中を泳ぐようにして盲目滅法界に飛びかかって来ようとしたが、その両足に両親が武者振りついているので、ドタリと前にツンのめって、お尻を高くして四ツンばいになってしまった。

吾輩はイヨイヨ笑い出した。

「ハハハ。おもしろいなオジイ。まっとおもしろいインチキ見せたろか……コレ……」

と言うなり吾輩は、風呂敷包みを下に置いて、両手で前をまくって見せた。

「……コレ見い……おじい。ワテエ男さがなハハハ……こんでも芸者になるならばア、三味線弾いたり踊ったりイ。チンチンドンドンチンドンドンドン……」

と踊り出しかけたが途中で止めた。それは瘤おやじがこの時、憤怒の絶頂に達したらしくイキナリ両手で蚊帳の天井を引き裂いて首から上だけニュッと出したからであった……が……その顔の恐ろしかったこと……さすがの吾輩も大慌てに慌てて風呂敷包みを抱えるなり横っ飛びに逃げ出したほどであった。

ところで梯子段を転がるように駈け降りると下はまっ暗である。しかし夕方見当をつけておいたから、手探りで上り框のところへ来て、下駄を探しているうちに、二階でドタンバタンという組打ちの音と、ガチャンガチャンという物の毀れるような音とをほとんど同時に聞いた。するとまた、それにつれてまっ暗になってしまった二階から、雷の落ちるようなスバラシイ音を立てて、何かしら巨大なものが畳の上までズシーンと落ちて来たので、吾輩はビックリしてしまった。そのまま下駄もはかないで、表の戸口にぶつかって、やはり手探りで心張棒と掛け金を引き外した。そのまま小さな潜り戸を引きあげて表に飛び出すと、たちまち風に吹き倒されそうになって、戸口を閉める間もなくヨロヨロとよろめいた。

六二

この時の大風は明治十何年とか以来の猛烈なものだったそうで、豪雨を含んでいたために遠賀川や筑後川の下流には大氾濫ができるし、倒壊流失家屋が何千、死人が何十とか何百とかいう騒ぎだったそうであるが、その大風の中を、大きな風呂敷包みに抱きつきながら、一丁ばかり村の方へ走り出ると、きょうの昼間、両親と一緒に帆かけ船から上陸したところに出る。そこの河岸に一艘の小さな川船が繋いであったのを、昼間上陸しがけにチャンと見ておいたから、それに乗って河のまん中へ出れば、自然と川下へ流れて行って、きょう汽車を降りた、ウドン屋の在る町（折尾）へ来るに違いない。だからそこの石段々を昇って汽車に乗ればイヤでも福岡へ着くにきまっている。そこで案内知った警察へ乗り込んで行って、髯巡査にスッカリ事情を話して、吾輩の身売り証文を見せたらば、瘤おやじの悪いことがわかるだろう。そうして両親を助けることができるだろう……という……いかにも子供らしい盲滅法な吾輩の計画であった。

ところがサテ大風の中をはうようにして川縁にたどり着いて、薄い月あかりに透かしてみると川岸には舟らしい物の影も見当らない。それどころか水嵩がずっと増して、堤防の半分以上のところをドブドブと渦巻きながら流れている。川の中心に近いところはゴーゴーという音を立てて眼のまわるようなスピードだ。おまけに時々車軸を流すように降りかかる雨は、まるで小石のようにピリピリと、頬や手足を乱れ打って、ウッカリすると川の中へタタき込まれそうな猛烈さである。

吾輩はトウトウ立っていられなくなって、風呂敷包みを抱いたまま、路ばたの草の上にヒレ伏してしまった。そうして声を限りに

「……トトさんトトさんトトさんトトさん……カカサンカカサンカカサンカカサン……」

と叫んだが、その声はまだ自分の耳にもはいらないうちに、どこかへ吹き散らされてしまった。

それでも吾輩はまた叫んだ。その声はまた、風に吹き散らされた。それでも構わずに吾輩はまた叫んだ。今度は頭をすこしもたげて……けれども何の役にも立たないどころか、風呂敷包みごと猛烈な風に吹き起されて、そのまま空中に持って行かれそうな気がするので、なおもシッカリと草の根にしがみつきながら、叢（くさむら）の中に顔を突込んだ。そうして襟元からチクチクと刺すようにタタキ込む雨の痛さをジット我慢しいしい顔を横向けてモウ一度叫んだ。

するとその返事は依然としてどこからも聞えなかったが、その代りに、ゴーゴーという風の音の下をビシャビシャという人間の足音が、近づいて来た。しかもその足音が、吾輩のすぐ傍（そば）まで迫って来ると、不意に左右から腋の下に手を入れて抱え起されたので、ビックリして顔を上げてみると、それは意外にも吾輩の両親であった。のみならず二人とも三

味線と鼓とをチャント包んで荷造りをしている上に、頬冠りをして尻を端折っている様子である。それを見ると吾輩は不思議に思って

「瘤のオジイは……」

と問うたが、両親は何とも答えなかった。あるいは聞えなかったのかも知れないが、そのままダンマリで吾輩を引き立てると、風呂敷包みを吾輩の首ッ玉に引っかけて、グングンと引きずって行った。

……それから先の恐ろしかったこと……それは吾輩の記憶にあんまり強く印象され過ぎて、かえってハッキリした説明ができかねるくらいであった。

そうした途方もない大風の中を、親子三人が手を引き合いながら横に並んで行くのは、まるで洪水を堰き止めながら、押し上げて行こうとするようなもので、絶対不可能な仕事であることが間もなくわかった。しかも、こんなに無理をしてまでも風上の方に逃げる必要が、あるかしらん。それよりも風下の方に逃げた方がよっぽど楽で、歩きよかったに違いないと、その時に吾輩はチョット気がつかないでもなかったが、そんなことを尋ねる隙もなく雨と風が吹きつけて来るので眼も口も開けられない。ウッカリすると三人とも手を繋ぎ合ったまま宙に浮いて行きそうな気持になるのであった。

六三

三人はいつの間にか女親を先に立てて、その蔭に隠れるように男親が行く。そのまた蔭

に吾輩がついて行くという順序になったが、それでも風に吹きまくられて思うようにあるけない。おまけに大きな包みを背負わされている吾輩は何度も何度も転んでは起き、起きては転びするのを、両親は無言のまま引き起しては歩かせ、歩かせては押しやりする。

前からは雨と風がタタキつける。堤防の両側に並んだ櫨（はぜ）か何かの樹の枝がポンポンと折れて虚空（こくう）に飛ぶ。または足もとにバサバサとタタキつける。よく気をつけて見ると足もとの泥濘（ぬかるみ）の中は木の葉で一パイである。頭の上には時々月が出て、四囲（まわり）が明るくなりまた暗くなる。そのうちにそこいらじゅうが突然にパアーッと明るくなったので、ビックリして振り返るとまた驚いた。

ツイ今しがた出て来たばかりの村外れの木賃宿が火事を起している。屋根の上に出来た大穴から吹き上ぐる大火焰（だいかえん）が、すこし離れて並ぶ村の家々を朱の色に照し出しつつ、地をはう滝の水のように火の粉を浴びせかけている。最前吾輩が寝しなに閉め切った南側の雨戸は二枚とも倒れたらしく、二階一パイにみちみちた火の光が、風のために白熱されて、四角い太陽を見るように眩（まぶ）しく照り輝きつつ、吾々の行く手に続く櫨の並木を照し出しているのだ。

その大光明を振り返りながら吾輩は思わず風の中に立ち止まった。……瘤おやじはどうしたろう……と子供心にモウ一度心配し始めたが、反対に吾輩の両親たちはこの光を見ると急に慌て出したようであった。やはり無言のままイキナリ吾輩の風呂敷包みを奪い取った男親がまっ先になって逃げ出す。あとから三味線の包みを逆さに抱えた女親が、大きな図体をよろめかしながら追っかける。そのあとから身軽になった吾輩が一生懸命の思いでついて行くのであったが、何をいうにも子供の足と大人の足だからイクラ走っても走っても後れがちになるのはやむをえない。そのうちに二、三度風のために吹き転がされて泥まみれになった吾輩は、トウトウやりきれなくなって、

「ととサアーン……かかサアーン……」と叫んだ。

けれどもその声は両親の耳にはいらなかったのであろう。右に左によろめきながらグングンと急ぎ足になって、赤い光に照らされながらみるみる小さく遠ざかって行くのであった。

それを見ると吾輩はイヨイヨ絶体絶命の気持になった。ビッショリと雨に濡れて重たくなった着物の裾が、足首にまつわって鞭でタタクようにヒリヒリするのを、両手で引き上げ引き上げ走った。跣足の足の裏がヌカルミの底にある砂利に刺されて針の山のように痛いのも我慢しいしい走った。けれどもそのうちに息が切れて苦しくてたまらなくなるのをどうすることもできなかった。今にも泣き出したいくらい情けなくなったが、泣いたがイヨイヨ後れてしまって、この嵐の中に取り残されることがわかりきっているので、こけつまろびつ走りに走った。持って生れた性分とはいいながら、この時の吾輩の剛情さばかりは今でも吾ながら感心しているくらいで、思い出しても身の毛のよだつ体験であった。

そのうちに大きな橋の袂に来たが、両親はその橋を渡らずに、依然としてまっすぐに堤の上を走って行った。吾輩もむろん後を慕って行ったが、間もなく道幅が次第に狭くなっ

て、草の中をウネウネと走る小道になった。しかし火事の光はイヨイヨ強くなるばかりで、川向うに並ぶ町らしい家々をズラリと照らし出している。今思うとそれは直方の町らしかったが……その町の上の雲の破れから出て来る満月の光の青かったこと……余りの物すごさに思わず立ち止まって、喘ぎ喘ぎ振り返って見ると木賃宿の火はモウ木屋の瀬の本村に移ったらしく、空が一面にまっ赤になっている。

吾輩は顔を流れる雨の雫をなめてホット一息した。けれどもその次の瞬間に顔にまつわるおかっぱさんの髪の毛を撫で除けながら振り返ってみたが、吾輩の両親は堤の上の遠くに豆のように小さくなっているのであった。

それを見ると吾輩は何かしら胸がドキンドキンとしたので思わず泣き声をあげてしまった。

六四

それから何時間経ったか、何日過ぎたかサッパリわからないが、気がついた時にはどこかのりっぱなお座敷のまん中に、柔らかいフワフワする蒲団に包まれて寝ていた。コンナ上等の夜具の中に寝たことのない吾輩は、まるで空中に浮いているような気がしたが、それはかなり高い熱に浮かされていたせいばかりではなかったように思う。それと一所にどこからかクックッと笑う若い女の声が聞えてきたが、これも何だか夢を見るような気持で聞き流しながら、またもウトウトしかけていた。

すると間もなく枕元でパチャンパチャンと金盥に水の跳ねる音がして、冷たい手拭が額の上に乗っかったので、急に気持がハッキリしてキョロキョロとそこいらを見まわして見ると、すぐ枕元の左っ側に、白い髯を長々と生やした、仙人みたいに品のいい老人が、濡れた手を揉み乾かしながらニコニコと眼を細くして、吾輩を見下ろしていた。若い女の声はそのお爺さんの背後にある襖の向うから聞えて来るのであった。

　その老人は血色のいいスラリとした身体に、灰色の着物を着て、黒い角帯を締めていたように思うが、吾輩が眼醒ましたのを見ると、膝まで垂れた白い髯を長々としごいて一層眼を細くした。そうしていかにも親切そうな柔和な声を出した。

「……どうじゃな気分は……」

「キブンて何や……」

と吾輩はすぐに反問した。この老人に、早くもいい知れぬなつかしさを感じながら……

「ハハハハ……」

と老人はいかにも朗らかに笑い出した。それと同時に襖の向うの若い女の笑い声が一層高くなった。いかにも我慢し切れないという風に

「ホホホホホホ。ハハハホホホホ……」

と聞えたが、そうした笑い声の中に、何ともいえない和やかな、ノンビリした家の中の様子が感じられた。

「ハハハハハ。わしの言うことがわからんかの。気持はええかと尋ねているのじゃ」

「ワテエの気持けえ」

「そうじゃそうじゃ、眼がまわりはせんかな」

「ワテエの眼の玉けえ。まわそうと思えばまわるがな」

「ハッハッハッハッ。いよいよおもしろい児じゃのウ。ハハハ」

「何でそないに笑うのけえ」

「ハハハハハ……いやのう。お前が寝言におもしろい歌を唄うたから、家の者が皆笑うているのじゃ」

「………」

吾輩は思わず赤面した。今まで寝言を言って笑われたことは一度もない上に、他人の寝言なら毎晩木賃宿で飽くほど聞かされて、その醜体さ加減を知り過ぎるくらい知っていたからである。しかしそれにしても一体ドンナ歌を唄ったのであろう。万一アネサンマチマチの替え歌でも歌ったのだったらどうしようと思うと、ほとんど泣き出したいくらい情けない気持になって、モウ一度そこいらをキョロキョロと見まわした。

「ハッハハッハッ。イヤ。心配せんでもええ。何を唄うてもかまわんがの……わしは医者じゃからノウ」

「お医者様けえ。トッサマは……」

と吾輩は小さな溜息をしいしい問うた。

「ウム。そうじゃ。この直方に住んでいる医者じゃ。倅は東京に上って学問しよるから、今は娘と二人きりじゃ。何も心配することはいらんぞ」

「そないなこと心配しやせんがな……」

「ウム。そうじゃそうじゃ。そうしてゆっくり養生せえ。お前は今病気じゃからの……」

「わてえ何ともあらへんがな。起きてもええがな」

と言いも終らぬうちに吾輩はムックリと起き上りかけた。それを白髪(しらが)の老人は慌てて両手で押えつけたが、その拍子に吾輩は座敷の天井、柱も、床の間の掛物も何もかもがグルグルと回転し初めたような気持がしたので、両手でシッカリと眼を押えながら、モトのところに頭を押しつけた。

「ソーラ見い。眼がまわるじゃろ。静かにしとらんといかん」

「眼はまわりはへんがな。お座敷がまわるのじゃがな」

と吾輩は気持の悪いのを我慢して言った。老人と少女の笑い声が一層高まった。

「アッハハハハ……なるほど負けぬ気な児じゃな。県知事さんを睨(にら)み返すだけの器量は持っとるわい」

「エッ。県知事さんが居るのけえ。あの禿茶瓶(はげちゃびん)がここに来とるのけや……」

「アハハハ。口さがない児じゃな。アハハハ……」

と老人は反り返って笑いながらまたも長々と白い髯をしごいた。

「……県知事閣下はここにはおいでにならぬ。しかし荒巻という巡査部長が知事閣下のお使いで、わざわざここへ見えてノウ」

「……アッ……髯巡査さんが来たのけえ」

「そうじゃ。最前からお前の枕元に見えてのう。お前のことをくれぐれも宜しく頼むとお話があったのじゃ。お前は眠っていたから知るまいが……」

吾輩は眼がまわるのも忘れてガバと寝床の上に飛び起きた。

「……髯巡査と会わしてや。大切な用があるのや……今すぐに会わしてや……」

六五

「……何……髯巡査に会わせてくれと言うのか……」

と老人は、白い髯をつかんだまま、眼を光らした。そうして吾輩を寝かしつけることも額から落ちた濡れ手拭を拾うのも気がつかずに、吾輩の顔を見つめていたのだからよっぽど驚いたのであろう。それと同時に次の間の笑い声もピッタリと止んだようであった。

しかし吾輩は、そんなことを気にも止めないまま無造作にうなずいた。

「サイヤ。髯巡査に会いたいのや。あの瘤おやじの悪い事申告けて、父さんと母さんをば助けんならんよってん……」

「フウ……ムム……」

老人はいよいよ驚いたらしく眼をみはった。

「フムム……あの瘤おやじの仙右衛門は、そのように悪い奴じゃったのかのう」

「サイヤ、インチキ賭博打って父さんと母さんを負かしよったんや。そうして一文もやらんとワテエを買うたように証文書かしよったんや……そんでワテエは寝とったけんど起きて来て瘤おやじのインチキをワテエのインチキで負かしてやったんや」

老人は驚きの余り眼をショボショボさした。

「……お前が……あのカラクリ賭博に勝ったというのか……あの名高い仙右衛門おやじに……」

「さいや。何でもあらへん」

「……まあ……」

という軽い嘆息の声が襖の向うから洩れた。

その声を聞くと吾輩は急に意気昂然となった。

「……おじい……おじい様。あの瘤おやじはインチキ下手なんやで……。そやから花札でもサイコロでもみなワテエに負けよったんや。……ワテエが一番で証文取り返してやったんや。そうしたらな……あの瘤おやじがえらい憤り出しよってな……蚊帳の天井引き裂いて追っかけて来よったから、ワテエ蚊帳の紐を引き落いて逃げたんや。そうした後から、父さんも母さんも来て、一所に逃げよったけんどワテエ子供やから途中で後れたんや。…そやからワテエ、その証文と、勝った時の金あんじょ持って来たんや。……コレ……ここにあるがな」

と言い言い吾輩は懐中を掻い探ったが、その時にやっと気がついた。吾輩はいつの間にか白ネルの小さな着物に着かえさせられていて、大切な振袖はどこへ行ったかわからない。

懐中はむろんカラッポで薬臭いような汗のにおいがプンプン出るばかりである。

吾輩はまたもそこいらをキョロキョロと見まわした。

「オジイ様。ここに入れといたのはどこへやったのけえ」

老人は急に返事もできないくらい、何かに驚いているらしかった。ただマジリマジリと吾輩の顔を見ているばかりであったが、やがて思い出したようにきれぎれに言った。

「……それは……荒巻巡査部長が……持って行ったが……」

「……エ……荒巻巡査がけえ……髯さんがあの証文見よったのけえ。そんなら父さんと母さんが悪者でないことモウわかったんけえ」

老人はまたも思い出したように渋々とうなずいたが、それを見ると吾輩は躍り上らんばかりに喜んだ。

「……おお嬉し……そんならワテエ……もう髯さんに会わいでもええ。おお嬉しおお嬉し……そやけど……そやけど……」

と吾輩は急に思い出しながら、老人の顔と、室の中の様子を見比べた。

「……そやけど……そやけんど……父さんと母さんは今どこに居るのけえ」

けれども老人は返事をしなかった。

県知事が吾輩にお辞儀をした時の通りに、両手を膝の上にチャント置いたまま、眼を半眼に開いて吾輩と向い合っていたが、その心持ち血の気をなくした顔色を見ていると、ちょうど彫物の人形か何ぞのように静かで、少々気味が悪かった。

六六

しかし吾輩は何がゆえに老人が、コンナ改まった態度に変って、謹しみ返っているのか、その気持がわからなかった、だからかまわずに畳みかけて問うた。

「……おじい……おじい様……父さんと母さんはどこに居るのケエ」

こう言って蒲団の上でムキ出しになった膝をなでなで乗り出したのであったが、それでも老人は返事をしなかった。その代りに、心持ち伏せた瞼の下から泪をポロポロとこぼし初めたので、吾輩はイヨイヨ妙な気持になった。何というおかしなお爺さんだろう……？それともこっちが何かしら悪いことを言ったのじゃないかしらんと、最前から話し合った言葉を一ツ一ツに思い出そうとしたが、どうしても思い出せなかった。仕方がないからスッカリ手持ち無沙汰になったまま、老人の泣き顔を見まいとして俯向いていると、そのうちに老人は突然にズイズイと吾輩の前にニジリ寄って来て皺だらけの両手でピタリと吾輩の肩を押えたのでビックリした。慌てて逃げ退こうとしたが、そのソッと肩に掛けられた手の中に、何ともいえない親切な力がこもっているようで、逃げようにも逃げられない気持になってしまった。

老人はそのまま吾輩の顔をジッと見た。そうしてその眼から溢れ出して来る泪を拭おうともしないまま、唇をワナワナと震わした。

「コレ……お前は、あの両親に会いたいというのか」

吾輩は面喰らった。この老人は前から吾輩の両親と心安いのかしらんと思った。しかし、それにしても恐ろしく念入りに口を利くお爺さんだ……と考え考え指をくわえたまま答えた。

「アイ……早う会いたいのや。ワテエがおらんと母さんが三味線弾いても、父さんが鼓を叩いても銭くれる人がおらんのや、踊りをおどるワテエがおらんよって……」

と老人はなおも唇をワナワナと震わしながら、吾輩にお辞儀をするように頭を下げた。

それを見ると吾輩はイヨイヨ困ってしまって、弁解をするようにきれぎれに言った。

「……ワテエがおらんと……父さんも……母さんも、お飯ヨウ喰べんよってに……」

「…………」

「……ワテエも……早う踊りたいのや。会わしてや……」

「エッへへへへ……」

と老人が突然に妙な声を出した。それと同時に薄い白髪を分けた頭をイヨイヨ低く垂れたので、吾輩はタッタ今泣いていた老人が急に笑い出したのかと思って、下から顔をのぞき込んでみたら、あにはからんやの大違いであった。老人は吾輩の肩に両手を載せたまま感極まった態でシャクリ上げているのであった。

それを見ると吾輩はもう、身の置きどころもないくらい面喰ってしまった。何しろ世の中に、声を出して泣く者は女と子供だけで、コンナ老人が、コンナ奇妙な声を出して泣くだろうとは夢にも想像していなかったのだから、ちょうど生れて初めて汽車を見たくらいにビックリしたのは当然であろう。しかもその上に驚いたことには、襖の向うでタッタ今まで笑っていた女の人がヒソヒソと声を忍んで泣き出している気はいが、洩れて来たのであった。……大人というものはどうしてコンナ変テコなところで泣き出すのだろう……一体、何が悲しくて泣くのであろう……と思うと、吾輩は呆れを通り越しておかしくなってしまったくらいであった。

するとその時に老人は、力をこめて吾輩の肩をグイと一つゆすぶったので、またビックリさせられた。そうして叱られるのかしらんと思いながら、頭を下げ加減にしていると、老人は泪に曇った激しい声で、吾輩に喰いつくように問うた。

「……コレ……」

「……アイ……何や……」

「……お前は……あれほど無慈悲な双親のことをまだソレほどに思うているのか……」

吾輩は水ッ洟をスヽリ上げながら顔をもたげた。

「……ムジヒ……て何や……」

六七

老人は吾輩の質問に答えないでなおも新しい涙を両眼から湧き出さした。あんまりたくさんに涙を流しだすので、鼻の頭の方へシタタリ落ちるのを拭おうともしないまま唇を震わした。

「無慈悲にも何も、お話にならん親たちではないか。あの両親は、どこかの非人同士がひっつき合うたもので、お前は真実の子供ではない。お前を生みの親から引き離してカドワカシて来たものというではないか」

「どうしてそないなこと知っとるのけえ」

「髯の荒巻巡査が、何もかもこの爺に話したのじゃ。しかもお前の両親は、そのお前のおかげで永年養われてきた大恩を忘れているのじゃ。お前の親孝行につけ込んで、人間の道を外れた盗人じゃの人殺しじゃの、を教えて、その上に放け火までさせているのじゃ。……それればかりではない、今の話でようようわけがわかったが、お前の両親たちは、自分たちの罪を逃れるために、何もかもお前に投げつけて行方を晦ましているのじゃ。

……何という邪慳な親か。親でのうてもそのような無慈悲なことができるものではない。……しかるにお前はその親でなし……人でなしの親を、なおも親と思うて、行く末を案じてやるとは……やるとは……世が逆様とはこのことじゃ……このことじゃ……エッヘッヘッヘッヘッ……」

吾輩はばかばかしくなってきた。親でなしであろうが、人でなしであろうが、永年一所に暮してきた父さんと母さんがどこへいったかわからないとなれば、誰でも心配するにきまっている。極めて自然な、当り前のことでしかないのだ。大人というものはドウしてコンナに下らないことばかり感心するのであろう。おまけに泣いたり、お辞儀したりしてばかりいて、要領を得ないことおびただしい。この品のいい老人よりも、あの仙右衛門おやじの方が悪い奴には違いないがそれでも悪いなりにヨッポド要領を得ている。言うことがハッキリしていて、相手になっても張合いがある……と子供心に考えた。

しかし、それにしてもまだハッキリしないことが、あんまりたくさんあり過ぎる。第一両親が吾輩(わがはい)にナスリつけて逃げて行ったという、その罪の正体がわからない。吾輩の記憶によると、吾輩の両親は何一つ悪いことをしていないように思えるのに、何で警察から睨(にら)まれるのかしらん。そればかりか、知事の禿茶瓶(はげちゃびん)と、大友の刺青(いれずみ)親分と鬚達磨(ひげだるま)の荒巻巡査部長は仲よしにきまっているのだから、鬚部長が吾輩の両親を睨んでいるとなると、知事も大友親分も鬚部長の味方になって、吾々親子に敵対することにならないとも限らない。福岡で知事の禿茶瓶が威張りくさった時には吾輩が思い切りヤッツケてあやまらせてやったが、今から考えるとアレが悪かったかも知れない。これは容易ならぬことになってきたぞ……と子供心に思案をすると、今度はこちらから老人の方にニジリ寄った。

「……おじい様……」

「……何じゃの……」

「そんなら父さんと母さんは、ホンマニどこへ去(い)んだかわからんのけえ」

「ウム。きょうで三日になるが、まだ捕まえられんのじゃ」

「……三日……」

「そうじゃ。あの遠賀川の川堤の上にお前がたおれておったのを、消防組の若い者が、ワシの処へ担ぎ込んでからきょうで三日になるのじゃ」

「……その間ワテエは眠っとったのケエ」

「そうじゃ。歌ばかり歌うておったのじゃ」

と言ううちに老人はやっと鼻紙を取り出して涙を拭いた。

「どないな歌うとうとったのけえ」

「一々は記憶(おぼ)えんがの……」

「アネサンマチマチやたら、カッポレやたら、棚の達磨さんやたら……」

「そうじゃそうじゃ。そのような歌じゃ」

吾輩は自分の顔が赤くなるのがわかったくらい気まりが悪かった。

六八

「そんなら父(とと)さんと母(かか)さんは、モウ髯さんから捕まえられん遠いところへ逃げてしもうたけえ」

「そうじゃそうじゃ。モウ大分県かどこかの管轄違いへ逃げ込んだのじゃろう。それじゃから、お前も安心して寝え寝え。寝とらんとまた熱が出るぞ」

吾輩はまたもホッと一息安心をした。そうして老人に押えつけられるままにフワフワする夜具の中にモグリ込んだ。

「そんならお爺様……」

吾輩はモグリ込むとすぐに横を向いた。タッタ今額に載せてもらった新しい冷たい手拭を片手で押えながら……

「何じゃな……」

「そんならお爺さま……その父さんと母さんが、ワテエにさせた悪いことというのは、どないなことや」

「……ウーム。それはのう」

と老人は言いよどんだ。しかし間もなく、いかにも慈悲深い、気高い顔になって、吾輩の額の手拭に手を添えた。

「それはのう。お前に言うて聞かせてもしようのないことかも知れんが……物を盗んだことと、人を殺したことと、よその家に火を放けたことじゃ」

「……阿呆らし……」

と吾輩は思わず叫んだが、そのまま口をつぐんで老人の顔を穴の明くほど見上げた。……ドウして……どこからそんなトンチンカンな、恐ろしい話が出て来たのだろうと疑いながら……。ところが老人は吾輩が叫んだ言葉を聞くと、いかにもわが意を得たりという風に何度も何度もうなずいた。

「そうじゃろうと思うとった。ウンウンそうじゃろうと思うとった。わしは息もたえだえのお前を引き受けた最初から、お前には罪はないと固く信じておったのじゃ。わしはいささか骨相を見る」

「コッソーて何や」

「骨相とは人相を見ることじゃ」

「……アレ……お爺様人相見るのけえ」

「フーム。ほかに人相を見る人をお前は知っとるけえ」

「知らないでか、空家の前で提灯とぼいて、四角い木とサーラを机に並べて銭貰うとるあの爺さまやろ」

「アハハハ。よう知っているのゥ」

「知らないでか。木賃宿に一所に泊ったこと何度もある。やっぱりお爺様のように白い髯引っぱっとったがな。この髯はわしの大切な商売道具や。そやけど、わしの人相見は当らんよってに、一つところに永う居られん言いよったがな」

「アッハッハッハッハッハッ」

と老人はまた高らかに笑い出したが、それにつれて次の間でもまた、ヒソヒソと笑い出す声が聞えてきた。よく泣いたり笑い出したりする連中だ。

「アハハハハ。口の悪い児じゃのう」

「そんでもホンマやがな」

「そうじゃそうじゃ。その通りじゃその通りじゃ。しかしこの爺はのう。空屋の前で提灯もとぼさんし、お金も貰わんのじゃが、その代りに、わしの言うことは必ず当る。お前のこれから先のことでもチャント見透いとるからのう。何でもこれから、わしの言う通りにするのじゃぞ、そうすればお前は今の病気が治っても、警察へ呼ばれんですむのじゃ」

「呼ばれてもええがな。恐いことあらへん。ワテエ。警察の裏で小便してやった」

「ウムウム。その話も聞いた。髯の巡査部長から詳しゅう聞いたが、しかし、それは罪が無うて呼ばれた時じゃ。悪いことをした疑いを受けて警察に呼ばれると、それはそれは地獄よりも恐ろしい眼に合うのじゃぞ」

「ワテが何じゃら悪いことしたて、髯巡査が言いよるのけえ」

「したにも何も大変な嫌疑(うたがい)が、かかっているのじゃ、……そればかりではない。お前にはまだまだ世にも恐ろしい災難が、あとからあとから付き纏(まと)うてきよるのじゃが、それをこの爺と娘が、タッタ二人で助けてやろうと思うて一生懸命になっとるのじゃ。お前はまだ子供じゃからわかりにくいかも知れんがしかし、大よその道筋でもわかっていると都合がよいと思うから、話して聞かしておこうと思うが、よう聞けよ……ええか……」

六九

これから天沢老人が吾輩に話して聞かせたことは、ところどころむずかしい漢語がはいるので、すくなからず弱らされたが、それでも大体の意味はよくわかった。その話と、今の吾輩の見聞と想像を綜合(そうごう)して考えてみると、まだ七つにしかならない吾輩が、この遠賀川ぶちで巻き起した事件というのは、実に二重三重の恐ろしい意味で付近を騒がしたのみならず、その前後に行われた選挙大干渉以上のセンセーショナルな大事件として全県下の新聞に報道されたものであった。

ちょうどその時から三日前のこと直方から見ると遠賀川の川向う、木屋瀬の南の村外れにある一軒の木賃宿から火を発して、木屋瀬の全村に燃え移り、折からの烈風に煽られて猛烈この上もない火勢を示した。これを見た直方を初め付近各村の消防組は時を移さず馳けつけたが、何をいうにも立っておられないほどの大風の中とて、自由な行動ができようはずがない。ついに木屋瀬全村を烏有に帰し、焼死者、負傷者各若干を出してようやくのことで鎮火したのであった。

しかるに、一方に大風は、鎮火後も引き続いたのみならず、稀有な豪雨をさえ交えて、川筋の堤防が危険に瀕してきたので、警察と消防は全力をつくして警戒に当ったのであったが、力及ばず、各方面に各種の被害が続出したので県当局は総出の有様で救護に奔走し、県知事筑波男爵も、安永保安課長、荒巻巡査部長以下の一行を従えて直方地方まで巡視して来た。

ここにおいて直方の警察署内は非常な緊張を示し、とりあえず木屋瀬の出火の原因について極力調査を遂げてみると、火元の木賃宿は南側の柱二、三本を残してほとんど完全に近く灰になっている。その中央の上り框と思われるところに、並外れて大きな人骨が、雨と風とに晒し出されて横たわっていたが、その首の周囲には、ランプの釣り手に使われたらしい、両端に鉄の鉤のついた銅線が捲きついていたばかりでなく、その一方の端は大黒柱に捲きつけたものと見えて四角に折れ曲っていた。その状況によって推察すると、いったん打ち殺しておいて、あとから息を吹き返しても急に起き上れないようにして、火を放けたまま逃げ去ったものと見ることができる。きわめて浅はかな手口ではあるが、その残忍さに到っては近来出色の事件であった。

そこで直方署ではイョイョ緊張してこの事件にあたることになったので、まずこの死骸を近隣の人々に見てもらったが、むろん誰の骨だかわかるはずがなかった。ところがその中に、木屋瀬の北の村はずれに住んでいた、タッタ一軒類焼を免かれた火葬場の番人のオンボウ佐六という男がやって来てその骨を一目見ると、これは瘤おやじ仙右衛門に相違ない。第一この骨は普通人よりズッと大きくして六尺豊かの大男のものであるし、その上に仙右衛門は生前オンボウ佐六に冗談を言ったことがある。……おれが死んだら無料で焼いてくれなあ。焼き賃には福岡で入れた金の奥歯をやるけんな……と大きな口を開いて見せたことがあるが、その時に見覚えのある歯がこの骸骨にもついているから、イョイョ仙右衛門に間違いはないと、警官の前で断言したのであった。

そこで直方署では早速手をまわして博奕打ち仲間の噂を探ってみると、元来仙右衛門という男は直方の遊び人仲間でも一番の古顔でこのごろ大友親分に対抗して売り出した荒親分、磯政こと、磯山政吉という男の大兄哥筋に当る名人であるがその賭博のインチキ手段が余りに卑劣で巧妙なために、所の人から忌み嫌われて、ほとんど仲間外れと同様の冷遇を受けることになった。そこで仙右衛門は仕方なしに木屋瀬の村外れの木賃宿を一軒買って自分はその亭主となり、行き来の旅人を相手にして小銭をカスリ始めたもので、このごろはドンナ詐欺手段を用いていたか、知っている者すらない。だから、仙右衛門の死骸が他殺ときまれば、その犯人は必ずや仙右衛門のために絞り上げられた旅渡りの者に違いない……という噂であった。

しかるに一方に直方署では、その大風の最中に、どこかの村の若い者が、河岸にたおれているこの辺には見慣れない女の児を発見した。そうしてその女の児をこの界隈に徳望の高い天沢老先生のところへ持ち込んだという噂を聞き込んだので、ことのついでに巡査に当らせてみると、意外にもその女の児というのは実に七、八歳ぐらいの男の児で、しかもその身体には、仙右衛門の筆跡に相違ない仙右衛門宛の身売り証文と二十円の円札が雨に濡れたままヘバリついていた……という事実が挙がった。

七〇

この事実を探り出した直方署内はまたも一層の緊張を示した。

その子供の身体にヘバリついていた身売証文と円札こそ、仙右衛門殺しの真相を物語る重大な証拠物件ではないかと睨んだので、直接に吾輩を取り調べて、事実をつかもうとところみたが、あいにく吾輩は雨風に打たれながら過度の激動をしたせいか、天沢老人のところへ引き取られると間もなく高熱を発して歌ばかり歌っているし、天沢先生も当分のうち重態と認めて取調べを遠慮してもらいたいと主張しているので手がつけられない。また吾輩を天沢医院に担ぎ込んだ二、三人の若い者も、ただ、川向うの消防組と名乗っただけで、まごまごすると橋が落ちて帰れなくなるからとののしり合いながら、ほとんど死骸を投げ出すようにして風の中を駈け出して行ったので、この上に探索の進めようがないことになった。

ところがこのことを聞き込んだ知事随行の荒巻巡査部長は大いに驚いた。すぐに……もしや……と感づいたので、早速、直方署長を同伴して天沢先生のところへ来てみると果せるかな、福岡の警察署が、知事の厳命によって懸命に探索しているその当の本人の吾輩が寝てたので非常に喜んだわけであったが、同時に、その髯巡査の話と、天沢先生が提供した証文と、お金との二つの証拠物件によって、吾輩……もしくは吾輩親子三人の罪状が、ほとんど確定してしまったのであった。

吾輩の両親はそのころまで珍しくなかった山窩の一種で、警察仲間ではカゼクライと名づけている持て余し者の一類ということになった。

すなわちカゼクライというのは大道芸人を装いつつ各地で悪事を働いて行く無籍者の総称であるが、その悪事の手段の一つとして、乞食仲間でカゼと称する子供を使って人眼を欺きつつ、チボ、万引、走り込み、駈け抜け、掻っ湊い、シノビ、パクリ、インチキなぞいう各方面にわたって稼ぐのがある。しかもその中でも吾輩の両親が使っていたカセ……すなわち吾輩は単に、見るからにイタイケなカセであり、かつ、大道芸人としてももったいないほどの舞踊の天才であったばかりでなく、実に世にも珍しいインチキ賭博の名人であり、かつ大胆不敵な竊盗の卵であることが、吾輩自身で公言した言葉や、東中洲の待合で、知事以下三、四人のガマ口を失敬した手口によって遺憾なく証明されている。こんなすばらしいカセは乞食仲間でも非常に高価な売買価値を持っているもので、木屋瀬の瘤おやじが吾輩を狙ったのも多分そこに着眼したものと考えられる。のみならずその身売証文を吾輩自身に持っていたのは、吾輩が直接に瘤おやじから盗み返したものとしか考えられないのでいずれにしても吾輩は、まだまだドレくらい、悪事の天才を隠し持っているかわからないシタタカ者でなければならぬ。後世恐るべしとは吾輩のために言い残された言葉にほかならぬ……というのが福岡県当局の定評であった。

だから木屋瀬の殺人と放火の犯人が、吾輩と認められてくるのは自然の結果としてやむをえなかった。その残忍さや拙劣さから推測して、子供の吾輩が手を下したものではないかと考えれば、考え得る余地が十分にあるので、いずれにしてもこの子供はけっして取り逃がさないように監視してもらいたい。そうして一日も早く取調べのできる程度に回復さしてもらいたい……というのが、ツイ先刻まで来ておった荒巻部長の言い分であった。

ところで、今から考えると荒巻巡査は、同伴した直方署長の説明か何かで、天沢老人の人格を信頼した結果、このような腹蔵のない意見を述べたものらしかったが、しかし天沢老人は、こうした当局の「見込み」の内容と、事件の経緯（いきさつ）をチャンポンに聞いているうちに非常な不愉快を感じ初めた。そうして荒巻巡査部長の言葉が終るのを待ちかねて、極力これに反駁（はんばく）を加えはじめたのであった。

七一

天沢家の奥座敷には、こうして時ならぬ法廷が現出したのであった。すなわち黙って聞いている直方署長がさしずめ裁判長の立場で吾輩に対する嫌疑を述べ立てている荒巻部長が検事格、また、これに対して反駁を加えている天沢老人が弁護士の役目を買って出たわけで、襖（ふすま）の蔭（かげ）にお茶を入れながら一言一句も聞き洩（も）らすまいと耳を傾けているこの家の令嬢がタッタ一人の傍聴人、兼書記の役廻（やくまわ）りになった。しかもそのカンジンカナメの被告人となった吾輩が、寝床の中から時々とんでもない猥歌（わいか）を歌い出す。ウカウカすると夜具の中から飛び出して夢うつつのまま尻振（しりふ）り踊りを始めるのを、検事と弁護士が慌てて元の穴へ押し込むというのだから、トテモ珍妙な場面であったに違いない。

しかるに吾輩の弁護に立った天沢老人の弁論なるものがまた、すこぶる珍妙無類を極めたものであった。すなわち天沢老人は、直方署長と荒巻部長を前に置いて、威儀堂々とコンナ意見を述べ立てたという。

「私は骨相学上から見て、当局と全然正反対の意見を主張しなければならぬことを、非常な光栄としかつ、欣快（きんかい）とするものである。

元来骨相学なるものは古来一種の迷信、もしくは荒唐無稽（こうとうむけい）な愚論として軽蔑（けいべつ）されてきたものであるが、私が七十年間の経験によって判断してみると決して根拠のないものでない。ほとんど恐ろしいくらいに適中するもので、現に古今の名判官と呼ばれる人で、有意識無意識にこの骨相の観察を判決の土台にした例が、数限りなく記録に残っているのを見てもわかる。

ところで私はこの患者を引き受けた最初にこの児の骨相を一眼見ると、心中深く驚いたのであった。この児が尋常の生れでない……必ずや身分家柄の正しい、りっぱな人物の血を引いた児でなければならぬのみならず、将来どのような偉大な人物になるかわからないというほとんど理想に近い完全な骨相をもっておることを発見して、思わず襟を正したのであった。

その中でも第一に御注意申上げたいのは、この児の天帝に暗帯濛の気がミジンも見えないことである。骨相学上で天帝というのは、眉の間から中央にかけた白い平たいところであるが、一度でも悪事を働いた者、または生れながらにして性質の曲っておる者は、ここの皮膚の下に、冬の日陰のような暗い、つめたい気分が滞っておるものである。見なれた者の眼にはその暗帯濛の形がハッキリと見えるものであるが、この児の天帝には、そんなものの影さえない。きわめて天空快闊な奔放自在な性格であることが一眼でわかる。また、身分の正しい家柄の児であることは、その鼻筋の気品を保った通りぐあいでわかり、偉人となるべき将来を持っておることは、その重瞳が、遠くは豊太閤、近くは勝海舟なぞと同様、稀有のものであることによって判断される。また、頭脳の明晰なことは、その顱頂骨の形によってわかり、殺伐残忍な性格でないことは耳殻と、顴骨の高さでわかり、正義を主張する意思の強固さは、その顎の形が表明し、芸術的技巧に秀れておることはその鼻翼の彎曲が左右均斉しておるのでわかる。これを要するにこの児の性格を綜合してみると、悪人としての要素は、過去、現在、未来を通じてミジンも認められないのみならず、かえって諸悪の征服者として世に輝くべき天分を十分、十二分に持っておることが証明されてくるばかりである。

だから私は、只今警察当局のお話を承っておるうちに、意外千万な感じに打たれざるを得なかった。警察当局のこの児に対する嫌疑を根本的に否定せざるを得なかった。同時に、たといその嫌疑が全部、事実と認められる証拠があったとしても、この児が悪人であるということだけは、どこまでも、天地神明に誓って否定しなければならぬと、固い決心をした、次第である」

云々というので、荀子一流の性善説か何かを引合いに出しながら滔々一時間にわたって、吾輩の骨相の効能書きを御披露に及んだものであった。

ところでこうした超時代的な、ウルトラナンセンス式な無罪論は、さすがに物慣れた二人の警官もすこぶる面喰らわされたものらしい。第一漢学の素養がよッぽどできていないと、一言半句も反駁の加えようがないわけで、二人の警官は互い違いに「なるほどなるほど」を連発しながら、髯をひねるばかりであったが、それでも髯巡査は老人のお説教が一段落つくと、次のような薄気味の悪い挨拶を残して立ち去った。

七二

「イヤ。いろいろと御高話を拝聴致しまして誠にありがとうございました。実はこの児の罪状と申しましてもまだ未決定のもので、この児の両親を捕えて訊問してみなければ判然しないわけであります。また私どもとても御説の通り罪人を作るばかりが能ではございませぬ。過去の経験と、現在の証拠とによって的確な判断を下して行くばかりでございますから、その点は決して御心配ないようにお願い致します。

ただし……かような無邪気な少年が、自発的に容易ならぬ大罪を犯しました例は、私どもの職掌がら、たびたび見聞致しておることを申し添えさせていただきます。すなわちある異常な性格を持って、特殊な境遇に育った少年には、随分思い切ったことをするものがありますので、しかも、この少年が特にそうした条件に叶った境界に育てられてきましたということは誰人も否定できない事実であります。現に知事閣下の前に出ましても、目上の者を屁とも思わず、また、忠義とか孝行とかいう言葉を冷笑的な態度をもって見流し聞き流すところを見ますと、実に不敵な根性を持っておるとしか思われませぬ。つまりこの少年の人並外れた性格からそのような嫌疑が割り出されてきましたものでありますからその辺はなにとぞ、あしからず御諒察を願います。

なお、これはホンノ御参考までに申し上げておきますが、万一この児が今申しましたような大罪を犯したものと致しますれば、両親の罪が非常に軽くなると同時に、この児は丁年未満のことですから処罰することができない。実に困ったことになるのであります。またたは両親が罪を引き受けて収監されるとしましても、福岡にも小倉にもまだ少年を収容する設備ができておりませぬから、どこかでお預かりを願わねばなりませぬ。一方に知事閣下は、この少年に対して非常な興味を持っておられまして、失礼ながら費用は何ほどでも負担するから、どうか大切に御介抱願いたい。いずれは有罪無罪にかかわらず、自分の手に引き取って世話をするつもりだから、何分よろしくお頼みする……というお話でございまして、実はただ今伺いましたのもそうした知事閣下のお言葉をお伝えに参りましたのが主要な目的でございました」

云々という挨拶で、要領を得たような、得ないようなことにして二人の警官は立ち去ったのであったが、今から考えるとこうした言葉の裏には、万一犯人がつかまらぬ場合、吾輩に何もかも結びつけて、うやむやのうちに責任をのがれようという、田舎警察一流のずるい方針が、ほのめかされていたように考えられる。しかし人の好い天沢老人は、自分の言いたいことだけ言ってしまえば、それで清々したという恰好で、かえって二人の警官が徹頭徹尾自分の言い分に敬服して帰ったものと思ったらしく、まだ子供の吾輩に向って、さもさも得意そうに自分のお説教を繰り返して、かんで含めるような注釈をつけて聞かせるのであった。

ところが吾輩は、そんな話を聞いておるうちに、すまない話ではあるが少々睡たくなってきた。それはタッタ今、すこしばかり起き上っていた疲れが出たものらしかったが、そうして半分ウトウトと睡りながらも、コンナ風に大勢の大人たちが寄ってたかって吾輩一人を問題にして騒ぎまわるのが、不思議で不思議でしょうがなかった。罪があるとかないとか、余計なオセッカイばかりされるのが、うるさくてしようがなかった。

こんなことなら、深切な人間の世話になるよりも、邪慳な両親と一所になって、乞食をして歩いている方が、よっぽど気楽でアッサリしている。仙右衛門爺が死んだのだって両親がしたことかどうかわかったものでない。吾輩と両親が逃げてしまったのを悲観して、自分で首に針金を巻きつけて自分で火を放けて死んだかも知れないのを、現場を見届けもしない人たちが寄ってたかって何とかかとかいって騒ぎまわるところを見ると、大人というものは、よっぽど隙なものと見える。

そんなに罪人がきめたければ、何もかも吾輩が引受けてもいい。そうすれば両親は罪がなくなるから、髯巡査にイジメられなくてすむ。吾輩も今の話によると、子供だから罪にならないとすれば、結局、何にもなしになるから都合がいいではないか。仙右衛門みたいな悪い奴はドウセ死んだ方がいいにきまっているのだから、罪にならないものとわかっていたら、ホントウに吾輩が殺してしまったかも知れない。イヤイヤ。これから後でもあること。罪にならないときまればかまうことはない。悪い奴は片っ端から殺してやろうかしらん……といったようなことを考え考え、嵐の晩の恐ろしかった光景を眼の前に描いておると、そのうちに次の間から最前の令嬢の声がした。

「お父様……磯政さんの乾児で浅川さんという方がお見えになりました」

その声を聞くと天沢老人は軽く舌打ちをして顔を撫でまわした。

「またやって来たか。浅川というのは何度も来た若い男じゃろう。死んだ仙右衛門の遠縁に当るかという」

「さようでございます」

「……執念深く付き纏う奴じゃのう。この児もナカナカ人気者じゃわい。アハハハ……」

七三

天沢老人の笑い声を聞くと、令嬢は次の間でハッと片唾を呑んだらしかった。そうして心持ち怯えたような声で言葉を継ぎ足した。

「あの……今度は十人ばかり見えておりますが……」

「何人来たとて同じことじゃ。今病人の傍についておるから会われんと言うたか」

「ハイ。申しました。そう致しましたら、ホンのちょっとで、お手間は取らせませんからと申しまして……」

「よしよし。それならば今度は待合室へ通しておけ。茶も何も出すことはいらん。お前はこの児の傍についておれ」

「大丈夫でございますか、お父様……」

「アハハハハ。心配することはいらん。たかがユスリ、カタリを仕事にするナラズ者じゃ。武芸のたしなみさえあれば十人が二十人でも恐るることはない。小太刀を持たせたら、お前一人でもよかろう。ハハハハハ……」

老人はコンナことを言ってスックリと立ち上ったが、その態度には瘦せこけた老人に似合わないシャンとしたものがあった。そうしていかにも武芸のできた人らしい悠々たる態度で室を出て行った。

そのうしろ姿が、廊下の障子の向うに消えると間もなく、次の間に足音がして、隔ての襖（ふすま）がスーッと開くと、間もなくそこから、眼を瞠（みは）らずにはいられないくらい、美しい人の姿がニコニコ笑いながら入って来た。

それはツイ今しがたまで襖の向うで泣いたり、笑ったりしていたこの家の令嬢に違いなかったが、何の気もない子供の吾輩ですら眩（まぶ）しいような気持になったくらいだからよほど美しい人であったろう。年の頃や眼鼻立ちは説明のできるほどハッキリと記憶していないが、眼に残っている幻影をたよりに想像してみると十七か八ぐらいであったろうか。頭には何か金色の紐（ひも）が結ばっていたようだから、島田か何かに結っていたものと考えられる。質素な、洗い晒（ざら）した浴衣（ゆかた）を着て、幅の狭い赤い帯を太鼓か何かに結んだ、きわめて色気のない姿であったが、それでもその顔の色が、桜の花のように美しくて、黒い眼の光が、何ともいえず柔和であったことだけは、今でもシミジミと印象に残っている。

その令嬢は百年も前から吾輩と一所に暮して来たかのように親しみ深い態度で、吾輩の枕元に座ると今一度ニッコリ笑いながらさし覗（のぞ）いた。

「……気分はどう……」

吾輩はこの時に初めてこの令嬢の言葉が、ここいらの人間の言葉の調子と違っているのに気がついたので、チョット面喰らった。そのまま眼をパチパチさせていると、令嬢はまたも優しく寄り添いながら微笑した。

「咽喉が乾くでしょ」

吾輩はその眼もと口もとの美しさを穴の明くほど見とれながら、無言のままうなずいたが、その時に飲ませてもらった水のおいしかったこと……美しいお嬢さんの深切と一所に腸の底の底まで滲み透って行くような気持がした。

吾輩が間もなくそのお嬢さんと姉弟のように仲よくなったことはいうまでもなかった。生れ落ちてから今日まで、女の人の深切というものに接したことのない吾輩は、こうした若いお嬢さんの心からの同情に包まれて、ほとんど悲しいくらいの喜びを感じた。そうしてそのお嬢さんといろいろな話を始めたのであった。

吾輩はお嬢さんから尋ねられるまにまに今までの身の上話を前後とりとめもなくして聞かせたが、お嬢さんは一々眼を丸くしたり、感心したりして聞いてくれた。ずいぶん乱暴なことや、ろくでもないことまでもアケスケに話したのであったが、お嬢さんは不愉快な顔をするどころか、おもしろがって聞いてくれたので非常に愉快であった。それから最後に吾輩が、今まで誰にも話す機会のなかった木屋瀬の木賃宿の一件の真相をありのままに話して吾輩の無罪を一々承認してもらった。そうして火事の光に照らされながら、大風の中を逃げた時の恐ろしさを説明すると、お嬢さんは唇の色までまっ白になって、満腔の同情をもってその時の苦痛に共鳴してくれたので、めったに感傷的な気持になったことのない吾輩もとうとう涙ぐましくなってしまった。

それから今度は、お嬢さんが話を引き取って、吾輩が人事不省のまま、この家に担ぎ込まれてから後に起った出来事を、詳しく話して聞かしてくれたが、吾輩は、吾輩を中心にしてこの直方の町中に渦巻き起っているモンチャクがほとんど想像も及ばぬくらい猛烈なのにすくなからず驚かされたものであった。

七四

お嬢さんは……あたしによくわからないけれど……と謙遜しいしい話してくれたが、実はスッカリ事情を飲み込んでいるらしく、現在直方の町中を脅やかしておる、吾輩中心の渦巻き事件の真相が、当の本人の吾輩にも、手に取るごとくハッキリとうなずかれたのであった。

遠賀郡の堤防の上で打ちたおれていた吾輩が、人事不省のまま天沢医院に担ぎ込まれたという噂が伝わると間もなくのことであった。直方署から来た警官と入れ違いに死んだ仙右衛門爺の縁家の者と称する浅川という男が、タッタ一人で天沢医院に尋ねて来て、玄関に低頭平身しながら仙右衛門の筆跡を見せてくれと頼み込んだ。すると好人物の天沢老人は、浅川という男がドンナ人間か知らないまま、いちずに仙右衛門の血縁の者と思い込んだので、まだ警察に渡してなかった吾輩の身売証文を、半濡れのまま、応接間の机の上に拡げて見せてやった。

ところがその浅川という男は、天沢老人の隙をうかがって、半濡れの証文の上に左手をピタリと載せると、刺青だらけの腕を肩までまくり上げて脅喝を始めた。……この証文はたしかに仙右衛門の物に相違ない。それをこの家に匿まわれておる子供かまたはその両親かが、仙右衛門を殺して奪い取ったものに相違ないものと考えられる。だからこの証文の文句通りにその子供をこっちへ引き渡せばよし、渡さぬとあればこのままには帰らぬぞ……と炭坑地方一流の猛悪な啖呵を切って、威丈高になったのであった。

しかし天沢老人はビクともしなかった。旧直方藩の御典医であった家柄として皇漢医学と、武芸の秘術を稟け伝えて来た天沢老人は何の苦もなく荒くれ男の浅川の左腕をねじ上げて、叮嚀に下駄まではかせて往来に突き出すと、机の上に粘りついていた証文を傍の火鉢で乾かして、茶箪笥の中へ大切にしまい込んだのであったが、しかし天沢老人はこの出来事をきわめて些細なことに考えていたので別に警察へ届けるようなこともしなかった。

ところが事件はソレッキリですまなかった。

それから二、三時間経つと浅川はまたも天沢家の玄関へやって来て低頭平身して最前の無礼を詫びながら、すまないが証文をモウ一度見せてくれと頼んだ。むろん天沢老人は面会もせずに追払わせたのであったが、その時に取次に出た台所の婆やの話によると、浅川の背後には二、三人の書生体のものが太いステッキを持ってついて来ておる模様で、天沢医院の横露地や、診察室の奥の方を透かし覗いているところを見ると、どうやら家の中の様子を探っているらしい形勢である。それから昨日の正午過ぎのこと、久し振りに大風が晴れて日の目が出たので、婆やは洗濯しておいた吾輩の着物を干しに裏庭へ出て行くと、ずっと向うの裏長屋の屋根の上に立っていた二人の男が、こちらのお座敷を指しながらしきりに話し合っていた。そうして色の褪めた女の児の着物が物干竿に引っかかって高く高く差し上げられるのを見ると、互いに顔を見交してうなずき合いながら、大急ぎで屋根の上から、降りて行ったので、妙なことをすると思って気にかけていたが、今から考えると彼はやはり浅川一味で、この家に評判の子供まで匿まわれているかどうかを確めに来た連中に違いない……気味の悪いこと……というので婆やは早くも慄え上っているのであった。

この話を聞くと天沢老人はチョット暗い顔になった。そのまま吾輩の枕元に座り込みながらしきりに髯を撫で下ろしていたが、そうした天沢老人の心痛の原因は、お嬢さんによくわかっていた。

その当時の直方は現在の直方市の半分もない小さな町であったが、それでも筑豊炭田の中心地として日本中に名を轟かしていた。しかもその当時の筑豊炭田というものがまた、まだ開けてから間もない頃のことで、鉄道がやっと通じたばかり……集まって来る人々は何よりも先に坑区の争奪戦に没頭して、毎日毎日血の雨を降らすという有様であった。

ところでその坑区の争奪戦の中心となって、互いに鎬を削り合っている二つの大勢力があった。その一つは官憲派とも名づくべきもので、その当時の藩閥政府と、これに付随する国権党の一味であったが、福岡県知事はいつも党勢拡張と炭坑争奪の直接の指導者、兼、援助者として赴任して来るものとみなされていたので、わが禿茶瓶のカンシャク知事もむろんその一人にほかならなかった。しかも、そのカンシャク知事は、お手のものの官憲の威力と、近頃売り出しの大友親分の勢力を左右に従えて、最も峻烈にして露骨な圧迫を、各町村役場に加えつつ、片ッ端から坑区を押えてしまったので、一時筑豊の炭田は、尽く、官憲派の御用商人の手に独占されてしまいそうな形勢であった。

七五

ところが、こうした筑豊炭田の争奪戦に関する官憲派の横暴に対抗して起ったのが、有名な福岡の玄洋社の壮士連であった。

玄洋社というのは誰でも知っている通り、維新の革命に立ち遅れて、薩、長、土、肥のような藩閥を作り得なかった福岡藩の不平分子が、国士をもって任ずる乱暴書生どもを馳り集めたもので、あるいは大臣の暗殺に、または議会の暴力圧迫に、その他、朝鮮、満蒙の攪乱に万丈の気を吐いて、天下を震駭していた政治結社であった。しかもその頭目と仰がれている楢山到という男は、玄洋社の活躍の原動力として、是非ともこの筑豊の炭田を官憲の手から奪取せねばならぬと考えていたらしく、当時直方で生命知らずの磯山政吉という、やはり売り出しの荒武者を味方につけて、大友親分に対抗させる一方に、玄洋社一流の柔道の達者な書生どもを多数直方方面へ入り込ませて、官憲の威力をタタキノメス気勢を示したのであった。

直方の町々が、こうした二大勢力の対抗のために、極度の緊張を示したのはいうまでもないことであった。時ならぬ賑いを見せたのは町々の飲食店ばかりで、一般の民衆は今にも戦争が始まりそうな息苦しさを感じつつ夜を明かし日を暮している。その中に到るところで、書生やゴロつきの衝突がおこって、血を見ることが珍しくないので、すわこそと片唾を呑む人々が多かった。サテなかなか本喧嘩が始まらない。筑豊の大炭田が果してどちらの手に落ちるかは、容易に逆睹できない形勢のまましばらく睨み合いの姿になった。

　ところへ突如として吹き起ったのが三、四日前の大暴風であった。あの大暴風は、一面から見ると、こうした二大勢力の睨み合いに一転期を画するために吹き起ったものと見てもよかった。

　直方の形勢が危機に瀕しておることを聞いていながら、自身に出かける機会を持たなかった福岡県知事筑波子爵は、風が止むと間もない一昨日の午後になって、多数の警官を随行させ、大友親分の一味に取り巻かれつつ、暴風視察を名として、堂々と直方の桜屋旅館に乗り込んで来たのであった。そうして玄洋社側の壮士に睨み縮められておる直方署の署員と大友親分配下の兄哥連を激励しつつ、八方の村々に手を分けて、石炭採掘の承諾書に調印させ始めたのみならず、既に玄洋社側の有志の手で押えていた坑区までも手を廻して、否応なしに官憲派の御用商人の名前に書き替えさせ始めたのであった。しかも筑波子爵の蔭にはこのような仕事に慣れたものがついているらしく、その手段がいかにも巧妙敏速で、玄洋社側の壮士連中はもちろんのこと、磯政親分一味の手でも到底防ぎ止め得ないことがわかったので、この上はイヨイヨ腕力に訴えるよりほかに致し方がない。すなわち多大の犠牲を払う覚悟をもって知事以下の官憲一派を直方署と共にタタキ倒し、その勢に乗じて一斉に筑豊炭田を官憲派の手から奪い返すよりほかに道はない。そうして直方における玄洋社一派の勢力を確保して、社中以外の人間の炭坑経営を妨害し窒息させるよりほかに方法はない。というので、多賀神社の付近の民家へドシドシ暴力団を集結した。……サア官憲が勝つか……民権が勝つか。玄洋社の興廃この一戦にありというので壮士連の勢はまさに天に沖（ちゅう）せんばかり。……真に箸（はし）が転んでも血の雨が降り出しそうな形勢となった。

ところが折も折とて大風の副産物として、瘤（こぶ）おやじの仙右衛門が川向うで焼け死んだことを磯政の身内の者が、慌（あわただ）しく報告してきた。同時に女の姿をした男の児が、天沢先生のところへ担ぎ込まれている。しかもその児の身体には仙右衛門の筆蹟（ひっせき）らしい証文様のものと円札が二、三枚へバリついていた……という事実が、やはり磯政の身内に聞えてきたので、それならば新聞で評判になっている県知事のお声がかりの子供に違いない。その子供に何とか因縁をつけてこっちの手に奪い取ってしまえば、喧嘩のキッカケにはもってこいの条件になるばかりでなく、こっちの強味になることうけ合いである。ことによると知事と直接交渉の材料になるかも知れない……とか何とかいうのでたくらんだものであろう。浅川嘉平という乾児（こぶん）に天沢病院を当らせてみることとなったのであった。

七六

この浅川嘉平というのは一名タン嘉と呼ばれている脅喝の名人で、ナカナカ掛け引きの巧者な男であったが、好人物とばかり思い込んでいた天沢老人に見事に逆捻（さかねじ）を喰わされたままスゴスゴと帰って来た。けれどもそのおかげで天沢老人が世間で評判する通りの好人物の人格者であるばかりでない、容易ならぬ度胸と腕前の持ち主であることが初めてわかったので、今度は念入りに策略をめぐらし初めたものらしい。一方に浅川も名誉回復のためか何かわからないが、そうした策略の一手段らしく、何度も何度もやって来てわけのわからない文句を並べては様子を見い見い帰って行くので気味の悪いことおびただしい。しかしその来るたんびに付き添って来る壮士らしい者の人数が二、三人ずつ殖えてゆくので、今にドンナことをするつもりか全く見当がつかない。天沢老人はたしかに、そうした形勢を心配していたものに相違なかった。

しかし天沢老人は間もなく晴れやかな顔になってコンナことを放言したそうである。

「アハハハ。考えるほどのことはないわい。この子供がワシの家へ来たのは、こっちのためにも良いキッカケじゃ。ノウさようではないか」

これを聞いたお嬢さんは、老父の言葉の意味がわからなかったので、ただ柔順にうなずいたばかりであったが、天沢老人はかまわずに言葉を続けた。

「……おれはこの児をダシに使うて、知事公と、玄洋社の大将の楢山という男に会うてみようと思う。そうしてこの大喧嘩がまだ起らぬうちに仲裁をして、仲よく筑豊の炭田を開発させてみようと思う。そうすればこの児は、この界隈の福の神になるわけじゃ。ノウそうではないか」

何も知らない純真なお嬢さんが、こうした老人のスバラシイ思いつきに賛成しないはずはなかった。ほとんど涙を流さんばかりに嬉し喜んだのであったが、老人はまたチョット考えた後に、コンナことを独言のようにつぶやいたという。

「……しかし……驚くことはないわい。万事は玄洋社の楢山社長が直方に出て来てからのことじゃ。……楢山は近いうちに出て来るに違いないからの……その時に両方を一所に集めて仲直りさせねば、効能はないというものじゃ。何も老後の思い出じゃからの……ハハハハ……」

そう言って高らかに笑う老人の顔が、お嬢さんの眼には神様のように気高く見えたというが、これももっとも千万なことであった。

ところで吾輩はそうしたお嬢さんの話を聞いているうちにおもしろくておもしろくてたまらなくなってきた。吾輩を中心とする大人同志の騒動がイヨイヨ眼まぐるしく大きくなってゆくのが何かなしに愉快でしようがなくなった。何がばかばかしいといってもコレくらいばかばかしいことはないと思われたが、それと同時に、そのスバラシイ大騒動がイヨイヨ大きくなったらおもしろいだろうという気がしたので、吾輩は勢いよく寝返りを打ちながらお嬢さんに尋ねてみた。

「そんならその禿茶瓶とゲンコツ屋とドッチが悪いのけえ」

「ホホホホホ。まあおもしろいことを言うのねえ。禿茶瓶て何のこと……」

「知事の禿茶瓶のことやがな。知事の頭テカテカやがな」

「まあ……そう……わたしチットモ知らなかったわ。この前をお通りになったのを拝んだけど……」

「シャッポ冠っとったんけえ」

「……え……黒い山高を召していらっしたわ。……だけど……そういえばミンナがお辞儀をしたけど一度もお脱ぎにならなかったようだわ。ホホホホ……」

「あの禿茶瓶アホタレヤ。フーゾクカイラン見たがる二本棒や」

「……まあ……」

とお嬢さんは眼を丸くしたが、二の句が継げないまま顔をまっ赤にした。

「……ゲンコツ屋の親分も見たんけえ」

「ホホホホ。ゲンコツ屋じゃないことよ。玄洋社よ」

「どってもええ……見たんけえ」

「いいえ。まだ見ないけどエライ方だって、お父様おっしゃったわ」

「そんだら、ゲンコツ屋の方が強いのけえ」

「そんなことあたしにはわからないわ」

「そんだらドッチが悪いのけえ」

「なおのことわかりゃしないわ」

「そやけど……あんたドッチが好きや」

「ホホホホホ。あたしドッチも好きじゃないわ」

「何でや……」

「ホホホホホ。ドッチも嫌らしい男ばっかりだからわたし嫌いなのよ」

「……姉さま男嫌いけえ」

「……ええ……あたしあなたのような男の子が一番好きよ」

と言ううちにお嬢さんはイキナリ顔を寄せて、吾輩に頰ずりをしてくれた。

七七

吾輩は生れて初めて女の人に頰ずりされたので思い切り赤面してしまった。するとお嬢さんもまっ赤になって笑ったが吾輩がモウ一度、

「あんたはホンマに男好かんけえ」

と尋ねたのでなおのことまっ赤になってしまった。

「ワテエも女大嫌いや。ただ、あんただけ好きや」

「ホホホホホホ。まあ、お愛想のいいこと……」

「真実(ほんま)やで……、そやけど、あんたの言葉どこの言葉けえ」

「ホホホ、オカシナ人ねえ。どうしてそんなこと尋ねるの……」

「どうして言うたて違うやねえけえ」

「そりゃ違うわ。東京にいたんですもの」

「そんだらここの家の人じゃないのけえ」

「いいえ……ここの家の者よ」

「どうしてここの家へ来たんけえ」

「……貰われて来たのよ」

と言ううちにまたもお嬢さんの顔がまっ赤になった。しかし吾輩にはその意味がわからなかった。

「どうしてここの家に貰われて来たんけえ」

「知らないわ。そんなこと……」

と言ううちにイヨイヨお嬢さんはまっ赤になった。

「そんだらお嬢さんはこの家に来て何しとるんけえ」

「何もしていないわ。時々小太刀の稽古をしているくらいのもんよ」

「コダチて何や」

「小さな刀のことよ。お父さまがね。この直方というところは人気が荒いから、身体を守るために覚えておけとおっしゃってね、時々教えて下さるのよ」

「コダチ知っとると強くなるのけえ」

「ええ。刀で向って来ても大丈夫よ。女でも子供でも覚えられてよ」

「ワテエに教えておくれんけえ」

「ええ教えたげるわ。だけど今は駄目よ。あなたが病気だから……」

吾輩は今にも起き上って、小太刀を習いたいのを我慢しいしい家の中を見まわした。

「このうちには男の人ほかにおらんのけえ」

「ええ。いらっしゃるわ。今東京に行って、お医者の学問をしておいでになるのよ。その方がお帰りになったら、あなたもキット好きになれてよ」

「ワテエこの家のお爺様の方が好きや」

「ホホホホ」

とお嬢さんは口に手を当てて笑った。

「こっちのお爺様占いさっしゃるのけえ」

「ええ。占いもなさるけど人相を御覧になるのがお上手よ」

「ワテエが悪いことしよらんと顔見ただけでわかると不思議やなあ」

「ほんとにね」

「ワテエの額ちんにナタイモがはいっとるてホンマけえ」

「オホホホホ。奈多芋じゃないわよ。アンタイモウよ」

「そんならアンタ、イモ好きけえ」

と吾輩は大人の真似をして洒落を言った。お嬢さんは引っくり返って笑った。

「好きならワテエが天帝になった時にタンマリ喰べさせてやるがな」

「ホホホホホホホ。ハハハハハハ」

とお嬢さんは止めどもなく、笑いこけたが、やがて急に真面目な顔になって笑い止めた。玄関の方で何事か談判をしている天沢老人の朗らかな声と、その相手になっている男のシャガレタ声とがだんだん高くなってきたからであった。

「……なるほど……浅川君の言われることはようわかりました。あなた方が知事と張り合いになっていられる事情も、今のお話で残らず判然しました。あなた方のお話の通りならば、私は是非とも玄洋社の味方になって、官憲の横暴を懲らしめねばならぬところじゃが、しかしその問題と、あの児の問題とは全然別の話じゃ。あの児は私が医者として預かっているのじゃから、あの児の病気が回復するまでは、この家から一歩も出すことはなりません」

「楢山先生からのお話でもですか」

「むろんじゃ、それが医者としての責任じゃからのう。ハハハハ……」

七八

「それではあの児はドウしても渡されんとおっしゃるのですな」

そういう男の声は何となく息苦しく角張ってきた。しかし天沢老人の声は依然として朗らかに落ち付いていた。

「さようじゃさようじゃ。たといまたあの児が元気になったとしても、あんた方より先に知事閣下からのお話を承っている以上、その方へお答えせずに、お渡しすることはできませぬ」

「やかましい……」

「何と……」

「知事が何かい。おれたちは相当の権利があって来ておるとぞ」

と今度は別の声が言った。

「おれたちはあの子供の両親から頼まれて来ているのだ」

「ホホイ。これは意外じゃ」

「意外でも何でもないぞ。あの子供の両親は昨日から吾々の友人のところへ来ている。涙を流いてあの子供のことを頼むから吾々は来とるとだぞ」

「ハハア。それならばその両親をここへ連れて来なさい。私からジカに尋ねたいことがある。まことに良いついでじゃ」

「……エッ……」

「驚くことはない。あの児の両親はあの児を仙右衛門に売り渡いたとあんた方は言うていられるではないか。それならばあの児を引き取る権利はモウ無うなっているじゃろう」

「…………」

「それともあの児を売り渡いておらんというなれば、ええ幸いじゃから両親を連れて来なさい。わしから尋ねてみたいことがある。あれほど親孝行な子供に永年養われた大恩を忘れて何であのような恐ろしい証文に爪印を捺いたか。あの子供はいつ、どこの村里で、かどわかいたかと問い訊してみたい」

「ウーム」

「あんた方の親分の磯政ドンや玄洋社長の楢山到という人は、その辺の事情を残らず承知の上でアンタ方をよこされたのか」

「……ソ……それは……」

「それとも両親に頼まれたのは嘘か……」

「……エッ……」

「アハハハハ。大方嘘じゃろう。磯政ドンでも楢山君でも、そげな筋道の通らんことを言うてやる人間ではないじゃ。アハハハハハ……」

「……イヤ……恐れ入りました。しかし……」

　とまた別の男の声がした。

「……しかし……これにはいろいろと秘密の事情がありますことで……」

「ハハア。まだ秘密の事情がありますかな」

「……さようで……実はその事につきまして私とあなたと二人きりでお話したいことがあるのですが……ほんの二、三分でよろしいのですが……」

「ハハア……どのような事じゃな」

　それから先の話声は、ドカドカと廊下を出て行く足音と、扉がギイーと閉まる音に掻き消されたきりパッタリと聞えなくなってしまった。

　吾輩はじれったくなった。今にも活劇が初まるだろう。……初まったらすぐに飛び出して、天沢老人の武術の腕前を拝見してやろう……ことによったら加勢してやってもいい……くらいに考えながらワクワクして待っていたが、サテなかなか初まらない。いや。初まらないどころか、血気の壮士が十人もきているというのに、一人残らず、天沢老人の理屈に押し詰められたらしく、チュウの音も挙げ得ない様子である。もちろん、天沢老人も人格の点では福岡県知事や玄洋社長の上手を行く人物だったそうだから、さすがのがむしゃら連も自然と頭を押えつけられたのかも知れない。そこで今度は「欺すに手なし」というわけで、密談に事寄せて老人を診察室に閉じ込めて、その間にある仕事をするもくろみらしかったが、しかしそんなことを知らない吾輩は甚だつまらなくなった。一体十人の男たちはどんな顔をしているのかしらん。玄洋社の壮士なんてドンナ風体のものだろう。ソーット見に行ってやろうかしらん……なぞと考えながら小豆枕を傾けて、見るともなしに横に座っているお嬢さんの顔を見ると、驚いた。

お嬢さんは顔色をまっ青にして、眼をマン丸く見張ったまま、吾輩の右手のお縁側の障子を見ている。吾輩もビックリして何事かしらんと怪しみながら、その方を振り返ってみると、いつの間に開いたものかお縁側の障子が一尺ばかり動いていて、そこから、お庭の向う側に咲いている、赤と黄色の見事な鶏頭の花が見える。

……と思う間もなくそこから、頭の毛を蓬々さした、人相の悪い浴衣がけのライオンみたいな男の顔が覗いた。

七九

その人相の悪い男は、眉毛の上から太い一文字の刺青をしていたが、その刺青の両端が、外の光を受けてピカピカと青光りに光っていたことを今でもハッキリと記憶している。

その男は、その刺青の下の凹んだ眼で、お嬢さんと吾輩の顔を見比べると、白い歯を剝き出してニヤリと笑った。……と同時に、ほとんど鴨居につかえそうなイカツイ身体を障子の蔭から現わしたと思ううちに、突然、疾風の如く飛びかかって来た。

お嬢さんはその時に

「……アッ……」

と小さな叫び声をあげたようであった。その瞬間に吾輩も無我夢中になって、額に乗っていた濡れ手拭を引っつかみながら、片手ナグリに投げつけたが、その手拭は四角に畳まったまま、大男の鼻と口の上へヘバリついて、パーンと烈しい音を立てた。

……と思うとその次の瞬間に、不思議な現象が起った。

その男は濡れ手拭を顔にクッつけたまま、座敷のまん中に仁王立ちに立ち止まった。眼の球を二、三度クルクルと廻転させてヒンガラ眼に釣り上げた。両手をダラリとブラ下げたまま仏倒しにドターンと畳の上に引っくり返ると、間もなく、手足をヒクヒクと引き釣らせながら、次第次第にグッタリとなっていった。

それは実に見ている間の出来事で、驚く隙も怪しむ余裕もない場面の急変化であった。

吾輩はそれがズット後になって、この時の出来事の原因を理解することができた。それは吾輩が福岡に残っている双水執流という当て身や投げ殺しを専門みたいにする珍しい柔道の範士について「合気の術」というものを研究しているうちになるほどとうなずいたもので、この時にこの屈強の大男が、まだおかっぱさんの吾輩に、何の他愛もなく引っくり返されたのは、いわゆる「逆の気合」に打たれたものに相違なかった。つまりアッという間に吾輩を奪い去るべく飛び込んで来た、その極度に緊張した一本槍の気合が、偶然に投げつけた吾輩の濡れ手拭に顔を打たれて、ピタリと中断されたばかりでなく、最前から詰めて来た呼吸をスッと吸い込みかけたそのショッ鼻を、一気に完全にハタキ止められたので、その一瞬間に呼吸機能の神経的な痙攣を起して、気絶してしまったものらしかった。

しかしその時の吾輩には、そんな事が理解されようはずがなかった。眼の前の出来事がアンマリ意外なので、スッカリ面喰ってしまった。吾知らず寝床の上に起き上って、畳の上に伸びている男の姿を凝視した。そうしてどうしたらいいかしらんといったような気持で、お嬢さんの顔を振り返ると、お嬢さんもまっ青になったまま吾輩を振り返った。そのうちに巨男の戦慄が、また、一しきり激しくなって、手足がヒクリヒクリと引きつり縮まってゆく模様である。

それを見ると吾輩は、ヤット自分のしでかしたことに気がついた。夢中で投げつけた手拭が、この巨男を殺しかけていることに気がついたので、今更のように狼狽して、大急ぎで巨男の傍へ馳け寄って、顔の下半部にヘバリついている濡れ手拭を取り除けてやったがそのついでに見るともなく見ると、唇の色がモウ変りかけている模様である。

吾輩は急に胸がドキンドキンとし初めた。おなじ思いに馳け寄って来たお嬢さんと二人がかりで、巨男の襟首に手をかけて、エンヤラヤッと抱え起そうとこころみたがナカナカ動くことでない。そこで今度は方向をかえて、二人で左右の胸倉をつかんで、思い出したように掛け声をかけた。

「いち……にの……さんッ……」

「ひの……ふの……みいッ……」

と引き起しかけたが、あいにくなことに、半分ばかり成功したと思うと、死んだかと思った巨男が突然反抗するかのように、

「……ムムムムム……」

と反りくり返ったので、二人とも引きずり倒されながらヨロヨロとブツカリ合った。その拍子に巨男のドテッ腹をめがけて、左右から思い切り膝小僧を突っついてしまった。するとまたその拍子に二人とも襟元を取り放したので、またも仰向きに引っくり返った、巨男は後頭部をイヤというほど畳の上にブッつけて弾ね返されながら、今度は御念入りに

「……ギャギャッ……」

という奇妙な叫び声をあげた。

八〇

お嬢さんと吾輩はモウ一度ビックリして左右に飛び退いた。同時に吾輩は落ちていた濡れ手拭を引っつかんで、モウ一度タタキつける身構えをした。

一方にお嬢さんは、床の間の横の袋戸へ走り寄って、赤い房のついた黒鞘の懐剣を取り

出すと、大男から一間ばかり隔たった床柱の前に片膝を突きながら、袂をくわえて身構えたが、それはよく芝居の看板に描いてある……アンナような、何ともいえないいい恰好であった。

その間に大男はやっと意識を回復したらしかった。畳の上に大の字になって眼を閉じたまま、ペロペロと舌なめずりをしていたが、やがて眼を開いて天井をキョロキョロと見まわすと、自分がどこに来ているか忘れたらしく、しきりに眼をこすりまわしていた。それから誰か呼ぶつもりらしくモウ一度舌なめずりをして、オイオイと呼びかけたが、その声は咽喉に詰まって、蚊の啼くようなヒイヒイ声にかわってしまった。

大男はここで初めて、自分がよその家の中にブッ倒れているのに気づいたらしい、そうして呼吸が辛うじてしかできないというような奇妙な眼にあわされていることがヤッとわかったらしくガバと跳ね起きて左右を見まわした。

吾輩とお嬢さんは、それと見るや否や、同時に一歩退いて身構えた。

そのお嬢さんの手に握られた懐剣の光と、吾輩が振り上げた濡れ手拭のピッチャー第二球式の構えを見ると、男はハッと息を引きながら、ライオン式の表情をまっ青にしてしまった。辷りたおれんばかりに飛び上って猫のように四ツンばいになったが、その拍子に詰まっていた呼吸が出てきたらしく

「ワーッ」

と叫ぶなり身を翻して、半分開いた障子を蹴離して縁側伝いに玄関の方へ馳け出した。

すると、それと同時に今まで鳴りを静めていたらしい玄関の方から
「どうしたかい」

「やり損のうたか」

「子供はおったか」

と口々に叫びながら、五、六人ドカドカと踏み込んで来る足音が聞えたが、それに入れ代って今の男の声が、押し戻すように響き渡った。

「帰れッ……みんな帰れッ……あの児は幻術使(ドグラマグラつか)いぞ、幻術使いぞ。逃げれ、逃げれッ。殺されるぞーッ」

と怒鳴り続けるうちに、その声は表の方へ駈(か)け出してたちまち聞えなくなってしまった。その足音がチットモ聞えなかったところを見ると多分下駄(げた)をはかないまま飛び出して行ったものであろう。

「何や何や」

「どうしたとかい、どうしたとかい」

「ハンマの源太が青うなって逃げて行ったぞ」

「奥座敷でやられたらしい」

「何かいるとじゃろ」

「殺されるぞ……て言うたが」

「ウン……何やらわからん……」

「源太が言うならよくよくのことじゃろ」

「帰ってみようか」

「ウン。帰ってみよ……」

「ウン。帰ろう帰ろう」

コンナ問答をせわしなくしているうちに、みんな臆病風に誘われたらしい。ガタガタと下駄をはく慌しい音がした。それと一所に診察室の扉が開く音がして
「まア。……ええではないか」

という落ち付いた天沢老人の声がしたが
「ヘイ。ヘイヘイ。またいずれ……」

という挨拶もそこそこに、あとから今一人帰って行く下駄の音がした。その下駄の音が遠ざかるにつれて、玄関の方が急にシンとしてしまったようである。

一方に奥座敷で身構えていたお嬢さんと吾輩は、当の相手のハンマの源太に逃げられたので、スッカリ張合いが抜けてしまった。思わず顔を見合せた二人は、そこで初めてお互いの大げさな身構えに気がついて、急に噴き出してしまった。

「オホホホホホホ」

とお嬢さんが、鞘に納めた懐剣を投げ出して笑いこけると吾輩も
「ハハハハハハ。ヒヒヒヒヒヒ」

と笑いながら、濡れ手拭をモトの額の上に載せようとすると、いくら押えつけても、う

まく額の上に乗っからないで、バタリと畳の上に落ちてしまった。その時に吾輩はヤット、自分が起きていることに気がついたので、慌てて夜具の中にモグリ込んだが、それがまたおかしかったので、お嬢さんと吾輩はモウ一度腹を抱えて、汗の出るほど笑いこけたのであった。

八一

その翌々日のことであった。

吾輩は朝早くから天沢老人に引き起されて、お嬢さんが縫ってくれた白飛白(しろがすり)の着物を着せられて、水色のサワイの帯を締めてもらって、顔を洗うとすぐに、約三十分ばかりの約束で小太刀の稽古(けいこ)をつけてもらうことになった。もちろん熱はモウ前の日一日中、全然出なかったばかりでなく、吾輩の身体は生れつき頑健に出来ている上に、行く先々の雨風と、毎日毎日の烈しい乞食(こじき)踊りと、重たい荷物に鍛い上げられていたので、僅(わず)か二、三日のうちに半死の疲労から回復したらしい。みるみる非常な食慾(しょくよく)と元気がつきだして、ジッとしていられないくらい、身体がウズウズしてきたので、何かやってみたくてたまらないところであった。

一方に天沢老人も吾輩が、ハンマの源太をやっつけた時の情況をお嬢さんから聞いて、吾輩の度胸や気合が、とてもスゴイものがあると見込んだ結果、ためしに武芸を仕込んでみる気になったものらしい。

「サア。来てみなさい。朝飯前の仕事に、これから毎日指南してやる。ええか。すべて武術というものは人を殺すのが目的でない。自分の身を護ると同時に、刀を抜かずして相手の悪心を押えつけるのが目的じゃ。ええか。薬を使わずに病気を治すのが医者の一番上手と同じことじゃから、そのつもりで稽古せんといかん」

「何でも勝ったらええのやろ」

「ウム。まあそんなものじゃ。そこで向うに、わしと向い合って坐ってみなさい。今すこし間を置いて……もうすこし離れて……そうじゃそうじゃ。その襖の付け根のところに坐るのじゃ。すべてこの小太刀というものは、ことさらに得物が小さいのじゃから、何よりも先に、身体の構え一つで相手を押えつけんといかん。長い刀や槍が正面に構えているのに、小太刀は背後に構える場合が多いのじゃから、チョットでも身体に隙があると、すぐに長い刀が切り込んで来るからの……サアこの糊押し篦を持って構えてみなさい」

「これでお爺様を突くのけえ」

と吾輩は、尖端の丸い大きな竹篦をヒネクリまわしてみた。

「アハハハ。まだ突いてはいかん。気の早い奴じゃ。突く前に一度ソレを持って坐ってみい。右膝を突いて、左足を前に出して……イヤイヤ反対じゃ反対じゃ。左足を引くのは受け身の構えじゃ」

「こうけえ」

「さようじゃさようじゃ。ウーム。構えはなかなかりっぱじゃ。どこかで小太刀の構えを見たことがあるな」

「アイ。一昨日見た。お嬢さんが、こないな風にしてハンマの源に向いよった」

「なるほど。さようかさようか。しかし、それにしても初手からさようりっぱにはゆかぬものじゃ。踊りの名人だけのことはあるわい。ウーム」

「突いてもええけえ」

「ハハハハ。突かれてはたまらんが、そうむやみに人が突けるものでない」

「そんでも突いたら、あの懐剣くれるけえ」

「あの懐剣とは……」

「おとつい、お嬢さんが使うたのんや」

「ああ赤い房の下ったのか。あれはイカン。あれは娘にやったのじゃから……」

「そやけどお嬢さんは、ワテエに約束したで」

「ホホオ。何と約束した」

「ワテエがお嬢さんに、あの懐剣欲しい言うたら、お嬢さんが老父様に小太刀習うて勝つようになったらやる言うたで」

「アハハハハ。馬鹿な奴じゃ」

「そやからワテエ。そんだら明日稽古してもらう時に、老父様を突いてみせる言うたら、突いたらアカンけんど、老父様のアタマのツルツルしたところを一つたたいたらあの懐剣をやる。続けて二つたたいたらお前のお嫁さんになってやる言うたで……」

「アハハハ。イヨイヨ途方もない奴じゃ。まあ、そんなことはドウでもええ。稽古じゃから……」

「稽古でも何でもホンマにたたいてええけえ」

「それはかまわんが、それでは稽古にならんからのう」

「ならんでも大事ない。ワテはあの懐剣貰うのや。お嬢さんお嬢さん。チョット来てみてや来てみてや。ワテエがお爺様のアタマのツルツルしたところタタクよってん……」

と言ううちに吾輩は竹篦を持って老人に突っかかって行った。

八二

むろん吾輩は、糊押しの竹篦で天沢老人をつく気はもうとうなかった。ただお嬢さんの秘蔵の懐剣が欲しさに、あわよくば老人に突っかかる振りをして、その隙に乗じて天窓の禿げたところを一ツピシャリと叩いて首尾よく約束の通り懐剣をせしめるつもりであったが、それにしても吾輩の飛び込んで行き方が、あんまり素早かったので天沢老人は少々狼狽したらしい。元来が子供に教える気構えで、何の用心もしないでいたところへ、飛び込まれたのでハッと面喰らいながらも、老人に似合わぬ素早さで身を交しながら
「コレッ。コレッ、待て待て、というに。あぶないあぶない」
と言って鬼ゴッコみたいな気軽さで逃げまわった。それを吾輩が矢継早に飛びかかって追いまわすので、冗談のつもりの老人はややもすれば座敷の隅に追い詰められそうになっ

た。

「アハアハ。これはたまらん。恐ろしい鋭い奴じゃ。コレ娘。チョット来い。この児がおれを……おれのアタマをたたくと言うて聞かんのじゃ。チョット来てくれい……来てくれい。この児を止めてくれいアハハハハ。アハハアハハアハハ。これはかなわん」

　台所の方で何かガチャガチャやっていたお嬢さんは、この声を聞いたらしく、バタバタと走って来たが、この情景（ありさま）を見ると、襷（たすき）を半分外したまま、お縁側に笑いこけてしまった。

「オホホホホホホホホホ」

「コレコレ。笑ってはいかん。この児を捕まえてくれい」

「オホホホホホ。ハハハハハハハ」

「いかんいかん。アハハハ。早う止めい止めい。突かれそうじゃ。タタかれそうじゃ」

　と言ううちに老人は火鉢の向う側に追い詰められて絶体絶命になったらしく、うしろの襖を開いて玄関の方へ逃げ出した。

「爺さん逃げるのけえ。逃げたら敗けやぞ。アタマ叩（たた）かれるよりも卑怯やぞ」

　と叫ぶなり吾輩もすぐにあとを追っかけたが、老人は、そのまま玄関の方へ姿を消したようである。そこで吾輩も逃してなるものかと竹篦を逆手に持ちながら玄関の前の板張りに飛び出す。とハッとして立ち止まった。

　広い玄関の正面の患者控室らしい八畳ばかりの畳敷のまん中に、お茶やお菓子や蒲鉾（かまぼこ）の切ったのがチャンと出て、平服を着た五人の男が坐っている。それを見た最初に吾輩は患者が来ているのかと思ったが、病人らしいものは一人もいないばかりでなく、揃いも揃ってイガ栗頭の色の黒い、逞しい屈強の男ばかりで、眼の光が皆それぞれに一癖も二癖もありそうな面魂である。のみならず昨日から顔馴染になった台所のお徳婆さんと、俥屋の平吉さんというのがお酌をして一杯飲ましているところで二、三人はモウまっ赤になっているところであった。

その五人が五人とも通りかかった吾輩の足音をきくと一斉に振り返って吾輩の顔を見たので、その鋭い視線の一斉射撃に遮り止められて吾輩はハタと立ち止まった。そうして竹篦を逆手に持って身構えたまま五人の視線を一つ一つに睨み返したのであった。

五人の男は、そのまま瞬き一つせずに吾輩を凝視した。盃を持ったまま、酌しかけたお徳婆さんは燗瓶を持ったまま呆れ返ったように吾輩の顔を見ていたが、やがて正面の中央に、あぐらをかいていた八の字髯のズングリした男が、思い出したようにニヤリと笑ったと思うと前にある饅頭を三つ重ねて、吾輩の方に出して見せながら眼を細くして手招きをして見せた。

それを見ると吾輩はツイ以前の習慣を出して、竹篦を投げ棄てながら板張りに両手をついて

「おわりがとうございます」

と超特急のお辞儀をしてしまった。

五人の男はそれを見ると一斉にドッと吹き出した。

それにつれて吾輩も、何だか冷かされたような気がして、急にきまりがわるくなったので、慌てて逃げ出そうとすると、その饅頭をさし出した八の字髯のズングリ男が慌てて吾輩を呼び止めた。

「オイ。チビッ子チビッ子」

「チョット待て待て。聞きたいことがある」

と外の男も口を添えた。

吾輩も実を言うと、内心大いに饅頭が欲しかったので、すぐに立ち止まって振り向いた。

「何や」

八三

「何でもええからここへ来てこの饅頭を喰べい。欲しければまだいくらでもやる」

「アハハハ、ドウセイこの家から接待に出たものじゃからノウ。ナカナカ気前がええわい。アハハハハハ」

と酔っているらしい右側の大男が高笑いした。その顔を八の字髯はチョット睨みつけた。

「いらんことを言うな。大事なことを聞きよるのじゃないか」

大男はうなずいて黙り込んだ。

そんなことを言っている間に吾輩は貰った饅頭を三つともペロリと呑み込んだ。そうして舌なめずりをしながらモウ一度八の字髯に問うた。

「ワテエに訊(き)きたいことて何や」

「ヤッ。貴様モウ三ツとも饅頭を喰(く)うてしもうたか」

「アイ。久し振りやでうまかった」

「途方もない喰い方の荒い奴じゃのう」

「三つぐらい何でもあらへん」

「ウーム。まっと喰いたいか」

「アイ。いくらでも喰べたい。そやけど訊きたいことて何や」

「ウム。それはのう……」

と八の字髯は、言葉尻(じり)を残してそこいらを見まわしたが、お徳婆さんも俥引の平吉も、いつの間にかいなくなっていた。表の通りには、ちょうど人影が絶えているようであった。

その様子を見定めると八の字髯の男は、吾輩の耳に口をさし寄せるようにして問うた。

「おとついナア」

「アイ……」

「一昨日、お前をかどわかしに来た男なあ」

「アイ」

「大きな男じゃったか小さい男じゃったか」

「大きな男じゃった。あそこへとどくぐらい大きな……」

と吾輩は鴨居(かもい)を指して見せた。

「その男は眉毛に刺青しとらせんじゃったか」

「アイ。しとった」

「ウム。それでわかった。天沢老人が、自分は中立じゃから内通はできんと言うて、詳しい事情を話さんものじゃから、昨日押しかけて来た奴どもの目星がつかんじゃったが、それであらかた見当がついた。やっぱりあいつじゃ」

「ハンマの源じゃろう」

「ウム」

皆顔を合せた。その顔を見まわしながら八の字髯は腕を組んで説明し出した。

「ウム、あいつなら磯政親分の片腕と言われとる直方一の乱暴者じゃから、あいつのしたことを磯政が知らんはずはない。磯政は一日も早ぅ喧嘩のキッカケを作ろうと思うて焦っとるに違いないのじゃ」

「焦っとるて、どうして焦るとかいねえ」

「それはこうじゃ。磯政の一党は何でもかんでも玄洋社長の楢山が、直方に来る前に喧嘩を始めて知事閣下を初め、われわれ官憲と、大友一派の勢を直方から一掃して筑豊の炭田を残らず押えてくれようというので、盛んに小細工をしてみているのじゃ」

「ウム。そういえば事実らしいのう。つまり万一手違いがあっても楢山に責任がかからぬようにしようとたくらんでいるのじゃろう」

「ウム。その通りじゃ。きゃつらは皆主領思いじゃからのう。ことにきゃつらはわれわれ官憲を軽蔑しおってのう。われわれを直方から追い払うのはこの子供が饅頭を喰うよりもたやすいように思うとるでのう。喧嘩さえ始まればと皆思うとらしいのじゃ」

「ウム。人数からいえば玄洋社の壮士だけでもわれわれの三倍ぐらいいるのじゃからのう」

「玄洋社の柔道は強いげなのう」

「講道館へ持って行けば二段三段の奴が、いくらでもいるちゅうじゃなかか」

「ウム。しかし喧嘩となれば別物じゃと大友親分も言いおったがのう。近頃の柔道は体育を主眼としとるで武術のうちにはいらん。刃物を持ってかかれば一も二もない……と署長も笑いよったが……」

「撃剣ならば自信があるわい。アハアハ」

と横から大男が笑い出した。その尻馬についてほかの三人も自信ありげに腕まくりをして見せた。……おもしろいな……と思いながら吾輩は丼の中の饅頭を二つ一所に引っつかんだ。

八四

「ところがここに一つ問題というのはこの子供じゃ」

と八の字髯は仔細らしく腕を組んで皆の顔を見まわした。それにつれて四人の男が交る交る吾輩を振り返ったので、吾輩は二ツ一緒に頬張りかけた饅頭を一つに倹約した。

八の字髯はニヤニヤ笑いながら、説明を続けた。

「のう。この子供は見かけの通りナカナカヨカ稚児じゃでのう。知事閣下がトテモ夢中になって愛着してござることを、先方でもチャント知っとるのじゃ。そこでこの児を人質に取って楢山社長のお手のものにして献上するとなれば、楢山社長も評判の稚児好きじゃから喜んで育てるにきまっとる。そればかりでなく、この児を取られたことが知事の方に知れたなら、知事が夢中になって逆上せ上って、無理にも取り返しに来るに違いないと見込んでヤンギモンギ連れて行こうとしているのじゃが、天沢先生がこの児を押えてござるもんじゃからナカナカ思う通りにならん」

「なるほど……しかし天沢先生はおとなしくこの児を知事に渡いたらよかりそうなものじゃが……」

「そこじゃ。そこが天沢先生の流儀違いのとこじゃ」

「流儀違いとは……」

「ウン。その……流儀違いと言うと、すこし言い方が違うかも知れんが、天沢老人はあの通りちょっと見たところ柔和な人格者じゃが、あれが漢学仕込みの頑固おやじで役人でもゴロつきでも後へは引かんというナカナカの強情者じゃそうじゃ」

「なるほど。そういえばそげなところもある」

「そこでこの直方におっても人格者とか何とか立てられたもんじゃが、その天沢先生の眼から見ると知事が官憲の力を利用してこの筑豊の炭田を押えようとするのは大きな間違いであると同時に、これに反抗して玄洋社が炭坑取りを思い立ったのも大きな心得違いと言うのじゃ」

「アハハハ。なるほど。それならば公平でええな」

「イヤ。笑いごとじゃない。全く公平な議論に違いないのじゃ。のみならず今の通りじゃと直方の町々はいつ喧嘩が始まるかわからんというので一軒残らず戸を閉め切りの有様じゃから、商売もろくにできん。そこでこの喧嘩を仲裁して直方の町をモトの繁昌に返すには是非ともこの児を手の中に握り込んでおかねばならんと天沢老人が頑固に構えているらしい。一方にまた知事閣下は知事閣下で、なるべく喧嘩を楢山が来るまで引っぱっておいて、来ると同時にワーッと始めて、そのドサクサに乗じて楢山を縛り上げて監獄にブチ込むという方針じゃから、とにかくにもそれまではこの児を敵の人質に取られんようにせんければならん……というわけで、その用心棒としてわれわれはこの家に派遣されたわけじゃ」

「なるほどなあ。道理でやっと理屈が飲み込めた。今朝署長から、あの天沢病院に居る子供を保護しに行けと命ぜられた時までは、何のことやら意味がわからんじゃったが……なるほどなあ」

「それじゃから万一この喧嘩が、天沢老人の手で止まるとなれば、直方の人民どもはドレくらい助かるかわからん」

「そうなれば天沢老人はこの直方の守り神になるわけじゃな」

「ウン。天沢老人に限らん。誰でもええ」

「しかし、この炭田争いは当分止まるまいなあ」

「止まるものか。神様の力でもむずかしかろう。何にせいこの筑豊の炭田をみな押えたら日本帝国の世帯を引き受けるだけの財産じゃそうじゃからのう。ことに将来支那やロシアと戦争する段になれば何よりも先に立つものは石炭じゃそうじゃからのう。政府でも一生懸命になるわけじゃ」

「しかし、今ではその炭田争いがヨカチゴ争いになりかけとるじゃないか。ハハハ」

「ウム。いわばまあソゲナものじゃ。アハハ。しかもその争いの中心を守っとるのじゃから、われわれの任務たるやすこぶる重大なもんじゃ」

「酒と饅頭が出るわけじゃのう」

「アハハハ……」

「いかにものう。見れば見るほどヨカチゴじゃのう」

「アハハハ。そこでチョット一杯酌をしてもらおうか」

「馬鹿。そげなことすると首が落つるぞ。知事閣下のお気に入り様じゃないか」

「ヒャッ。危ない危ない。いかにもいかにも」

「やあ。お前はモウあれだけの饅頭を喰うてしもうたか」

不意にこう問われた吾輩は、ちょうど最後の一つを頬張っていたので、返事ができなかった。大急ぎで口をモグモグやりながら、涙ぐんだ眼で八の字髯を見上げてうなずいた。

同時に気がついてみると吾輩(わがはい)は、五人の話を一心に聞き聞き、いつの間にか七つ八つあった饅頭をペロリと平げてしまっているのであった。

八五

「呆(あき)れた喰(く)い助じゃのうお前は……。そげに喰いよるとコレラにかかるぞ」

吾輩はしかし依然として返事ができなかった。無言のまま咽喉(のど)に詰まった饅頭をタタキ下げて、横にあった茶碗(ちゃわん)を取り上げながら一口飲むと、渋茶と思ったのが酒だったので、たちまちむせ返ってしまった。

それを見ると五人の巡査は、またも引っくり返るほど笑いこけたが、そのうちにヤットの思いで冷えた茶を飲まされて落ち付いた吾輩はさすがに久し振りの満腹を覚えると同時に、思わず大きなゲップを一つした。

「ウーイうまかった」

「アハハハ。なるほど大きな顔をする児じゃのう。アハハハハ」

「ドッチがうまかったか。酒と饅頭と……」

「ドッチもうまかった」

「アハハハ。トテモ物騒な稚児さんじゃのう。アハハハハ」

吾輩はそうした五人の笑い顔を舌なめずりしいしい見まわしていたが、やがて笑い声が静まると、今度はこっちから問いかけた。

「叔父さんえ」

「何じゃ」

と八の字髯の横の大男が坐り直した。

「戦争が初まるんほんまかえ」

「ウムウム。本当じゃ本当じゃ」

と大男が腕を組んでうなずいた。

「どこで戦争が初まるのけえ」

「それはのう」

と大男が、片手で茶碗酒をグイグイと引っかけながら、玄関の横の方のはるか向うを指して見せた。

「それはのう。このズーッと向うにのう。鉄道線路を越して行くと多賀様という山の上の神様がござる。そこの近くに陣取っとる玄洋社という国と、それから、こちらの方のズット向うの賑やかな通りにある青柳という家に陣取っとる知事さんの家来とが戦争をするのじゃ」

「いつ頃始まるのけえ」

「いつ始まるかわからんが、相手の大将が来ればすぐに始まる」

「相手の大将て誰や」

「玄洋社の大将の楢山到という男じゃ」

「こっちの大将は知事さんけえ」

「そうじゃそうじゃ」

「知事さんと玄洋社とドッチが悪いのけえ」

「そらあ玄洋社の方が悪いてや」

「そんならワテエはどっちの味方や」

「そらあ言うまでもない知事さんの味方や」

「あの禿茶瓶(はげちゃびん)の味方けえワテエ」

「コレ。そげなこと……」

「アハハハハ。いやナカナカ痛快な児じゃのう。知事さんの味方好かんちゅうのか」

「好かん」

「アハハハ。おもしろいのう。何で好かん」

「あの禿茶瓶スケベエやから……」

「アハハハハハハ」

「ワッハッハッハッハッハッ」

「そんだら叔父さん」

「何じゃ。アハハ」

「そんだら玄洋社の大将はスケベエけえ」

「ウン。好色漢(すけべえ)とも好色漢とも。知事さんよりマットマット好色漢じゃ」

「そんだら二人とも悪いのやろ」

「その通りその通り」

「そんだら二人の喧嘩止めさせてもええやないか」

「アハハ。それがナカナカ止められんのじゃ」

「何で止められんのけえ」

「アハハハハ」

「何で笑うのや。叔父さんは……」

「お前知らんけえ……」

「知らんから聞くでねえけえ」

「お前があんまりヨカ稚児じゃからよ」

「ヨカチゴて何や」

「知らんかのうお前は……」

「知らん。教えてや」

「アハハハ。これは困ったのう。教えてやりたいのはやまやまじゃがのう。アハハハハ」

「ワハハハハハ……」

酒に酔った五人はとめどもなく笑い崩れてしまった。その時に天沢老人が奥の方から慌しく
「チイヨチイヨ」

と呼ぶ声がしたので、吾輩はすわこそまたも一大事御参なれという勢いで、足を宙に飛ばして廊下を一足飛びに駈けつけてみたら何のことだ。一緒に朝飯を喰えというのであった。

八六

吾輩はもう饅頭でウンというほど満腹していたので朝めしなんかどうでもよかったのであるが、それでも沢庵がステキにおいしかったので、三杯ほどお茶漬を搔っ込んだ。それから天沢老人にねだって最前の糊押しの竹箆をもらって、硯箱の小柄を借りて、短刀の形に削り初めた。

それは天沢老人が診察に出かけた留守中のことであったが、お嬢さんも古い糸屑箱を貼り直すといって、秘蔵の千代紙を取り出して、火鉢で糊を煮初めたので、吾輩がその横に坐って無調法な手つきで竹箆を削り初めると、お嬢さんは、糸屑を抓み除けながら

「まあ、その箆を削って何にするの」

と問うた。

「何にするて、コレ短刀にするのや」

と吾輩は正直に答えた。

「まあいや……短刀を作って何にするの」

「玄洋社と知事の喧嘩を止めさせるんや」

った。

天女のように美しいお嬢さんであるが、タッタ一つの欠点は何を見ても笑い出すことであ

とお嬢さんは半分聞かぬうちに笑いこけた。このお嬢さんは実に申し分のない親切な、

「オホホホホホホホ」

「知事と玄洋社の喧嘩やめさせるくらい何でもあらへんがな」

「まあ。えらいのねえ。オホホホホ、どうして止めさせるの」

「知事の禿茶瓶と、玄洋社の楢山やたらいう馬鹿タレをこの短刀で突く言うて威かすのや」

「オホホホホホホホ。止めやしないわよ。オホホホホホ」

「止めん言うたらほんとに殺いたる。そうしたら喧嘩ようせんやろ」

「オホホホホホ。おもしろいのねあなたは……東京にだってアンタみたいな児はいやしないわ」

「東京にいたんけえ。お嬢さんは……」

「ええ。東京の伯母さんとこにいたわ」

「そんだら何でも知っとるんやろ」

「何にも知らないわ。女学校を卒業しただけよ」

「そんでもヨカチゴいうたら知っとるやろ」

「知らないわ。そんなこと……」

「そんでも表にいる警察の人が、ワテエを見てヨカチゴ言うたで」

「……………」

お嬢さんは何と思ったか吾輩(わがはい)の顔から視線をそらすと、まっ赤になってさしうつむいた。しかし吾輩にはその意味がわからなかった。

「なあ。ワテエほんまにヨカチゴけえ」

お嬢さんはヤット泣き笑いみたような顔を取り繕って吾輩をチラリと見た。

「知らないわ。そんなこと……それよりもいいものを上げましょうか」

「アイ。何や」

お嬢さんは無言のまま、膝(ひざ)の上に重ねた千代紙の中から、銀色のピカピカ光る紙を二、三枚引き出して、そのうちの一枚を鋏(はさみ)で半分に切って吾輩に渡した。

「ソレはねえ。わたしが東京から持って来て大切にしている銀紙よ。それをその短刀に貼ってごらん。キット本物のように光ってよ」

「コレ。どうして貼るのけえ」

「ちょっとわたしに借してちょうだい……その竹篦も一所に……わたしが貼ったげるから……ね……」

そう言ううちにお嬢さんは箱貼りをソッチ除けにして、吾輩の竹篦をイジリ初めたが、いかにも細工好きらしく、みるみるうちに竹篦が細身の短刀の形に削り直されて、ピカピカ光る銀紙が本物みたいに貼りつけられた。それからお嬢さんは、古い砂糖の箱の馬糞紙(ばふんし)

を切って、柄と鞘の形を作って、その上から紫と赤のダンダラ模様の紙を貼って、四ツ目錐で目釘穴をあけて、そこへ古い琴の飾りに使った金糸交りの赤い房を通して結んでくれたので、トテモりっぱな短刀が出来上った。

お嬢さんはそれを日当りのいい縁側に吊して、乾くまで触ってはいけないと言ったが、吾輩はそれが待ち遠しくて待ち遠しくてたまらないので、何度も何度も縁側から手を伸ばしかけては叱られた。ところが、それが日暮れ方になってヤット乾いたので、大喜びでお嬢さんから受け取って、ちょうど診察から帰って来た天沢老人に見せると、老人は眼を細くして吾輩の頭を撫でながら、自分のことのように喜んでくれた。

「ウムウム。りっぱなもんじゃのう。それならば危のうないから持っておってもええぞ」

「お爺さま。これで戦争できるけえ」

「おおおお。できるともできるとも。武術の名人じゃと竹篦でも人を斬るというくらいじゃからのう。ハハハハ。明日からその短刀で稽古をせい。そうしてはよう小太刀の名人になれ。ハハハハ」

吾輩は躍り上らんばかりに嬉し喜んだ。そうしてその夜、次の間に寝かされる時に、出来立てのオモチャの短刀を枕元に置いて寝たが、それを見てお嬢さんはまた笑った。

「まあ用心のいいこと。泥棒が見たら怖がって逃げて行くでしょ。オホホホホ」

八七

ところが困ったことに吾輩は、この晩に限って眼がハッキリと冴えて睡れなかった。玄関の時計が十一時を打っても十二時を打ってもマンジリともできないばかりでなく夜が更けるにつれて、途方もない考えばかり頭の中に往来し初めて、トテモジッとしておれない気持になった。

今から考えてみるとこの晩、吾輩が眠れなかったのは、やっぱり枕元に置いたオモチャの短刀のせいに違いなかった。何しろ臍の緒を切ってからこのかたオモチャなぞいう贅沢なものを一度も手にしたことのない吾輩が、本物と違わぬくらいりっぱな、赤い房のついた短刀を貰ったのだから、その嬉しさというものはトテも形容の限りでない。普通の家庭に育った子供が、本物の豆自動車を買ってもらった嬉しさの一万倍と形容してもいいくらいであったろう。

眠られぬままに何度も何度も暗闇の中に手を伸ばして枕元の短刀を探ってみる。探り当てると抜いてみる。また手探りで鞘に納めてみる。そのうちに鼠が出て来て、引いて行きそうな気がするので、シッカリと抱いて寝ると、腐った米で作った糊の甘酸っぱいにおいが、夜具の中でプンプンする。それがまた嬉しくていろいろな想像を描いてみる。……鬼を退治るところだの……大蛇と闘うところだの……瘤おやじの幽霊を追いかけるところだの……そのうちに、だんだん自信ができてきて、玄洋社だろうが、警察だろうが、この短刀一本で撫で斬りにできそうな気がしてきたので、吾輩は思わずムックリと起き直った。同時に室の隅に逃げ込む鼠の音がガタガタとしたが、あとはそこいらじゅうが森閑として、襖越しの座敷に寝ている老人と、お嬢さんの寝息とがスヤスヤと聞えてくるばかりである。

吾輩はそのまま寝床の上に立ち上って、味噌ッ歯で短刀をくわえながら、帯をシッカリと締直した。それから、抜き足さし足で玄関へ出てみるとゴリゴリキューキューという鼾の音が聞える。これは今夜用心のために患者控室に泊り込んでいる二人の巡査の中のドチラか一人なのだ。

吾輩はその奇妙な鼾の音がおかしかったので、一人でクックッ笑い出しながら診察室に忍び込んだ。見ると外にはヤット屋根の上に出たばかりの片われ月が光っている。その月の下の西洋式のガラス窓のネジ止めを音を立てないようにジリジリとねじ外して、そこから外に飛び降りると、ヤット手の届くくらいの高さの窓をモトの通りに念入りに押えつけた。

ところがそこから跣足のまま横路地の闇づたいに往来のところまで来て、首をソーッと出してみると驚いた。すぐ向家の乾物屋の軒の下に、私服の巡査が二人立っていてこちらを見ながらヒソヒソと話し合っているではないか。

「屋内には二人泊り込んでいるのだな」

「二人とも御馳走酒に酔っ払って鼾をかいているようだ」

「われわれが二人新たに張り込んだことを知らせてやろうか」

「イヤ。それはいかん。近所に知れるといかん。秘密警戒じゃからな」

二人はソレッきり話をやめた。そのうちの一人のサーベルの鐺が半分ほど月の下に突き出て、ピカピカ光っているのがトテモ凄い。

吾輩は二人の話ぶりから、何かしら形勢が切迫していることを直感しいしい、ソーッと首を引っこめて、反対の方向に爪先走りをした。すると間もなく横路地が行き止まりになって、張り物屋らしい広場と花畠がある。その花畠の向うはズーッと黒板塀になって、その向うが往来か何からしく見える。

吾輩は、その黒板塀の内側の横木に飛びついて、難なく幅の狭い板塀の冠板の上に突っ立った。見るとそこは往来でなくて、深い大きな溝になっているので飛び降りることができない。仕方なしに吾輩はその板塀の上を綱渡り式に渡って、土塀に取り付いた。その土塀から煉瓦塀、煉瓦塀からまた板塀と一町ばかり渡って行くうちにようようのことで小さな橋の袂に来たので、ヒラリと往来の上に飛び降りた。その拍子に懐中から飛び出した短刀を拾い上げて念入りに懐中へ押し込むと、多賀様と思う方向へ一生懸命に走り初めた。

八八

その頃の直方は今の三分の一ぐらいしかない、小さな町であったはずであるが、子供の足で走ってみるとナカナカ広い町のように思えた。ことに福岡市と違って吾輩にとっては全然不知案内のところだったので、多賀様が町のどっちの方向に在るかマルキリ見当のつけようがなかったが、何でも昼間大男の刑事巡査が指さした方向に走って行ったらどこかで鉄道線路に行き当るだろう。そのうちに汽車の音が聞えたらその方へ走って行ってもいい。そこでその鉄道線路を越したら山にブツかるだろう。そうしてその山の中を探したらどこかに神様の鳥居が在るだろう。それが多賀様で、玄洋社の根拠地に違いない……という例によって無鉄砲な見当のつけようであった。

そこでその多賀様に着いたら、壮士が何人いようがかまわない。この短刀を突きつけて、直方の町の人のために喧嘩を止めるか止めないか談判してやろう。楢山というスケベエの大将の言うことを聞くような奴の家来だったらドッチにしてもたかがしれている。知事でさえ吾輩に頭を下げるくらいだから、大ていの奴なら睨めくらだけでも吾輩に降参するだろう。

万一言うことを聞かなければ片っ端から突き殺すまでのことだ。瘤おやじやハンマの源太やぐらいはいうまでもない。天沢老人でさえも吾輩にかなわないところを見ると、大人というものは存外無調法な、意気地のないものとしか思えない。

そこで玄洋社側をヤッツケたら今度は、青柳とかいううちへ行って、ジカに知事に会って一と談判喰らわせてくれよう。そうしてこの喧嘩を止めさせて、直方中の人々を助けてやったらドンナに喜ぶことだろう。世の中に商売のできないくらい辛いことはない事実を、吾輩はこの年月の乞食商売の経験で骨身に沁みるほどよく知っている。商売ができないといってわが児に八ツ当りをする親がまだ、ほかにドレくらいいるかわからないのだから、そんなのをミンナ一時に助けてやったら吾輩はそれこそ無数飛び切りの日本一のヨカチゴさんになるだろう……。

……なぞと子供らしい空想を、次から次に湧かしながら、前後を振り返り振り返り、月あかりの町を走って行くうちに、ただある横町を曲り込むと間もなく、アカアカと明りのさす、大きな西洋館が見えてきた。

吾輩はその時チョット不思議に思った。

第一この界隈にコンナ大きな家は一軒もなかったし、ことにこの真夜中に、商売でもするように表の戸を開け放している家なんかめったにあるはずはないのだから、子供心に不思議に思い思い、懐中の短刀の柄を握り締めて、軒の蔭のドブ板を一つ一つに爪先で拾いながら近づいて見ると、何のことだ。それはこの直方の警察署で、軒の上に取り付けてある大きな金色の警察星と、赤い軒燈の光が、満月のように明るい夏の夜の片割れ月の光に紛れていることが間もなく吾輩にうなずかれたのであった。

吾輩はそう気がつくと同時に、誰も居ない入口の石段の上に素足を踏みかけて、人民の受付口からソーッと室の中を覗いてみた。

見ると室の中は福岡の警察よりもずっと広いようであるが、高い高い天井裏から黒い鎖が一本ブラ下がって大きな八分心のランプが一つつるしてある。その下の青い羅紗を被せた大きなテーブルを取り囲んで三人の巡査が茶を飲みながら、何事か低声で話し合っていたが、その言葉のうちに「天沢」とか「玄洋社」という言葉がチラチラ聞えたから、吾輩は思い切って石段を上ると、受付の窓口に取りすがりながら、自分のことのように耳を傾けた。

「楢山が今夜来るというのはホントウか」

「ホントウとも、福岡から確かな情報がはいっとる。それじゃから知事閣下は三池炭坑にいる兄弟分の鬼半の乾児を呼び寄せるように電報打ったという話じゃ」

「楢山が来ればすぐに喧嘩を初めるつもりじゃな」

「ウン。そのつもりらしい。何でもその鬼半の乾児が四十名ほど三時の貨物列車で直方に着くという話じゃが。これはまだ誰も知らんそうな」

「ウム。まだ二時間ばかりあるな」

「しかし、そんなことをせずとも、楢山が直方に着く前に縛り上げてしまえばイザコザはなかろうが」

「それがナカナカそうゆくまいて、第一どこから来るかわからんし、それにシッカリした壮士が護衛して来るはずじゃからのう」

「ところで、楢山がこっちへ着いたら、すぐに多賀神社の方へ行くだろうか」

「それが、今言う通りで、直接に天沢老人を訪問するという説が多いのじゃ」

「やはりかの子供のためじゃろうな」

「そうじゃろうと思う」

「英雄色を好むかな。ハハハハ」

八九

「ハハア。なるほど。そこで今夜は天沢老人の家を内外から警戒しとるわけじゃな。来たらすぐに有無を言わさず引っくくる方針で……」

「ウム。そのつもりでこっちはいるし大友一派もそのつもりで青柳に集結しとるわけじゃが、玄洋社側ではこっちの計略をチャンと感づいていて楢山には指一本も指させんと豪語しとるそうじゃ」

「知事閣下もあの子供には指一本指させることはならんと言うてござるそうじゃからのう」

「何にしてもたかが乞食の児のくせに途方もない大問題になりおったものじゃのう」

「イヤ。大問題になるのも無理はないてや。署長の見込では容易ならぬ悪性の無頼少年(チンピラ)か、それとも天下取りの卵かも知れんと言うとるくらいじゃからのう」

「それに天下無類のヨカ二世(せ)チュウ話ではないか」

「ヨカニセて何のことかい」

「知らんか……玄洋社の連中はヨカチゴのことをヨカ二世と言うのじゃ。二世さんとも言うげなが、二世で契るというわけじゃろう。アッハッハッ……」

「それでもまだ七ツか八ツというじゃないか」

「ウン。しかし一眼見るとポーッとなるくらい、可愛い顔しとるげなぞ」

「お前まだ見んのか」

「ウン。しかし村岡が言いよった。きょう天沢のところへ警備に行ったのでのう。酒の酌をさせたと言うて自慢しよったが……」

「ウーム。一眼見たいものじゃのう」

「けれども饅頭の喰い方の荒いのには魂消ったと言うぞ」

「アハハハ。馬鹿な……」

「イヤ。全く呆れたというぞ。二十近くあったのを瞬く間にペロッと喰うたちゅうぞ」

「……違う……」

吾輩は思わずこう叫んだが、後から気がついてハッとした。巡査が一斉にこちらを向いたので……しかしその揃いも揃ってビックリした制服の顔がアンマリおかしかったので、吾輩はモットからかってやりたくなった。

「アハハハ。みんなで饅頭十一やアハハハハ……」

三人の巡査は魔者にでも出会ったように、青くなった顔を見合せた……と思う間もなく一番向うにいた青髯の巡査が、佩剣をガチャリと机の脚にブッつけながら、一足飛びに駈け出して来たので、今度は吾輩の方が驚いて鉄砲玉のように表に飛び出した。そうして飛び出すと同時に吾輩は左右を見まわす間もなく、警察の横路地に逃げ込んだが、入れ違いに往来へ出た青髯の巡査のあとから、ほかの二人も往来へ出て来たとみえて頓狂な声で評議を初めた。

「何もおらんじゃないか」

「いや。たしかに子供の声じゃったぞ」

「ウン。饅頭は十一じゃ。アハハハと笑いおったが」

「不思議じゃのう。おらんはずはないが」

「何かの聞き違いじゃないか」

「イヤ。二人とも聞いとるのじゃから間違うはずはない」

「そこいらの横路地に逃げ込んどりゃせんか」

というらちに一人の巡査の靴音が、向うの家の間を覗きに行った。同時に吾輩は警察の奥へ逃げ込むべく身構えていたが、間もなく一人の巡査が口をきき出したので、また立ち止まった。

「待て待て、これはことによるに切支丹の魔法かも知れんぞ」

「ナニ、魔法？」

「ウム。あの子供は魔法使いという噂があるからの」

「アハハハ。そげな馬鹿なことが……」

「イヤ。あの磯政の乾児のハンマの源太でさえも、あの子供にやっつけられたというくらいじゃないか」

「ウム。そういえばそげな話も聞いた」

「何でもあの子供がヤッという気合をかけると、ハンマの源は息が詰まって引っくり返ったというぞ」

「そげな話じゃのう」

「あの家の評判娘が手裡剣を打ったとも言うとるではないか」

「そげな話もあるが、しかしハンマの源は実際、どこにも傷を負うておらん。その代りに息が詰まって、命からがら逃げて帰ると、大熱を出いて、まあだ寝とるチュウ話ぞ」

「フーム。それがほんとなら、やっぱりあの子供の幻魔術かも知れんのう」

「ウーム。今の声ものう」

三人の巡査が、そのまま黙り込んでしまったのでそこいらが急に森閑となった。三人が三人とも吾輩の魔法を信じて気味が悪くなったらしいけはいである。

吾輩はまたも、たまらなくおかしくなってきた。しかし今度は一生懸命に我慢をして、三人の巡査が引っ込むのを待っていると、間もなく吾輩が来た方向の横町から
「オーイオーイ……大事ぞオー……」

と呼ぶ声と一所に、バタバタと走って来る靴の音が聞えた。

九〇

「オーイ。何かあ……」

「荒川じゃないか。どうしたんかあ……」

とこっちの巡査が交る交る返事をした。そのうちに荒川と呼ばれた巡査の佩剣と靴の音

が入り乱れて近づいて来た。

「オイ。大事件じゃ大事件じゃ」

「何が……どうしたんか」

「天沢病院の子供がのう……」

「それがどうしたんか」

「誘拐されたぞッ」

「ナニ。誘拐された」

「……かどうかわからんがのう……家の中におらんことがわかったのじゃ……小便に起きた天沢老人が発見して、今大騒ぎをしとるところじゃ。……すぐ手配してくれい」

「手配してくれいと言うたとて、皆青柳に詰めかけとるで、ここにいるのは留守番の三人きりじゃ。三人ではドゥにもならんがのう」

「天沢病院の戸締りは全部検めたんか」

「チャンとしてあったそうじゃ。それに子供はお嬢さんになついとるで、逃げて行くはずはないと天沢老人は言いよるげなが……」

「……そんなら今の声は……」

「何じゃ今の声とは……」

「タッタ今ここで子供の声がしたんじゃ」

「ナニ。あの子供の声が、ここでしたんか」

「ウム。その子供の声かどうかわからんがのう。アハハと笑う声をたしかに聞いたんじゃが」

「そんなら、まだそこいらに……」

と言ううちに四人の巡査は慌てて四方に別れながら、近まわりの路地を覗いてまわるけはいである。

　ここにおいて吾輩も慌てざるを得なくなった。ここにいては袋の鼠と考える隙もなく、警察の奥へ逃げ込んで、裏口からソーッと忍び込むと、最前三人の巡査が評議していた室のまん中の大テーブルに掛かった青い羅紗の下へはい込んだ。同時にここへはいってはイヨイヨ袋の鼠と気がついたがモウ遅かった。

「おらんのう」

「ウン。どこにもおらんようじゃ」

　とガッカリした口調で話し合いながら四人の巡査がドカドカとはいって来て、吾輩の周囲を取り巻きながら腰をかけた。

「とにかく署長殿に報告してくれい」

「お嬢さんも、やはり誘拐されたと言うて泣きよるげなが」

「そげなことはどうでもええ」

「署長殿は青柳に行っていられる知事閣下と一所に飲みござるじゃろ」

「困ったのう。報告したら大眼玉を喰うがのう」

「それはそうじゃ。また、知事閣下のカンシャク玉が破裂するぞ。四人も張り込んどって取り逃がいたのじゃから……」

「とりあえず貴公たち四人は免職になるかも知れん」

「困ったのう。報告せんうちに探し出す工夫はないかしらん」

と荒川巡査は半分泣きそうな声を出した。

吾輩は四人の巡査が可愛そうになった。

今更に悪い事をしたと気がついたので、すぐにテーブルの下から飛び出して、おとなしく縛られてやろうと思いかけたが、まだそう思うか思わぬかに、またも突然表の方からバタバタと走り込んで来る靴音がして、息も絶え絶えに叫ぶ若い男の声がした。

「大変じ……タ……大変……」

「何だ何だ。木村巡査。何が大変じゃ」

「ああ苦しい苦しい。息が切れて……たまらん。署長殿はどこにおられますか」

「署長殿は青柳じゃ。福岡から来た私服連中と一所にござる」

「そんならそちらへ報告して下さい。私はモウ……眼が眩んで……」

「……何を……何を報告するんか」

「私は……直方駅の、南の踏切りのところから、多賀神社の方向を監視しておりました。そうしたら……そうしたらあの方向の、民家の燈火が急に殖えて……見えたり隠れたり……ああ苦しい」

「サ、茶を飲め、燈火が殖えたのがドウしたんか……しっかりせい」

「ケヘンケヘン……それで私は……怪しみまして……思い切って神社の裏手から、遠まわりをして近づいてみますと……玄洋社の壮士連中が皆起きて、出発の準備をしております」

「ウーム。どこへ行くんかわからんか」

「鬼平が加勢に来るから、その加勢が来んうちに、知事をタタキ伏せると言うて……ケヘンケヘン」

「イヤア。それは大変じゃ……」

九一

「一体いつのことか、それは……」

「今……タッタ今のことです。まだ壮士連は多賀神社を出発しておらんはずです。飯を喰いよりましたから……」

「ナルほど。貴公は新米のくせにナカナカ機敏じゃ」

「機敏はいいが、こっちも機敏にやらんといかんぞ。すぐに報告しなくては……小早川……君はすぐに青柳に走ってくれい。それから瀬尾君……貴公はモウ一度線路付近へ行って様子を見て来てくれい」

「よし。心得た」

二人の巡査は、そのまま表に駈け出すと、すぐに左右に分れて行った。後に残った二人の巡査は立ち上ってバタバタと表の扉や窓を閉め始めたが、吾輩は、その隙を狙って裏の方へ抜けると、最前忍び込んだ道筋を逆に往来へ飛び出して、一生懸命に瀬尾巡査の後を追跡した。

瀬尾巡査は警察署の前から十間ばかりも離れると、間もなくユックリユックリした大股(おおまた)になりながら帽子のアゴ紐(ひも)をかけた。それからまた小急ぎになってゴミゴミした横町を二、三度曲って行くと間もなく鉄道線路へ出た。そこで瀬尾巡査は線路に添うてズット向うの踏切の方へ行くらしかったが、吾輩はそちらへは行かずに、すぐに線路と道路との仕切りになっている、黒い焼木杭(やけぼっくい)の柵(さく)に取り付いた。モウ瀬尾巡査にくっついて行かなくともい……多賀神社と思われる鳥居の生えた山が、ツイ鼻の先のお月様の下に、クッキリと浮かみ出ていたからであった。

しかし、よく気をつけてその鳥居の近くを見ると、最前の巡査の報告と違って、そこいらには何の燈火(とうか)も見えない。ただ、鳥居の向うにタッタ一つ焼籠(やきかご)の火か何かがチラチラしているだけで、人影も見えず、山の上の大空から、山の下の線路へかけて、月の光が大河のように流れている。夢のように美しい夏の真夜中である。そこいらの草原には虫の音がシミジミと散らばって、トテモ殺気にみちみちた直方の中心地帯とは思えない。

吾輩は何だか狐につままれたような奇妙な気持になった。何だか吾輩タッタ一人が、大勢の大人から、寄ってたかって馬鹿にされているような……または現在自分は夢を見ているのじゃないかと思われるような、一種の奇妙な錯覚に囚われたまましばらくボンヤリとそこいらを見まわしていたようであったがそのうちにまた気がついて、線路の柵の間をスリ抜けると上りと下りと四本並んだレールの上を、人に見つからないようにはいながら、ソロソロと渡って向う側に出た。

線路の向うは幅の狭い草原になって、山のつけ根まで青々とした田圃になっている。穂を出しかけた稲が、露を含んでギラギラと美しい。その間をズーッと多賀神社の方向へ、一間幅ぐらいの道がうねり曲っている。

それを見ると吾輩はすぐに柵の間から飛び出して、多賀神社の方へ行こうとしたが、その時にその里道を向うから来る三人連れの男の影が見えたので、パッと傍の叢の蔭に身を伏せた。

月あかりで見るとその三人は紛れもない玄洋社の壮士であった。三人が三人とも白地の浴衣に白兵児帯を締めて、棒杭みたような大きな杖を打ち振り打ち振り、大きな下駄をゴロンゴロン引きずって来る。如何にも傍若無人の態度である。しかもそこいら中筒抜けの大きな声で喋舌り合って来るので、その用向きが手に取るようにわかった。

「オイ。急がんと間に合わんぞ。三時と言えばモウ直きに来るぞ」

「あすこいらへ大きな石が在ればええが」

「ない事はなかろう。ない時にゃあの石橋の角石をば外いて線路い寝せとくたい」

「遠い処から見えやせめえか」

「一町ぐらい離れとりゃ、わかるめえ」

「駅の入口で汽車が引っくり返ったなら、駅長が引っくり返ろうやねえ。ハハハ」

「あんまり大きな声で笑うな。敵に聞こえるぞ」

「聞こえた方がええ。早よう喧嘩(けんか)が始まるだけの話じゃ。この頃久しゅう人を投げんケンのう」

「ウム。俺も腕が唸(うな)りよる。鬼半の乾児(こぶん)が半分ぐらい生き残ろうか」

「ナンノ、汽車が引っくり返っても怪我するくらいの事じゃろう」

「丸々四十人が無事で汽車から出て来ても、一人で十五人ずつ引き受くれば、相手が五人足るめえが」

「そら不公平じゃ。それよりか俺たちが二人で二十人ずつ投げ殺す方が割り切れて良(え)え。離れてあしらう。隙を見て組み着く。当て殺いてから投げる……ちゅう塾頭の教えた型通りに行けば二十人位十分間で片付くじゃろ。貴様は横で月でも眺めて屁(へ)でもへへリヨレ」

「アハハハ。それもよかろ。……ああ肥後の加藤が来るならばア……か……」

「弾丸硝薬ウウウ……これエエエ……ゼンシュウウウ……チエーストーオ」

「アハハハハハハ……」

三人は吾輩(わがはい)の前を通り過ぎ、高い茅原(かやはら)の蔭に隠れて行った。アトには詩吟と天の川が一筋残った。

九二

あとを見送った吾輩も、実を言うと腕が唸った。

三人が三人とも見るからに腕っ節の強そうな壮士なので、ハンマの源なぞよりはズット手応えがありそうに思えたが、ジット我慢して遣り過ごして、柵の間に身を退いた。またも線路の上をはうようにして向う側の柵へ取りついて、柵の蔭をソロソロと伝いながら直方駅の軒の下の暗がりにはい込んだ。

そこで頭を持ち上げてみると、直方駅の待合室にはランプも何も点いていなかった。その中に何人かの巡査が睡りこけているらしい姿が見えたが、そんなものにはかまわずに、ピッタリと閉した入口を通り過ぎて、一番向うの端のカンカン燈火のついた駅長室を覗いてみると、思わずアッと声をあげるところであった。

紋付袴に黒山高の偉儀堂々たる大友親分が、駅長らしい色の黒い制服制帽と、例によって髯だらけの荒巻巡査と三人車座になって、まっ赤に起った七輪の炭火を囲みながら、汗を拭き拭き何かやっている。見るとそれは鯣を焼いては引き裂いているので、左右の机の上と、窓の框に置いた三ツの八寸膳の上には鯣と切り昆布の山ができている。傍には菰冠りの樽が二つ置いてあるのが見えたが、そのうちに焼き鯣のたまらないにおいが、腸のドン底まで沁み込んだ。吾輩はソーッと手を延ばして、窓の框上にある膳の中から昆布と焼き鯣を引っつかんでは懐中にねじ込んだが、話に夢中になっている三人はチットモ気づかぬらしかった。

「まだ汽車の笛が聞えんなあ。モウ着く頃じゃが」

と大友親分の声……。

「ハイ。しかし汽笛よりも先に轟々と音がします。今夜のような静かな晩は三里くらい先から聞えますから、それからホームへ出ては早過ぎるくらいです」

と駅長が何だか気の進まぬ調子で説明した。

「みんな多少は酔うとるかもしれん。折尾で夜食を喰うとるわけじゃから」

「イヤ。喧嘩の前は奇妙に酔わんものですよ。それよりもわれわれの計画が相手に洩れとりゃせんかと思うて、それを心配しよりますが」

「大丈夫です。駅員は皆帰しとりますから。ハハハ……」

と駅長が、やはり気のなさそうに笑った。

「心配せんでもええ。今からなら洩れてもええわい。玄洋社がうろたえて仕掛けて来れば、仕掛けた方が悪いことになるから、一人残らず引っくくるだけの話じゃ。ハハハ。ことによるとこの酒が、夜の明けぬうちに勝ち祝の酒になるかも知れんてや……」

「そこです。私も考えておりましたて……ハハハハハ」

「ワハハハハハハハ……」

「ヘヘヘヘヘヘヘ……」

そんな笑い声を聞き残しながら吾輩は、鰯を一本口に押込み押込み、駅の横の便所を抜けて、ポイントの前にある焼木杭の柵を潜(くぐ)り抜けた。

その頃のポイントは今と違って、吾輩の背丈ぐらいある大きな鉄の簪(かんざし)みたような恰好(かっこう)のものであったが、そんなのが四ツほど、小舎(こや)の蔭の薄くらがりに並んでいた。その中でも左から二番目のやつがタッタ一本手前の方へお辞儀をしているのであったが、それを見ると吾輩はイキナリ、そのハンドルに手をかけた。

吾輩は今日まで津々浦々を歩いて来たおかげで、鉄道線路や駅の構内の模様は何度も見て知っていた。その中でもポイントの理屈は子供の目におもしろいだけに、一番先にわかっていて、いつか一度は自分でやってみたくてやってみたくてたまらなかった。駅長や駅夫になって、思う通りに汽車を止めたり走らしたりしたらドンナにかおもしろいだろうと、心ひそかにあくがれ願っていたくらいであったが、今夜はからずも玄洋社の壮士の話を聞くと同時に、思わずムラムラと野心が起ってきたのであった。

……玄洋社の壮士は三人がかりで駅の入口の線路に石か何か置いて、汽車を引っくり返す計画らしい。そうして加勢に来た鬼半の乾児を一人残らずやっつける計画らしい。

……一方に大友親分の一味の連中は、そんなことが相手に洩れていることを知らないらしく、列車が着くのを待ちかねているようである。そうして加勢の人数が着くと同時に玄洋社側に戦いを挑む計画らしい。

だからこの際、線路の遠くにあるシグナルを上げて、はるか向うの田圃(たんぼ)の中で汽車を止めたら両方ともアテが外れてガッカリするだろう。ことによったら双方とも張り合いが抜けて、この喧嘩を止めてしまうかも知れない……というような、いかにも子供らしい、おもしろ半分の計画で、ポイントを上げにかかったのであったが、しかし、そうした考えのモウ一つの奥を言うと、大きなポイントを自分の手一つで動かしてみたかったのが一パイに相違なかった。

九三

ところが困ったことに鉄道のポイントなるものは、誰でも知っている通り、容易ならぬ重たさのものである。その上にハンドルの白く光っているところが、手の膏でヌルヌルしていて力を入れるたんびにツルリツルリと辷ってしまうので、先天的に怪力を持っている上に体力不相応な荷物持ちで鍛え上げた吾輩の腕力をもってしても容易に歯が立ちそうにない。

そこで吾輩は一思案をして、両手に泥を一パイに塗りつけて、膏ダラケのハンドルをゴシゴシと擦った。それから懐の中の昆布と鯣がバラバラと地面へ落ちるのもかまわずに、必死の力で抱え起すと、腕がモウ抜けるかと思う頃やっと上の方へ一寸ばかり上った。そこでもはやスッカリ脱け切った力を一生懸命に奮い起してグングン引き上げると間もなく、惰力がついたとみえて、さしもの大きな鉄の簪がグリグリゴトンと地響を打たして、向う側に引っくり返った。それにつれてはるかはるか向うに見える蛍のような青い火がチラリチラリと瞬いたと思うと、クラクラと赤い灯に変ったが……その時嬉しかったこと……。

モウ一度やり直してみたくてたまらなかったが、トテもそんな力がありそうにないので諦めた。懐から落ちた鯣と昆布を月あかりに透かしながら、大急ぎで拾い集めているとまたも駅長室の方から大きな笑い声が爆発した。

「アハハハハ」

「ウワッハッハッハッハッハッ」

吾輩はその笑い声に追い立てられるように、駅の構内を上り線の方へ走り出した。今度は駅の入口の線路に置いてある石と、汽車の止まるところが見たくなったので……。

ところが駅の入口の踏切のところに来てみると、案外にも石がまだ置いてない。線路の左右には小さな溝川があって白い切石の橋が架かっているが、それを取り外した模様もない。どうしたのかと思って線路の上から遠くを見まわすと置いてないはずだ。はるか向うの溝川のところから、最前見た三人の書生がヨチヨチと歩いて来るが、その一人一人が、手に手に長さ三尺ばかりの四角の切石を一ツずつ抱えたり担いだりして来るようである。

吾輩はその腕力のモノスゴイのに感心してしまった。玄洋社の壮士とはコンナにも強いものか。これでは巡査が百人かかってもかなわないだろう……なんかと想像しながら傍の茅草の間にモグリ込んで、なおも様子を見ていると、三人はそのままヨタヨタと線路の側まで来て、往来のまん中へ石を投げ出したが、その地響が吾輩の足下までユラユラと響いた。同時にそこいらの草原の中で鳴いていた秋虫が一斉に啼き止んだくらいであった。

「ああ……汗ビッショリになったぞ」

「線路の両方に乗せるか」

「イヤ片方に三つ固めて載せたがええ。その方が引っくり返り易かろう」

「二人ずつで抱えようか」

「ウン。そうしよう……」

「オイオイ。チョット待て……」

と、うしろの方に突っ立っていた一人が驚いたような声を立てたので、吾輩は見つかったのかと思って首を引っこめたが、耳を澄ましてみると違っていた。

「聞いてみい」

「何かい」

「汽車が来る音が聞えるぞ」

「…………」

「ウン。聞える聞える」

「…………」

三人は無言のまま大急ぎで切り石を抱え上げて、線路の上に置き初めた。

吾輩は胸が躍った。すぐにも首を出して線路の向うを見渡したかったが、三人が頑張っていては身動きができないので、そのままジリジリと後しざりをして黒い柵の外に出た。そうして柵と並行した往来を一散走りに駅の方へ走り戻って、便所の横の柵から便所の屋根へ……便所の屋根から駅の本屋根へ登ってペタリと瓦に腹ばいになりながら、ソーッと首を伸ばしてみると見えた……見えた……。

赤い信号の灯の向うに今一つ赤ちゃけた灯がチラチラして、その向うに何やら黒い巨大な物の姿がジッとしているのが、月あかりでボンヤリと見えていたが、やがてその黒い固まりが白い蒸気を継続して空中に噴き出した……と思う間もなく慌しい汽笛が、静かな夏の夜の空気をつんざいて、直方の町々を震撼すると同時に、山から野原を鳴り渡り鳴り響いて、月の下を遠く遠く消え去った……と見る間もなく、またも前より一層激しい汽笛の音が火のつくように迸り始めた。

九四

「非常汽笛だ非常汽笛だ」

「事件だ事件だ」

「皆起きろッ……起きろッ」

と叫ぶ声が、眼の下の駅の軒先から飛び出した。それは駅長と、大友親分と荒巻巡査部長であった。

「どうしたか」

「非常汽笛です」

「何か起きたんか」

「アッ、信号標が上っている」

と叫ぶうちに駅長はポイントに飛びついて引き起した。それにつれて遥か向うの赤い灯がチラリと青い灯へ変化したが、それでも汽車は動き出すけはいがないばかりでなく、かえって前よりも急激な笛を吹き立て初めた。駅長が手提げランプの、青い灯を振りまわしてみせればみせるほど、その笛が猛烈になってゆくのであった。

「何だ何だ……どうしたんか駅長……」

「何か故障が起きているようですが……アッ。あの線路の上の白いものは何だろう」

「ウム。何か四角いものが寝とるようじゃのう」

「何だろう」

「何でしょう」

最前から腕を組んだまま黙ってその方角を見ていた大友親分はこの時急に叫び出した。

「あッ……ダイナマイトだ。ハッパだハッパだ」

「ウンそうかも知れん。ソレッ。皆来い」

と言ううちに荒巻巡査は顎紐をかけて走り出した。四、五人の巡査もその後から走り出したが、その背後から大友親分は追いかけるように怒鳴った。

「気をつけんと危ないですぞ」

荒巻巡査は振り返り振り返りうなずいて行った。そのあとから巡査たちは線路伝いに、一直線になって走って行ったが、その行く手の方を心配そうに見渡した大友親分は、前の通りにジット腕を組んで考えているうちに、フト思い出したようにうしろに突っ立っている駅長を振り返った。

「駅長さん。すみまっせんが、チョット駅の前の俥屋(くるまや)を起いて来て下さらんか」

「ド……ドウしてですか」

と駅長はアンマリ突飛な頼みに驚いたらしく呆然(ぼうぜん)とした口調で問い返した。しかし大友親分はいっそう平気な態度でその顔をシゲシゲと見守りながら山高帽を脱いで頭をかきかき高笑いをした。

「アハハハハ……。イヤ、これは私がやり損いです。これほどに事情が切り詰まっているとは今の今まで気がつきませんでした。すぐに青柳へ知らせて乾児どもを全部呼び寄せておかねば、あぶないと思いますので……」

吾輩は大友親分の炯眼(けいがん)にすくなからず感服した。表面何の変りもない月夜の直方駅の構内構外に、殺気が横溢(おういつ)していることが、屋根の上からハッキリと見え透いてきたので……しかし駅長は大友親分の言うことがわからないかのようにイヨイヨ顔を長くした。

「そ……そんなに大事件……」

「ハッハッ。大事件ですとも……味方の計画が全部敵に洩れておりますわい。アッハッハッハッ……」

大友親分の笑い声は、駅の構内に溢(あふ)れて、ズット向うの多賀神社まで反響したくらい、高らかに響き渡った。

駅長はその笑い声に圧倒されたかのようにワナワナとふるえ出した。膝(ひざ)小僧のガクガクしているのが月あかりにハッキリと見えた。

「……どど……どうしてこちらの計画が、玄洋社側に……洩れたのでしょう」

「……貴様が洩らしたんじゃろう」

と言いも終らぬうちに大友親分は、眼にも止まらぬ早さで、駅長の横面を一つグワンと喰らわせた。駅長はそのままウンともスンとも言わずに線路の上に転がり落ちて、あとに手提げランプばかりが、チャンと地面に突っ立ったまま残った。

「ウフフフ。馬鹿め。貴様は玄洋社長から学費を貰うたことがあると聞いとったが、果してておったわい。貴様よりほかに今夜のことを知っとるやつはおらんはずじゃからのう。フフフ……とりあえず今夜の血祭りじゃ」

と憎さげにつぶやくうちに大友親分は、駅の内外を注意深く見まわしながら、悠々と手提げランプを持って駅の構内を出た。そうして駅の向い側に並んでいる民家の中で「人力車」と書いた大きな提灯を下げた家の表戸をホトホトと叩き初めた。

九五

一方に月あかりの中を駅の外へ走り出した荒巻巡査の一隊四、五人は、構外踏切の線路の上に置いた白い花崗岩の切石のところまで来ると手を揃えて石を抱え除け初めたから、どうなることかとなお伸び上り伸び上りしていると、果して、まだやっと一つ抱え除けるか除けないかに、田圃の青稲の蔭から四、五人の壮士が躍り出して、髯巡査たちの背後から襲いかかった。巡査たちの白い服がみるみるうちに片っ端から稲田の中に投げ込まれるのがよく見える。そのうちに一人佩剣を抜いて、二、三人の壮士と渡り合っているのは荒巻巡査らしい。口には呼子笛をくわえているらしく、微かな笛の音が断続して聞えてくる。

……と思ううちにまた、吾輩の背後の方からおびただしい人声が聞えてきたので、何事かと思って振り返ってみると、駅の前の本街道に通ずる横町から、足ごしらえをした若い者ばかりが五、六十人、手に手に得物を持ちながらドヤドヤと走り出て来た。しかもその中には消防の身姿をして鳶口の長いのや短いのを持っている者が多数に交っていたが、それを見ると大きな俥屋の提灯の蔭に隠れていた大友親分は、ツカツカと駅前の広場のまん中へ出て来たので、皆一斉に立ち止まりながら、

「オーッ」

と声を挙げかけた。

紋付袴に山高の大友親分は、その前に堂島（その当時流行した表付の下駄）を踏んはだかって、片手をあげながら制し止めた。

「しっ、声を立てるなというに……」

五、六十人の人間が一時にピッタリと静まったが、それと同時にバラバラと隊を崩して大友親分を取り巻いた。

「しかし、どうしてこげに早う来たか。今知らしょうと思うたところじゃったが」

大勢の中から一人の背の高い消防服の男が進み出た。新しい手拭で白鉢巻をして、長い

鳶口を金剛突きにしているのがステキに勇ましく見える。

「ヘイ。その……玄洋社の方で今夜、鬼半の加勢が来るちゅうことをチャント知っとるチュウ知らせが本署から来ましたので……」

「ウーム。なるほど……」

と大友親分は山高帽を阿弥陀に冠り直しながら駅の屋根を見上げた。吾輩は見つかりはしまいかと思って吾知らず首を縮めた。消防服の男が鉢巻を取った。

「ヘイ。そんで皆、身仕度しとるところへ、最前非常汽笛が長いこと鳴りましつろう」

「ウム。それで列車にことが起ったと思うて駈けつけたんか」

「ヘイ。そんで様子を見に来たのです」

大友親分は腕を組んで考えた。

「警察はどうしとるか」

「警察はズーと向うの下りの踏切の横町に隠れております。喧嘩が初まったら、止めるふりをして割り込んで、片っ端から壮士連中を斬ると言うております」

「ウム。何人くらいいるか」

「今集まっただけで二十人ぐらいおりました」

「ウムよしよし。貴様たちは皆駅の待合室に固まってジット隠れとれ。おれが相図をするまでは一足も出ることはならんぞ……ヤッ……呼子が鳴っとるじゃないか」

大友親分はそう言いながらジット耳を傾けていたが、やがてモウ一度、

「ええか、待合室にジッとしとれよ」

と念を押しながら急いで待合室を駈け抜けてプラットホームへ出た。

大友親分が小手をかざして出て見た時に、線路の向うでは喧嘩がグングン拡大しかけていた。

田圃に投げ込まれた巡査連中が皆はい上って来て、一斉に抜剣をしたせいか、相手になっていた壮士連が、すこし切り立てられぎみになりかけると、その背後からまたも十人ばかりの壮士が一斉に飛び出して来て、巡査の一隊を包囲しそうな形勢になったので、巡査たちは思い思いに刀を引いて駅の構内へ逃げ込んで来た。その後からすかさず壮士連の白い浴衣がバラバラと追い込んで来る模様であったが、間もなくその十四、五人の壮士連が一人残らず立ち止まって背後を振り返った。

それは線路の上のはるか向うから、鬨の声をドッと作って、一隊の黒い人数が、殺到して来たからであった。

九六

それはいうまでもなく鬼半の加勢の連中四十名が列車の中から飛び出して、駈けつけて来たものに違いなかったが、それを見ると十四、五人の壮士は一斉に身を翻して立ち向って行った。同時に稲田の蔭からまたも、十人ばかりの壮士の同勢が立ち現われて、十四、五人と一カタマリになって線路の上を突喊して行った。

吾輩は屋根の上で血沸き肉躍った。生れて初めて見る大喧嘩の威勢のヨサに、仲裁たることも何も忘れて陶酔してしまった。同時に、これが武者振いというものであろうか。全身がとめどもなく、冷たい屋根瓦の上で戦き出したが、しかし、それは決して怖いという気持からではなかった。

……あのままあすこに隠れていればよかったものを……そうしたら自分も一所に飛び込んで行って、どっちか敗けそうな方の味方をしてやるものを……。

……といったようなじれったさから出て来た身ぶるいらしかった。

ところがその吾輩の念願が叶ったものか、喧嘩が急にこっちの方へ近づき初めたのであった。

玄洋社側は最初、破竹の勢いで線路の上を猛進して行った。白い浴衣がけの一団がグングンと黒い一団を追い返して行くのが屋根の上からハッキリと見えた。ところがそのうちにポンポンという鉄砲の音が二、三発ずつ、二、三回断続して聞えると、玄洋社側の一団はにわかに退却を初めて、手に手にステッキを打ち振り打ち振り、バラバラと駅の構内に走り込んで来たが、しかし、それは本当の退却ではなかったらしい。その白浴衣の一団の中で、タッタ一人黒い着物を着て、黒い袴をはいた小柄な男が、一本の青竹を振りまわして絶叫した。

「散らかれ散らかれ。散らかれば弾丸は当らんぞ。散らかれ散らかれッ。……ええかッ……ピストルを持った奴を見つけたら、犠牲になって引っ組めッ。わかったかーッ」

「わかりましたわかりました」

と五、六名の白浴衣が前後左右から返事をした。

「ううむ。あいつが塾頭らしいのう」

と言う声が吾輩の足の下で起ったので、ビックリして振り返って見ると、すぐ真下の便所の蔭から荒巻巡査と大友親分が覗いている。

「そうらしいですな。感心な奴です。よほど喧嘩には慣れておりますな」

「そうと見える。ナカナカ手剛い奴じゃ」

「しかしピストルを撃ったのには弱りましたな。鬼半もつまらぬ奴をよこしたものです。私の名折れになりますからな……今更苦情も言えませんが……」

「ここであちらの手勢を出して、挟み撃ちにしてバタバタと片付けてはどうかな」

「まだです。まだ磯政の奴輩が出て来ませんからな。どこをまごついとるか知りませんが……」

「ウム。それもそうじゃな」

吾輩は二人の落ち付いているのにまたも感心させられたが、それよりも驚いたのは玄洋社側の壮士の勇敢さであった。

玄洋社側は、吾輩の足の下の駅の待合室に、溢るるほど敵勢が詰め込まれているのを知らぬらしく駅の方を背中に向けたバラバラの一人一人になって、群がりかかる鬼半の同勢と闘い合った。

ところで、これに対する鬼半の同勢は、ちょうど昔の渡世人の果し合いのように、脚絆（きゃはん）草鞋（わらじ）の襷（たすき）がけでドスを引っこ抜いた連中ばかりであったが、それを玄洋社側は物ともせずに、ステッキや素手で睨（にら）み合って近寄せない。そのうちに隙をみて組付く。組付いたと見る間に投げつけるという戦法で行く。しかも戦士たちは皆玄洋社名物の柔道家の中から一粒選（よ）りにしたものらしい上に前もって訓練が行き届いているとみえて、その戦法がまるで道場の稽古（けいこ）か何ぞのように、一人残らず型にはまってゆくのだから見ていて気持のよいことおびただしい。みるみるうちに三人五人とバタリバタリ片付いてゆく。投げられた者の中から起き上る者のすくないのは当て身を喰（く）ったものであろう。中には肩越しに背後に投げ落されて妙な音を立てながら首の骨を折ったらしい者が二、三人見えたが、これは講道館流の柔道の手にはない。双水執流という福岡独特の柔道の手だとかいう話で、投げる前に当殺（あてころ）しておくのだから、そうなるわけである。しかも喧嘩の後で調べられても「殺すつもりではなかった」と言い開きができるという、きわめて重宝な秘伝になっているという話を後で聞いた。

九七

壮士連はこうした戦法で、二倍に近い鬼半の同勢をグングン圧迫して行った。そうして物の十分と経たないうちに、線路の左右へ十四人もタタキつけると、トテモかなわないと思ったものか、鬼半の同勢の中からまたも、ピストルを射ち出した。

それは最初から背後の方の線路に突っ立って、形勢を見ていた三人の一組であったが、それが突然にバラバラと前の方へ馳け出すと塾頭らしい男の真正面からキラキラ光る三挺のピストルを指しつけた。

それと見た塾頭は、そのピストルを遮るかのように、青竹を青眼に構えたまま仁王立ちに突っ立った。そうして四、五秒の間モノスゴイ睨み合いを続けているようであったが、そのうちにドンナ隙間を見つけ出したものか構えていた青竹を三人の中央めがけて発矢と投げつけたと思うと、三人が慌てて身を避けようとする間に、電光のように飛び込んで、まん中の一人を突き倒した。それを見て立ち直った二人が左右からピストルを突き出す背後から、塾頭の護衛らしい二、三人の青年が声を合わせて組付こうとすると、振り返り様に撃ち出された一発に、その中の一番若いらしい青年が

「アーッ」

と叫びながらバッタリとたおれた。

それを見た玄洋社側の壮士連は憤激その極に達したらしかった。青年が倒れた一瞬間に、揃って、何とも形容のできないモノスゴイ唸り声を挙げたと思うと、蝗か何ぞのように四、五人ずつ一かたまりになってピストルを持った二人に組付くか付かぬかに手もなく地面にタタキつけた。そうして起き上ろうとする上から二、三人折り重なって何やら揉み合っていたと思ううちにポキンポキンと何か折れたような音がしたと思うとピストルを奪われた二人の男が相前後して獣とも鳥ともつかぬ奇妙な叫び声をあげながら鬼平の同勢の眼の前

に投げ出された。見ると柔道の手で両手と両脚をどうかされているらしく、首と胴をクネクネとうねらせながら起き上ろうとして起き上り得ないままに、聞くに堪えない断末魔の悲鳴をあげ続けている。

それを助けようとして鬼半の同勢が一斉に斬り込んで来る。それを向うに廻して一団となった壮士連が、またも睨み合う。組付く。投げる――の型を繰返しつつ、右に左にバタリバタリと投げとばしてゆく。手に手に獲物は持ちながら鬼半の同勢は、またも無手の玄洋社側に圧倒されかけてきた。

するとこのていを駅の横から覗いていた大友親分は、もはや見るに見かねたらしい。

「エーッくそッ。玄洋社は鬼半の身内で引き受くると言うたからここまで辛棒しとったが、モウ見ちゃおられん、それじゃ後をお頼ん申しますよ」

と荒巻巡査に一礼しながら、羽織をパッとぬいで手近い木柵に引っかけた。そうして小急ぎに駅の屋根の下へ走り込みながら、構内に響き渡る大声で怒鳴り立てた。

「出ろ出ろッ。うしろからかかれッ」

「ワーッ」

という鬨の声が、待ちかねていたように大友親分の声の下から起った。同時に長い得物を持った新手の連中が、バラバラと駅の中から駈け出しかけたが、この時遅くかの時早く、最前大友親分の配下が押し出して来た左手の大横町からと、ズット下手の下り線の踏切の近くからと、相前後して鬨の声が起って、左からは一揆のような人数が百人ばかり。また右からは白い制服に黒脚絆がけの巡査の一群が、佩剣を月の光に閃かしながら押し出して来て、両方とも駅の前の広場を目がけて殺到した。

　これを見た大友親分の同勢は多少狼狽したらしかった。改札口から飛び出した二十人ばかりも一斉に立ち止まって振り返ったが、待合室に残っていた連中は大友親分の指図を聞く間もなく引返して、駅前の広場に駈け出すとバラバラと左右に広がって、思い思いの得物を構えた。

　一方に駅の前の広場にはいったのはむろん、百人の同勢の方が早かったが、大友親分の組に比べると倍以上の大勢なので、ほとんど駅の前の広場を包囲するくらいに広々と左右に広がって、圧倒的な気勢を示した。その中でもまん中の一番先に飛び出しているのは脚絆鉢巻の扮装こそ変っておれ紛いもないハンマの源太で、両手に一挺ずつ提げているのは腕におぼえのハンマらしい。そのハンマを打ち振り打ち振りまたも二、三歩前に進み出た源太は、月の光に白い歯を剥き出して笑った。

「アハハハ。おれを知らん者はなかろう。ハンマの源太がドンナもんじゃい。アハハハハ。五十人でも百人でも束になってかかって来い」

　と言ううちにハンマの源太は、白光りするほど磨き上げた左右のハンマをブンブンと風車のように振りまわして見せた。

「ハハハハハ。どんなもんじゃい、アハハハハハハ……」

九八

大友親分の同勢はこうした源太の異様な武者振りを見ると、さすがに小々たじろいだらしい。左右に張った陣の中央が一しきりザワメキかけたが、その時に双方の横合いから走りかかって来た巡査の一隊の中から、警部の帽子を冠った美髯の警官が、佩刀を左手にひっさげて大喝した。

「待て待てッ。この喧嘩待てッ……おれは直方署長だぞッ」

「……ナニ……直方署長ッ……」

とハンマの源太は振り向き様にセセラ笑った。

「署長が何かい。喧嘩の邪魔をする奴は、ドイツでもコイツでも木っ葉にするぞ」

「黙れ黙れッ」

と馳けつけて来た直方署長は息を切らしながらモウ一度大喝した。

「貴様はハンマの源太じゃないか。貴様のような奴に用はない。磯政はどこにいる」

「アハハハ。親分が知ったことかい。親分は玄洋社長を迎えげ行とる。喧嘩ならおれ一人で余るわいアハハハハハ」

と源太はまたも物凄く高笑いをした。

「ここにいるのは皆、おれの手下の生命知らずぞ。きょうは署長とは言わさんからそう思え」

「こやつ。嘘を言うか……貴様のようなハシタ人足にいつこれだけの乾児ができた」

「ハハハ。今夜からおれの乾児になったチュウこと知らんか。巡査じゃろうが知事じゃろうが、恐ろしがる奴は一人もおらんぞ」

「おのれ反抗するか」

「喧嘩の邪魔じゃい、ええ退かんか」

と罵るうちにハンマの源太は右手のハンマを高々と振り冠って身構えた。その勢いの恐ろしかったこと……さすがの署長も驚いて身を退きかけた。すると小石か何かに引っかかってヨロヨロとしたついでに、自分の佩剣に足を絡まれてドタンと尻餅を突いた。そこをつけ込んでハンマの源太が一気に襲いかかろうとしたが、その間一髪に吾輩は、吾を忘れて屋根の上から叫んだ。

「ハンマの源太ア――コッチを見い――」

ところがその声につれてこっちを見たのはハンマの源太一人ではなかった。思いもかけぬ高いところから甲走った声が聞えたので、驚いたらしく、広場におった連中が一人残らずこっちを向いたが、その中でもまっ先に吾輩を見つけたハンマの源太は、振り上げたハンマを取り落しそうな恰好で、二、三歩ヘタヘタと背後にたじろいだ。

「アアア……アイツが……あしこに……いる」

その声は、今までの勢いに似気ない怯え切った空虚の声であった。そうしてハンマを高く挙げて吾輩の方を指しながら、またも二、三歩うしろによろめいたが、それを見ると吾輩はなおも調子づいて叫んだ。

「わかったけえ……アハハハ。動くとあかんで……ワテエが降りて行くまで……ええけえ、ハンマの源……」

ところが吾輩の注文通りに動かなかったのはハンマの源一人じゃなかった。駅の前の広場に詰めかけていた人間は、大友方も磯政方も警官も一人残らず、呆気に取られて吾輩を振り仰いだまま……喧嘩の姿勢を取ったまま……身動き一つしなかった。

「幻魔術じゃ」

「忍術じゃ」

「バテレンの魔法じゃ魔法じゃ」

と言う怯えた声が、そこここでつぶやくように聞えた。

吾輩は急におかしくなったので、思わず声を立ててケラケラと笑った。そうして衆人環視の中を悠々と尾根から降り初めた。

露を含んだ屋根瓦を辷らないように軒先へ来て、便所の屋根から木柵に乗り移って、一気に地面へ飛び降りたが、その間じゅう広場にいた二百人近い人間が、身動き一つしなかった。今にも吾輩が魔法か忍術を使うかと思って一生懸命に吾輩の行動を見守っているらしかったが、しかし吾輩はナカナカそんなものを使わなかった。そのまま大手を振って大友親分の同勢の中を分けて行くと皆道をあけて通してくれたので吾輩はイョイョ大威張りで広場のマン中に出た。

吾輩はそこで、ほかの者へは眼もくれずに、ハンマの源のマン前に来て懐中の短刀に手をかけた。

「ハンマの源……」

九九

ハンマの源は返事をヨゥしなかった。一ッ目小僧にでも出合ったように、眼をまっ白に剝き出して顎をガクガクさせた。ハンマを二本ブラ下げたまま、膝頭をワナワナと震わして、またも二、三歩うしろによろめき込むと、左右から抜き身を持った荒くれ男が二、三人出て来て、ハンマの源をかばうようにしながら、吾輩を睨みつけた。

しかし吾輩はビクともしなかった。その男たちは武術の心得がないと見えて、刀の構え方がまるでなっていない。オッカナビックリ刀をこと、つかって来たかのように、柄のところを両手でシッカリ握っているので、ヤッと気合をかけたら自分の首でも斬りそうな恰好に見える。コンナ奴が邪魔をするのかと思うと吾輩は少々癪に障ってきたので、なおも身構えをして詰め寄った。

「何するのけえ。ワテエ源太に用があるのや……邪魔するのけえ」

皆はシンとして誰も答えない。それを見ると吾輩はホントウに腹が立ってきたので、またも二、三歩詰め寄った。

「邪魔するのけえ、邪魔すると斬るぞ」

と言ううちに、懐中の短刀を抜く手も見せず、眼の前にドスを構えた男の右手から飛び込んで行くと、そこいらの五、六人が一時に
「ワッ……抜いたッ」

と叫びながら左右にパッと雪崩開いた。そのマン中にハンマの源太がタッタ一人尻餅を突いたまま居残ったので、吾輩は得たりとばかり飛びかかって行こうとするとほとんど同時に
「あぶないッ」

と叫んで吾輩の帯際をつかんで引き戻したものがある。振り返ってみるとそれは最前の署長だったので、吾輩はイヨイヨ腹が立ってしまった。この場合になって抜いたもアブナイもあるものか、源太の相手にもなり得ないくせに、子供と思って馬鹿にするといったような気持で、イキナリ短刀を逆に振り廻して切り払おうとすると、その切先がグサと署長の手の甲に突き刺さったのでさすがの署長も驚いたらしい。

「アイタッ」

と叫んで手を離した。その隙に乗じて吾輩はなおも飛び込んで行こうとすると、一旦逃げ出した荒くれ男の四、五人が、またも引返して来て、白刃を吾輩に突きつけようとする。それを素早くかい潜って飛び込んで行こうとすると、

「その子供を逃がすな」

「こっちで生捕れッ」

「ソレッ、生捕られるな。知事閣下のお声がかりの児ぞッ」

「危ない危ない」

「ええ邪魔するかッ」

と口々に罵りながら三方から吾輩に追い迫って来る。そのうちにあっちでもこっちでも喧嘩のキッカケができたと見えて、ワーッワーッという鬨の声が起った。

吾輩は面喰らった。いつの間にか吾輩を広場のまん中に放ったらかして、思い思いに斬り結んだりタタキ合ったりしている上に、どっちが敵だか味方だかわからないので加勢のしようがない、それでもジッとしてはおられないので、面喰らったまま二、三遍そこいらをキリキリ舞いしていると、そのうちに誰だかわからないが、吾輩の横手で斬られたらしく、ギャッという声につれて頭からパッと血煙が引っ冠って来たので、眼の前が一ペンにまっ暗になった。

吾輩はまたも面喰らわせられた。眼の中に血がはいったせいか、そこいらじゅうがボーッとして、何が何やらサッパリ見当がつかない。顔中が血だらけになったらしい、がその血を拭う暇もなく闇雲に短刀を振り廻し振り廻し逃げ出すうちに倒れた人間につまずいたり、流れた血に辷り転んだり二、三度ぐらいしたようであったが、今から考えると、よく無事に助かったことと思う。あるいは皆が皆、喧嘩の方に気を取られて、吾輩の方がお留守になっていたものか、それともけがをさせないように逃がしてくれたものか、またはホントウに魔法使いと思って恐れでもしたものか、その辺のところはよくわからないが、ペタペタとクッつき合う左右の睫を、両手でコスリ分けながら見まわしてみると吾輩はいつの間に、どこへ来たものかわからないが、低い、みすぼらしい長屋の庇合いの中途に来てボンヤリと突立っている。背後を振り返ってみると、ペンペン草の生えた長屋の上で、お月様がニコニコ笑ってござる。何だか夢を見ているようなアンバイである。

右の手を見ると短刀は、赤い房と一所に抜け落ちてしまって、手の中にはボール紙の筒しか残っていない。懐中の鯣と切り昆布も半分以上、短刀の鞘と一所に消え失せているが、それがいつドウして抜け落ちたか知らないところを見ると吾輩はやはりしばらくの間、喧嘩の勢いに釣り込まれて無我夢中になっていたものであろう。

一〇〇

吾輩はそこで短刀の鞘と、柄を捨てた。惜しくてしようがなかったが仕方がない。

それと同時にオレは一体何の目的で、あの喧嘩の中に飛び込んだのだろうと考えてみたが、イクラ考えても理屈がハッキリしなかった。……これでは喧嘩を留めにはいったのじゃない。喧嘩のキッカケを作りにはいったようなものだとも考えついたので、タッタ一人できまりが悪くなった。

しかしモウ喧嘩は見飽きてしまった上に、方角さえわからなくなっているので、今更引返してどっちが勝ったか様子を見に行くほどの興味もなくなっていた。おまけに何だか疲れが出て眠くなった……で、大きな欠伸を一つした。するとそれにつれて恐ろしく咽喉が乾いていることに気がついたので、どこかに井戸はないかしらんと思って、キョロキョロそこいらを見まわすと、ズット向うの長屋の間を出抜けたところに井戸らしいものが見える。近づいて見ると果して背の低い車井戸で、まわりはチョットした草原になっていて、シイインという虫の声が、そこここに散らばっている。

吾輩はその車井戸の桶釣瓶を一つ汲み上げると、井側の外へ引き出して、頭と、顔と、手足の血をいい加減に洗い落した。

それからその水を捨てて、モウ一パイ汲み上げて、井側の縁に乗せかけて飲もうとしたが、髪毛から薄黒い、腥い血の雫が滴るのでナカナカうまく飲めない。それを片手で撫で上げ撫で上げ腹一パイ飲み終ると、今度は小便が詰まっているのに気がついた。

吾輩は井戸の横の草原に走り込んで、虫の声のする方に見当をつけて小便を垂れ初めたが、その小便が思ったよりもズット長いのに呆れた。考えてみると天沢老人のところを飛び出してからここへ来るまでの間、小便のことなんか考える隙もないくらい忙しくて、緊張していた上に、停車場の屋根瓦の上で長い間お尻を冷やしてきたのだから無理もない。自分でもまだかまだかと思うくらい気持よく、あとからあとから迸り出る。それが月の光に透きとおって銀色の滝のように草の葉に落ちかかって、キラキラと八方に乱れ散るそのおもしろさ……美しさ……。そのうちに何だかゾクゾクと気持よく寒くなってきたようなので、二つ三つ身ぶるいをしながらクッサメをしていると、どこから来たのかわからないが吾輩の背後の方から、黒い、大きな影法師がニューと近づいて来たので、ビックリして小便をやめた。そうしてそのままの姿勢で振り返ってみると、何だかエタイのわからない案山子の出来損いみたような奇妙な者の姿が、吾輩のすぐ背後にノッソリと突っ立っている。

　吾輩はさすがにギョッとしながらその者の姿を見上げ見下した。新しい手拭で頬冠りをしているから顔付はハッキリとわからないが眼の玉の引っ込んだ、鼻の高い、天狗と狸の間の子見たような薄気味の悪い人相に、占者みたような山羊髯をジジムサく生やしている。それが青だか紫だかのダンダラ縞のドテラに、赤い女の扱帯をダラシなく捲きつけて、竹の皮の鼻緒の庭下駄をはいていたが、何か考えているのか懐手をしながらジッと吾輩を見下して突っ立っている。むろん喧嘩をしに来た風体ではないが、何だかニコニコ笑っているらしい目つきを見ると田舎によくいる低能男ではないかとも思われる。いずれにしても大きな男ではあるが、吾輩に敵意を持っていないことだけはすぐに直感されたのであった。

　そうした相手の風采を見てとると吾輩は安心して、またも小便を放りはじめた。しかし何となく気にかかるので、小便をしいしいうしろを振り向いて物を言ってみた。

「お前何や……」

　その大男は返事をしなかった。相変らず懐手をしたまま吾輩を見下してニヤニヤと笑っているらしいので、イヨイヨこの男は馬鹿かキチガイに違いないと吾輩は思った。

「……お前馬鹿けえ……キチガイけえ……」

「……………」

「人が小便しよんの何で見とんのけえ」

「アッハ、アッハッアッハアッハアッハッ」

とその大男が突然に笑い出した。しかも河童みたいに大きな口を開けて、お月様が見えるほどあおむきながら心から、おかしそうな無邪気な笑い声を出したので、吾輩は少々気味が悪くなった。これはキチガイに違いないと九分九厘まできめてしまった。

一〇一

大男はその時にドテラに掛かった黒い襟の間から、大きな握り拳を出して、自分の鼻の頭を悠々とコスリ上げた。それから見かけに似合わない可愛らしい、ユックリとした声で問うた。

「……貴様は……何チュウ奴ケ……」

吾輩は小便を放り終って身ぶるいを一つしながら向き直った。キチガイのくせに横柄な奴だと思いながら……

「知らん。お前は何チュウ奴ケエ」

と向うの真似をして問い返した。すると大男は寒くもないのに、またも悠々と懐手をしながら、吾輩をジッと見下した。

「ウームおれか……おれは玄洋社の楢山じゃ」

「ナニッ……楢山ッ……」

と吾輩は叫びながら飛び退いた。タッタ今小便を振りまいたばかりの叢の中に片足をさし込んだがそんなことなんかドウでもよかった。マサカ榾山がコンナとんでもない恰好の人間とは思わなかったがここで出会ったのはいい幸いだ。カンシャク知事と喧嘩をするくらいの奴だからドウセ利口な奴ではないにきまっている。ここでこやつを取っちめて、かの大喧嘩を止めさせたら、天沢のお爺さまがイヨイヨ感心するだろう……と思いつくには思いついたが、あいにくタッタ今短刀を棄てたばかりで、そこいらを見まわしても竹片一本落ちていない。仕方なしに吾輩は両手で小さな拳骨を固めながら身構えた。

「……お前ホンマに榾山けえ」

「ウムウム」

と大男はユルヤカにうなずいた。

「おれをしっとるか」

「知らいでか……知事と喧嘩しとるバカタレやろ」

「アハアハアハアハアハ」

と大男はまたも月の下で反り返って笑った。よく笑う男だ。

「そうじゃそうじゃ。よう知っとるのう」

「知らいでか。知事とお前が喧嘩するよってん、直方の町中の人が泣きよるやないか」

「…………」

大男は笑わなくなった。そうして返事もしないままシゲシゲと吾輩の顔を見守っていたが、ややしばらくしてからヤットロをきいた。

「どうして、そげなことをば知っとるとや」

「知らいでか……みんなそんなに言いよるやないか」

「………………」

大男はまたも返事をしなくなった。奇妙な光を帯びた眼でまたも吾輩の血だらけの姿を見上げ見下していたが、やがてまた自分の鼻の頭を拳骨で叮嚀にコスリ上げた。それから赤い舌を出して唇のまわりをペロペロとなめまわしたが、そのペロペロがまた、いかにも御念入りで、手数のかかることおびただしい。このあんばいではいつ返事をするかわからないと思うと、ふとじれったくなったので、吾輩はすぐに先を言ってやった。

「そやからワテエ……その喧嘩を留めに行たんや」

「ウフウフウフウフ。貴様は喧嘩をば留めに行ったか」

「アイ……けんどワテエの横で誰か斬られた血が掛かって、眼が見えんようになってしもたケエここまで逃げて来たんや」

「ウーム、けがはせんやったか」

「ワテエ。武術知っとるよって斬られやせん。けれどほかの武術知らん奴いうたら皆死んどるやろ」

「ウーム。どこで喧嘩しよるか」

「オイサン知らんけえ」

「ドッチかわからん。そやけど玄洋社強いなあ。玄洋社が投げると皆死によるで……」

「ウーム。さようか、しかしどっちが勝ちよるか」

「どっちか知らん」

「あっちの方じゃな」

「停車場でしよるがな」

「知らん」

「ウーム、さよかさようか」

と楢山社長は大きくうなずいた。大方嬉しかったのだろう。

「楢山のオイサンどこから来たんや」

「アッチから来た」

「植木チュウとこけえ」

「そうじゃ。昨日まであすこの友達のところで寝とった。水瓜を喰い過ぎて腹を下いてのうハハハハハ。しかしお前はドウして知っとるか」

「知らいでか。皆言いよった。磯政の親分が迎えに行たやろ」

「そうか。磯政がおれを迎えに行とるか」

「サイヤ。ハンマの源が、そげに言いよった。警察の巡査も、今夜アンタを縛る言うとったで……」

「アハハハハ。そうかそうか」

「どうして縛られんでここまで来たんけえ」

「ウーム。どうもせん。あんまり月のよかけん、寝巻なりい散歩い来たとたい」

と言ううちに棺山社長は、相変らず悠々とした態度で横を向いて小便をし始めた。

一〇二

吾輩は指をくわえながら、小便をする棺山社長の姿を見上げていたが、よく見ると棺山社長は丸裸体（まるはだか）にドテラ一枚らしく、臍（へそ）のところまで剝（む）き出している。吾輩はこんなダラシのない人間を生れて初めて見たので内心すくなからず呆（あき）れさせられた。しかし同時に、最前からの緊張した気分が、棺山社長と話し合っているうちに、いつの間にかノンビリと融け合ってしまって、何ともいえない親しい気持になったのを子供心に不思議に思った。それにつれてさすがは玄洋社長といったような尊敬の気分もイクラか起ってきたので、今更のようにお月様と、棺山社長のホイトウ姿を見比べていると、棺山社長は吾輩の真似をするかのように、なおも黄色い小便を長々と垂れながら頰冠りを吾輩の方に向けた。

「貴様は天沢先生のところにおった奴じゃろ」

「サイヤ。天沢のお爺様に生命（いのち）助けてもろうたんや」

「ウム。恩義を知っとるか」

「オンギて何や」

「アハハハ、そげなことあインマわかるがのう、知事はどこにいるか貴様は知らんか」

「知らんけど青柳にいるてて巡査が言いよった」

「青柳チュウと料理屋か」

「サイヤ。スケベエの行くとこや」

「アハハハ。途方もないこと知っとるのう……アハハハ。その青柳におれと一所い行かんか」

「何しに行くのや」

「知事を叱りに行くのじゃ」

「何で禿茶瓶を叱るのけえ」

「知事が巡査を使うてのう……悪いことをばさせよるけんのう……言うて聞かせて喧嘩をば止めさせるとたい」

「ウン。そんなら行こう」

「ウム。サア来い。おれが肩車に乗せてやるぞ」

と言ううちに小便を放り終った楢山社長は、ニコニコと笑いながら吾輩を抱き上げて軽々と肩車に乗せた。普通の人間がダシヌケにコンナことをしかけたら、すぐ逃げ出すところであったが、この時に限って何だか有難いような、嬉しいような気持になったのは、返すがえすも不思議であった。のみならず全身血まみれの上に、泥だらけの足をしている吾輩を、絹の上等のドテラの上に担ぎ上げて、頬冠りの白い手拭が、吾輩の手に残った血で汚れてゆくのもかまわずに悠々と歩き出したその無頓着さに、吾輩はスッカリ愉快になってしまったのであった。

吾輩はその楢山社長の頭を頬冠りの上から抱きかかえながら問うた。

「オイサン……」

「何かい……」

「あんたスケベエけえ」

「ウン。スケベエじゃ」

「………」

今度は吾輩がゆき詰まらせられた。多分否定するだろうと思ったのに、案外無造作に肯定されてしまったので、チョット二の句が継げなくなった形である。同時にコンナ男がスケベエなら、スケベエというものはそんなにいやなものじゃないとも考えさせられた。

吾輩は楢山社長の頭を平手でタタキながらまた問うた。

「そんならオイサン」

「何かい」

「知事さんはスケベエけえ」

「ウン。あやつもスケベエじゃ」

「あんたと知事さんと、どっちがスケベエけえ」

「知事の方が女好きじゃろう」

「アンタ負けるのけえ」

「ウム。負けもしまいが」

「そんなら知事さんとおんなじもんじゃろ」

「ウン。おんなじもんじゃ」

「イヤヤア……」

「アハハハハハハ……」

「ワテエ女嫌いや」

「ウム。そうかも知れんのう。しかし大きゅうなったら女から好かれるぞ」

「大きゅうならんでも女から好かれとるで」

「ウム。誰から好かれた」

「天沢の美しいお嬢さんが頬ずりしてくれたで」

「アハハハ……タマラン奴じゃあ貴様は……アハハハ……」

「あぶない……そないに笑うたら落ちるやないか」

「落ちて死んでしまえ。今のうちに……」

「ワテエ死んだらお嬢さんが泣くで……」

「イヤア……モウイカン……ここで下りれ……アハハハ……。おらあキッウなった」

「弱っぽうやなオイサンは……そないに弱いと女が好かんで」

「女に好かれんでもええ」

「ワテエも好かんで」

「アハハハハ。そんならやむをえん。アハハハ。貴様はナカナカ豪い奴じゃ。人間を御する道を知っとる。アハハハハハ……」

一〇三

楢山社長はこんな風に傍若無人の高笑いをしながら、悠々と歩いて行ったが、青柳という家のあるところを知っているとみえて、小さな家の間を迷いもせずに右に曲り、左に曲りしながら抜けて行く。吾輩も生れて初めて乗った肩車の気持よさにコクリコクリといねむりを初めたが、やがて大きな通りへ出てから一町ばかりまっすぐに行くと、夜目にも料理屋らしく見えるりっぱな門構えの前に来た。その間人ッ子一人出会さなかったが、その家の前に来ても犬の影すら見えなかった。

楢山社長は、その忍び返しを打った瓦葺きの門の前まで来ると、吾輩を首の上に乗せたまままツカツカと門の扉に近づいたので、半分眠りかけていた吾輩は軒先の瓦にオデコをイヤというほど打ちつけられてスッカリ眼が醒めてしまった。

「痛いやないかオイサン」

「アハハハハ。そこいおったか」

「おらいでか。オイサンが自分で乗せたんやないか」

「ウム忘れとった」

「馬鹿やなあ。アホタレ……」

と吾輩は楢山社長の頬冠りの上からコツンコツンと拳骨を下ろしてやった。

「ウム痛い痛い。堪えてくれい」

「そんだら堪えてやる。ああ痛かった」

「首が除きはせんじゃったか」

「除いたけんどまたひっついた」

「ウム。それはよかった」

と言ううちに楢山社長は腰を屈めて門の扉に近づきながら、ドンドンと二ツ三ツ叩いた。

すると家の中から待っていたように
「ハアーイイー」

と言う女の声が聞えて、カタカタと敷石の上を走って来る音が聞えたが、その足音が門の傍まで来ると立ち止まって
「……どなた……」

と問うた。どこかの隙間から様子を見ているけはいである。

「ウム。おれじゃ。楢山じゃ」

「まあナア様……」

と門の中の女は急に怯えたような声を出したが
「……どうしてここに……」

と言ったなり後が言えないで息を詰めてしまった。

しかし楢山社長は依然としてゆるやかな、平気な声で口を利いた。

「お前はお近か……」

「ハイ……」

「ウーム。女将はおらんとか」

「ハイ……この間から小倉の病院に入院しておりまして……」

と言ううちに女の声が次第に、蚊の啼くような細い声に変って行った。

「ウム。そうか。知らんじゃった。……巡査どもはおらんとか」

「ハイ……あの今……大友さんの方が……あの……怪我人が多いとかいうて、お使いの人が見えまして……」

「ウーム。皆加勢に行たか」

「……ハイ……あの……そのお使いが来ますと知事様の御機嫌が損ぜまして、ここはええけに、皆加勢に行け……一人もおることはならん……あとは戸締りして、打ち破られても明けることはならんとおっしゃいまして……」

「アハハハハ。例のカンシャクを起いたか」

「ハイ。大層な御立腹でございまして……私ども恐ろしゅうて恐ろしゅうて……」

「アハハハハ。おれが来ればモウ心配することはいらん。喧嘩はモウ千秋楽じゃ。手打ち祝いは貴様のところでするぞ」

「ありがとうございます」

「開けてみやい」

「ハイ」

と言いながら女は素直に門を外しにかかったが、それでも気味悪そうに……独言のように……言った。

「……あの……只今……お休みでございますが」

「ウーム。知事は寝とるのか」

「ハイ。中二階でお休みになっております。ちょっとお起しして参りますから」

「ウン。楢山が会いに来たと言え」

「ハイ」

と言ううちに門の扉が開いたが、その間から出て来た三十ぐらいの仲居らしい女の眼の前に、楢山社長が吾輩を抱え下すと、女は一眼見るか見ないかに、声を立てないで扉にすがりつきながらヨロヨロよろめいた。

「アハハハ。この児を知っとるじゃろう。おれが途中で拾い出して来た」

「ハハ……ハイ……」

「……恐ろしいことはないけん、アトをばシッカリ堰いておけ、大友でも磯政でも、署長でも玄洋社の奴でも入れてはならんぞ。ええか」

「……ハ……ハイ……」

一〇四

お近という仲居さんらしい女は楢山社長が口をきくたんびに慄え上がっていった。今にもブッ倒れそうなのを一生懸命に我慢しているらしく、門の扉に取りすがって唾液を飲み込み飲み込みしていたが、その怯え切ったマン丸い眼は、片時も吾輩から離れなかった。もっともこれは無理もない話で、月の冴えた真夜中に、血塗れのお合羽さんの子供が、ニコニコ笑いながらはいって来たのだから、大抵の女なら気が遠くなるにきまっている。それを一生懸命で踏みこたえたところを見ると、このお近という女はかなりのシッカリ者であったろう。それでも辛うじて一つうなずいたと思うと、脱けかけた腰を引っ立てるようにして、ガタンガタンと門を閉め初めた。

その間に楢山社長は吾輩の先に立って、ノッソリと玄関から上った。吾輩も後から上ろうとしたが小便だらけの泥足のままなので遠慮して、そこに脱ぎ棄ててあったお近さんの赤い鼻緒の上草履をはいて上って行った。ちょうど内と外と反対になってしまった。

ところで玄関を上った楢山社長は、うしろを振り返ってお近さんが上って来るのを待っていたが、お近さんはまだ門の扉にすがったまままっ青になって吾輩の姿を見つめている。そうして吾輩が振り返ったのを見るとイヨイヨ気分が悪くなったらしく、両手を顔に当てて門の扉の蔭にしゃがみ込んでしまったので楢山社長はチョット困ったらしい。玄関の奥の方を向いて、

「オイ。誰かおらんか」

と二、三度大きな声で呼んでみたが、ところどころランプが赤々と灯(つ)いたなりに、広い家の中がシンカンとして鼠の走る音すら聞えない。ただ一度、どこか遠くの隅から虫の啼くようなふるえ声で、

「……ハ……イ……」

と返事した者があったようにも思ったが、それでも出て来る者が一人もなかった。深夜の玄関の明りの下に、泥棒然たる大男と、血だらけの子供が突っ立ったら、男でも取次ぎに来ないのが当然であったろう。

楢山社長はそこで決心したらしかった。かねてからこの家の案内を知っているらしく、玄関横の階段のところへ来ると、吾輩の手を引いてやりながらドシンドシンと二階へ上って行った。それから長い暗い二階廊下へ出ると、向うの突き当りが知事の寝ている室らしく、キリコ細工の置ランプの光と、金屏風(きんびょうぶ)の片影が、半分開いたガラス障子ごしに見える。その金屏風の片側には美しい裾模様(すそもよう)の着物と、赤いダラリとした扱帯(しごき)が掛かっているのが、幽霊のようにホンノリと見えた。

楢山社長はそうした室の様子を見るとチョット躊躇(ちゅうちょ)したかのように立ち止まった。しかし間もなくまた、思い返したと見えて、吾輩の手を引きながら、その室に近づいて、半分開いたガラス障子の間からノッソリと中にはいったが、室にはいると同時に、何ともいえない奇妙な、むせっぽい匂いが鼻をうったので、吾輩は思わず鼻をつまみながらキョロキ

ヨロと見まわしてみると、それは正面の床の間に据えてある大きな瀬戸物の蛙の口から出て来る煙の匂いであることがわかった。今から考えるとそれは蚊遣り香で、この節では格別珍しいものでもないが、その当時は王侯貴人的な贅沢物であったろう。

　室は十二畳ぐらいの大きな室でまん中には大きな白い敷蒲団が二枚か四枚重ねて敷いてあったように思う。その上に被さった薄青い掛蒲団の中から紫色のくくり枕に乗った知事の禿茶瓶頭と、赤い房の下った朱塗りの高枕が並んで見えていたが、イクラ知事でも枕を二つ使うなんて馬鹿な奴だと、吾輩はすぐに軽蔑してやりたくなった。

　しかし楢山社長はそうでなかった。室の中にはいると、どことなく恭しい態度に変って、頰冠りを取り除けたばかりでなく、ドテラの前をキチンと繕って、知事の枕元にピタリと正座した。だから吾輩もペタペタとクッつき合う血だらけの着物の前を、いい加減に両手で合わせながら、畳の上に草履を脱ぎ棄てて、楢山社長の横にペタリと坐り込んだが、知事はグッスリと眠っていると見えて身動き一つしない。

　頰冠りの手拭を鷲摑みにして膝の上に載せた楢山社長は、そこでその禿茶瓶を見下しながら、

「知事さん……知事さん……」

　と二た声呼んだ。しかし知事は依然として身動き一つしなかった。眠っているのか起きているのかわからない。その頭をジッと見下していた楢山社長は、なおも顔を近づけながら呼んだ。

「筑波子爵閣下……起きて下さい。玄洋社の楢山がお眼にかかりい来ました」

しかし筑波子爵閣下は依然として禿頭をテラテラさせたまま動かない。ちょうど御本人が死んでしまって、禿頭だけが生き残っているかのように見える。

一〇五

吾輩はおかしくもありじれったくもなった。すぐに立って行って鼻でもつまんでやろうかと思って腰を上げかけているところへ、今来た反対側の廊下からペタリペタリという絹ズレの音がして来たので吾輩は中腰のまま振り返った。……楢山社長がタッタ今、誰も来ることはならんと言っていたのに……家中の奴が震え上って動けないでいるはずなのに、コンナに悠々とこの室にはいって来る奴は何者かしらん……と怪しみながら室の入口を凝視していると……驚いた。

半分開いたガラス障子の隙間からしなやかに辷り込んで来たのは、若い、美しい、まっ白にお化粧をした女であった。頭に銀のビラビラのついた簪を一パイに挿して、赤や青のダンダラのキレをブラ下げて燃え上るような真紅の長襦袢を長々と引きずり引きずりはいって来たのであったが、よく見るとまだ半分眠っているらしく、両手で眼のふちをコスリコスリ知事の枕元に近づくと、そこでヘタヘタと坐り込んだ。そうしてその枕元に寄せてある茶器盆の上から金色の茶碗と、銀色の急須を取り上げながら、何気なく吾輩二人の方を見たが……そのままピタリと動かなくなった。

糸のように細くなっていた左右の寝ぼけ眼がみるみる大きく開きはじめて、今にも飛び出すくらいまっ白に剝き出されていった。

それにつれて小さな唇がダンダン竪長くなって、腮が外れるかと思うくらい顔が長くなったと思うと、左右の手から急須と茶碗がぬけ落ちてガチャンガチャンと音を立てた。同時に、

「キャーッ……」

というオモチャの笛みたいな音がしたと思うと、赤い長襦袢が虚空に翻った、白い手足が眼まぐるしく交錯した。入口のガラス障子が一枚ブチ倒されて、廊下の板張りで二、三度尻餅の反響がしたと思うと、階段を転り落ちる人間のあわただしい物音と、モウ一度、

「キャーッッ……」

と叫ぶ咽喉笛の音がゴチャゴチャになって、階段の下の方へ消え失せていった。

するとその声と物音が消えるか消えないかに、

「何事かーッ……」

と怒鳴る声がツイ鼻さきに起って白い寝巻を着た知事の禿茶瓶がムックリと跳ね起きた。その声は紛れもなくかねてから印象づけられていた知事特有の癇癪声で額には、チャンと二本の青筋まで出ていたが、しかし眼はまだ醒めていないらしく、まっ赤になった白眼を片っ方ずつ閉じたり開いたりしながら坐り直した。大方いい心持で睡っているところへ大きな音が聞えたので、夢うつつのままカンシャクを起したのであろう。膝小僧を出して坐

ったまま、モウ一度眼を閉じて眉を逆立てながら、

「何事かーッッ」

と大喝したが誰も返事をしない。ただ吾輩がタッタ一人あんまりおかしかったので、ゲラゲラと笑っただけであった。

ところがその笑い声を聞くと、知事はヤット気がついたらしかった。慌てて両手で顔をコスリまわしながら、まっ赤な眼を剝き出してキョロキョロとそこいらを見まわしたが、間もなくわれわれ二人の姿を見つけると、見る間にさっと青くなった……と思ううちにまた、見る間にまっ赤になりながら大喝した。

「貴様たちは……ナ……何者かアッ……」

その声は深夜の青柳の家中をピリピリさせたかと思うほどスバラシク大きかった。しかし楢山社長はいっこう平気で、膝の上に両手を突いたまま静かに頭を下げた。きわめて親しみ深い、落ちついた声で言った。

「知事さん。私じゃ。玄洋社の楢山じゃ」

「ナニッ……楢山……」

「……チョット用があるので会いに来ました」

知事の額から青筋が次第次第に消え失せていった。それにつれてカンシャクの余波らしくコメカミをヒクヒクかみしめていたが、しまいにはそれすらしなくなって、ただ呆然とわれわれ二人の異様な姿を見比べるばかりとなった。

楢山社長は半眼に開いた眼でその顔をジッと見上げた。片手で山羊髯を悠々と撫で下したりしながら今までよりも一層落ちついた声で言った。

「知事さん」

「………」

「今福岡県中で一番偉い人は誰な」

「………」

知事は面喰らったらしく返事をしなかった。またも青筋が額にムラムラと表われて、コメカミがヒクヒクし始めたので、何か言うかしらんと思ったが、間もなくコメカミが動かなくなって、青筋が引込むと同時に、冷たい瀬戸物みたような、白い顔に変って行った。

「誰でもないアンタじゃろうが……、あんたが福岡県中で一番エライ人じゃろうが」

一〇六

楢山社長の言葉は子供を諭すように柔和であった。同時にその眼は何ともいえない和やかな光を帯びてきたが、これに対する知事の顔は正反対に険悪になった。知事の威厳を示すべくジッと唇をかみながら、恐ろしい眼の光でハタハタこちらを射はじめた。

しかし楢山社長はいっこうかまわずに相変らず山羊髯を撫で上げ撫で上げ言葉を続けた。

「……なあ。そうじゃろうが。その福岡県中で一番エライ役人のアンタが、警察を使うて、人民の持っとる炭坑の権利をば無償で取上げるようなことをばなししなさるとかいな」

「黙れ黙れッ」

と知事はまたも烈火の如く怒鳴り出した。

「貴様たちの知ったことではない。この筑豊の炭田は国家のために入り用なのじゃ」

「ウム。そうじゃろうそうじゃろう。それはわかっとる。日本は近いうちに支那とロシアば相手えして戦争せにゃならん。その時に一番大切なものは鉄砲の次に石炭じゃけんなあ」

「…………」

「……しかしなあ……知事さん。その日清戦争は誰が初めよるか知っとんなさるな」

「やかましい。それは帝国の外交方針によって外務省が……」

「アハハハハハハ……」

「何がおかしい」

と知事はまっ青になって睨みつけた。

「アハハハハ。外務省の通訳どもが戦争し得るもんかい。アハハハハ……」

「……そ……それなら誰が戦争するのか」

「私が戦争を初めさせよるとばい」

「ナニ……何と言う」

「現在朝鮮に行て、支那が戦争せにゃおられんごと混ぜくりかやしよる連中は、みんな私の乾児の浪人どもですばい。アハハハハハ……」

「……ソ……それが……どうしたと言うのかーッ」

と知事は小々受太刀の恰好で怒鳴った。しかし楢山社長はイョイョ落ちついて左の肩をユスリ上げただけであった。

「ハハハ……どうもせんがなあ。そげなわけじゃけんこの筑前の炭坑をばわれわれの物にしとけあ、戦争の初まった時い、都合のよかろうと思うとるとたい」

「……バ……馬鹿なッ……馬鹿なッ……この炭坑は国家の力で経営するのじゃ。その方が戦争の際に便利ではないかッ」

「フーン。そうかなあ。しかし日本政府の役人が前掛け当てて石炭屋するわけにもいかんじゃろ」

「そ……それは……」

「そうじゃろう……ハハハ。見かけるところ、アンタの周囲には三角とか岩垣とかいう金持の番頭のような奴が、盛んに出たりはいったりしよるが、アンタはアゲナ奴に炭坑ば取ってやるために、神聖な警察官吏をば使うて、人民の坑区をば只取りさせよるとナ」

「……そ……そんなことは……」

「ないじゃろう。アゲナ奴は金儲けのためなら国家のことも何も考えん奴じゃけんなあ。サア戦争チュウ時にアヤツどもが算盤ば弾いて、石炭ば安う売らんチュウタラ、仲い立って世話したアンタは、天子様いドウ言うて申訳しなさるとナ」

「しかし……しかし吾輩は……政府の命令を受けて……」

「……ハハハハハ……そげな子供のようなことば言うもんじゃなか。その政府は今言う三角とか岩垣とかの番頭のような政府じゃなかかな。その政府の役人どもはその番頭に追い使わるる手代同様のものじゃ。薩州の海軍でも長州の陸軍でも皆金モールの服着た金持のお抱え人足じゃなかかな」

「…………」

「ホンナことい国家のためをば思うて、手弁当の生命(いのち)がけで働きよるたあ、われわれ福岡県人バッカリばい」

「…………」

「じっと考えてみなさい。役人でもアンタは日本国民じゃろうが、われわれの愛国心(まごころ)がわからんはずはなかろうが」

「…………」

知事はいつの間にか腕を組んで、うなだれていた。今までの勇気はどこへやら、県知事の威光も何もスッカリ消え失せてしまって、いかにも貧乏たらしい田舎爺(いなかおやじ)じみた恰好で、横の金屏風(きんびょうぶ)にかけた裾模様の着物と、血だらけの吾輩の姿を見比べたと思うと、一層しょげかえったように頭を下げて行った。

その態度(ようす)を見ると楢山社長は、山羊髯から手を離して膝の上にキチンと置いた。一層物静かな改まった調子で話を進めた。

「私はなあ……この話ばアンタにしたいばっかに何度も何度もアンタに会いげ行た。バッテンがアンタはいつも居らん居らんちゅうて会いなさらんじゃったが、そのおかげでトウトウこげな大喧嘩いなってしもうた。両方とも今停車場のところで斬り合いよるげなが、これは要するにいらぬことじゃ。死んだ奴は犬死にじゃ」

「…………」

「そればっかりじゃなか。この喧嘩のために直方中は寂れてしまいよる。これはんなアンタ方役人たちの心得違いから起ったことじゃ」

「…………」

「アンタ方が役人の威光をば笠に着て、無理なことばしさいせにゃ人民も玄洋社も反抗しやせん」

「…………」

「その役人のうちでも一番上のアンタが、ウント言いさえすりゃあこの喧嘩はすぐにしまえる。この子供も熱心にそれを希望しとる」

「ナニ。その子供か……」

と知事は唇を震わしながら顔を上げた。

「そうじゃ。この子供は直方町民の怨みの声ば小耳に挟うで喧嘩のマン中い飛び込うだとばい。生命がけで留めようとしてコゲニ血だらけえなっとるとばい」

「ウーム」

と知事は青くなったまままた腕を組んで考え込んだ。それを眺めていた楢山社長は、山羊髯をナブリ初めた。

一〇七

吾輩はじれったくなった。

これくらいわかり易い話がドウして知事にわからないのだろう。今までわからなかった喧嘩の底の底の理屈が、子供の吾輩にもハッキリと呑み込めたくらいかんで含めるような談判をされているのに、まだ腕を組んで考えているなんて、ヨッポド頭の悪いアホタレに違いない。しかもそれをまた、ニコニコ然と眺めやりながら山羊髯を撫でまわしている楢山社長も楢山社長で気の長いことおびただしい。四の五の文句を言わせるよりも、手っ取り早く拳骨を固めて、ポカーンと一つあの禿茶瓶をナグリつけたらよさそうなものと思ったが、そのうちにまた吾輩は、最前からの談判を聞きながら、たまらない空腹を感じ初めていることに気がついたので横合から楢山社長の顔を見上げながら尋ねてみた。

「オイサン」

「何かい」

と楢山社長はニコニコしながら吾輩を振り返った。

「下で御飯喰べて来てええけえ」

「おお。そうそう。腹が減っつろうのう。ええともええとも。お前だけ先に行て喰うて来い」

「ここい鯣と昆布をもっとるけんど……」

「ハハハハ。そげな物な喰わんでもよか。オイオイ誰か居らんか」

と言ううちに楢山社長はポンポンと手を叩いた。するとすぐに……ハーイ……という返事が下の方から聞えて、最前のお近という女が上って来たが、見るとまだ青い顔はしていたけれども、気分はスッカリ落ち付いたらしく、モウ震えてはいないようである。

「この子供に飯を喰わしてくれい、それから何かちょうどええ着物はないか」

「……あの……あいにく男のお児さんのお召物がございませんが」

「ウム。何でもかまわんがのう」

「……あの……女将さんの娘御の着古しをば私が頂いておりますが」

「ウムウム。それがええそれがええ」

「ハハイ……かしこまりました」

お近さんはそのまま吾輩の手を引いて下に降りて行った。見ると階段の下に続いている長廊下にはそこいらの女中と芸者を総動員したほど立ち並んで何かしらヒソヒソと話し合っていたが、吾輩の姿を見ると皆一斉に口をつぐんでしまった。中には吾輩がまだ行かぬうちに顔色を変えて、廊下をコソコソと逃げ出す者もいたが、これは血だらけの吾輩とスレ違うのをいやがったのであろう。

お近さんはその中の二、三人に小さな声で、何か二言三言言いつけると、まず吾輩を湯殿に連れ込んで、雑巾でもつまむような恰好で着物を脱がせて、洗粉を身体中にまぶしながらスッカリ洗い上げてくれた。それから女中が持って来た袖の長い、赤と青の絞りの着物を着せて、何か知らん桃色のキューキューいう帯を捲きつけてくれたが吾輩はその時に板の間に落ち散っていた鯣と昆布を両手で掃き集めて、シッカリと懐中にねじ込んだので、お近さんは青い顔を急にまっ赤にしてクスクスと笑い出した。

そこでやっと顔色の直ったお近さんは、吾輩を台所に連れ込んで、まだ生あたたかい御飯を喰べさせてくれたが、その副食物の種類の多かったこと……多分戸棚の中の余り物を総泄いにしてくれたものであったろうが、何にしてもコンナにたくさんの副食物を貰ったことは生れて初めてだった。参考のため勘定してみると容れ物の数が十一あった。

「お近さん」

「ハイ」

「コレ……みんな喰べてええのけえ」

「……ヘエ……よござっせにゃあコテ……」

「……おお嬉し……」

と吾輩は飛び上って喜んだのでお近さんはトウトウ声を立ててふきだしてしまった。ところが残念なことに吾輩は、その副食物を残らず平らげてみせるわけにはいかなかった。

いや、全部どころか、まだ半分も片付けないうちに裏の方と、表の方からと同時にワーッという鬨の声が起って、門の扉か何かをドカンドカンと叩く音が聞え出した。

ところでその音を聞くと吾輩はすぐに、これは玄洋社と磯政の同勢が喧嘩に勝ったので、この家をタタキ破りに来たものだと直感したが、しかし台所に集まっていた連中は、まだ何が何やら見当がつかなかったらしかった。ただまっ青になって顔を見合せているばかりであったが、そのうちに誰かがタッタ一と口、

「玄洋社」

と言う声が聞えると、五、六人の男女が一斉に、電気に打たれたように悲鳴をあげた。同時に坐ったまま腰を抜かしてはい出す者やあてなしに面喰って右往左往に走りまわる者が、そこいらじゅうをドタバタいわせ初めたが、間もなく誰かが台所のまん中にブラ下がったランプに行き当ったらしくガチャンガチャンという音と共に、四方がまっ暗になってしまった……と思う間もなく台所の板の間から一面に青い火がメラメラと燃え上り初めた。

一〇八

「ウワーッ。火事火事ッ……」

「あらあ……火事じゃが火事じゃがア……」

と言ううちに二、三人走り寄ってタタキ消しかかったが、何を言うにも石油の火だからナカナカ思うように消えてしまわない。そのうちに板の間の床の下からムウ……と黒い煙が噴き出したと思うと、赤ちゃけた焔がメラメラと伸び上って、まっ黒な煤煙が吾輩のいる次の間まで一パイになってしまった。

ウロウロしていた男も女も、これを見るとまたもや悲鳴をあげて逃げ迷った。その中にお近さんの声がして、

「知らせにゃ知らせにゃ……はようはよう……」

と言いながらバタバタと走って行く足音がしたが、ソレッキリそこいらじゅうがシンとして、ボロンボロンと燃え上る石油の音ばかりになってしまった。

ところであとに取り残された吾輩はタッタ一人でドウしようかと思い迷った。お箸と茶碗を両手に持ったまま顔中にモヤモヤと群がりかかる煤の渦巻きを撫でまわし撫でまわししていたが、やがてその渦巻きがズンズン室の外へ流れ出し初めて、板張りから燃え上る焔の光にヤッと眼の前のお膳が見え出すと、吾輩はまた尻を落ちつけた。お手盛りで一杯飯をよそいながら、残った副食物を平らげ出した。むろんそれは大急ぎで一番おしまいの楽しみに取っといた玉子焼を、一番先に口に入れたくらいであったが、そのうちにまた火が天井裏にはいったらしく、頭の上の天井板がミシリミシリと鳴り出したので、吾輩も小々慌て気味になって、最後の一杯をお茶漬にしながら、フウフウいって掻き込んでいた。するとその時であった。今まで聞えていた裏口の扉をタタキ破る音が、いつの間にか静まったと思う間もなく、台所の小潜り付きの大戸がメリメリバリバリと大音響を立てて内側へ倒れ込んだので、一旦内側へ靡いた天井の焔と煙が一斉に外へ流れ出し初めた。その光で見ると裏口から雪崩込んだ大勢の人間が、鳶口や竹槍で力を合わせて無理やりに大戸をコジ離したことがわかったが、その連中が真正面から火気を浴びて、

「ウワア……火事ぞッ……」

「消防消防……」

「井戸はどこかいどこかい」

と口々に叫んで雪崩退く中に、タッタ一人両眼をカッと見開いて吾輩を凝視しながら、仁王立ちに突っ立っている大男があった。その男は頭に白い布を巻いていたのでチョット誰だかわからなかったが、よく見るとそれはハンマの源太で両手に持った鉄槌が、手首まででまっ赤に染っているのであった。

そう気がつくと吾輩も台所の次の間から、板の間一面の焔を中に置いて、両手に茶碗と箸を持ったまま眼が痛くなるほど睨み返してやった。そのついでに口の中の蒲鉾と沢庵を、味噌ッ歯で、モゴモゴとかみ初めたが、そうした吾輩の姿をハンマの源太の背後にひしめいていた連中が見つけると、われ勝ちにワイワイ騒ぎ出した。

「いるぞッ。子供がいるぞッ」

「まっ黒い顔して振袖ば着とるぞッ」

「また火放けといて飯喰いよるぞッ」

「仙右衛門ば焼き殺した外道じゃろ」

「このついでに片付けてしまえッ」

「ニコニコ笑いよる……不逞な餓鬼ばい」

「油断すんな。魔法かけられるな」

そんな文句を罵り立てて、手に手に吾輩を指しながら押し合いへシ合いしていたが、何しろ天井と屋根から燃え上る焰が、みるみる猛烈になって、顔が熱くなるくらいなので、誰一人飛込んで来る者がない。それを見ると吾輩は急におもしろくなってきたので、大急ぎで沢庵と蒲鉾をのみ込んで、お茶を一パイ呑み干すと無言のまま両手でベッカンコウをして見せた。

　すると、それとほとんど同時に、大砲の弾丸のような音がして、膝の前のお膳や皿が粉微塵になって飛び散ったので、吾輩は肝をつぶして飛び退いた。見るとハンマの源太が投げつけたに違いない血だらけのハンマがお膳の破片の中に逆立ちをしている。これはと思って振り返るとハンマの源太はモウ一つ左手にもっているハンマを右手に持ち換えて、タッタ今投げつけそうなモーションをとっていた。

　吾輩はその第二のハンマとほとんどスレ違いに室を飛び出した。そのハンマが障子か襖かを突き抜けて、戸板を撃ち破る猛烈な音響を振り返りながら、とりあえず楢山社長のところに帰るべく手近いところにある二階段を馳け上ろうとすると、早くも二階へ火が廻っているらしく、白い煙が濛々と渦巻き降りて来る中から、逃げ迷ったらしい芸者が一人盛装のまま物も言わずまっ逆様に転がり落ちてきた。

　吾輩はまたも小々面喰いながら横にそれて、長い廊下を左へ一直線に走った。すると間もなく真正面に丸い月見窓が、薄い外あかりで透かして見えたので、コレ幸いと手を突っ込んで障子と雨戸を引き開けて、二本渡した竹の棒の間から脱け出してみると……何のことだ。

外はお庭かと思ったのが広い往来になっていて人ッ子一人通っていない。ただズット遠くの町の角から梯子を持って出て来る二、三人の人影が見えるばかりである。月はもう西に傾いて、夜が明けかかっているのであった。

吾輩はその人影に見つけられないうちに一散走りで右手の横町に逃げ込んだ。それから青柳の家と離れるように離れるように走り続けたら間もなく鉄道の踏切を越えて山の阻道にかかった。そこでホッとして振り返ってみると、青柳の家は直方の町のまん中で盛んに黒烟をあげて燃えている。

それを見ると吾輩は急に恐ろしくなってまた走り出した。

昨夜の喧嘩も、今朝の火事も、直方中の騒動は何もかも、みんな自分一人で仕出かしたような気持になりながら、どこかわからなくなった山の中をめっぽうやたらに走った走った……走った……

解説

——「犬神博士」における神なるもの——

松田修

夢野久作の代表作「犬神博士」は、昭和六（一九三一）年九月二十三日から七年一月二十六日の間にわたって、福岡日々新聞（現在の西日本新聞）に連載された。当時（六年九月調べ）福岡市の人口は二十三万三千二百一人、それに対して日々新聞の発行部数は十四万二千三百七十二部（六年一月調べ）であった。今日では、福岡日々＝福岡・九州＝ローカル紙と図式立てて理解されてきたむきがあるが、その販路は九州に止まらず、沖縄・山口・島根、さらには朝鮮・中国に拡っていて、単純に一都市一単位一ブロックのローカリティでは割切れぬ部分があると思う。（以上の数字は夕刊フクニチ新聞清水明郎氏、西日本新聞桐原一成氏による）大陸に対する日本の植民地主義的膨張にみあって、国際的であったといってよいだろう。しかしこのような留保条件を含みつつ、本書の享受が、空間的にも読者層的にも、かなり限定されていたことも事実である。十一年三月久作の死という不幸がその枠を破った。作家の死をきっかけとして出版された全集（未完結）や傑作集等に収載されることによって、本書は大下宇陀児（うだる）など従来からの理解者はもちろんのこと、多くの新たなる読者を、中央において獲得したのである。

しかし、本書が、作家と共に真に全国的に飛翔するためには、なお十年単位の時間の流れが助走されねばならなかった。

戦後、いわゆる大衆＝通俗小説の世界へ、限界芸術という新たな観点から照射を当てた鶴見俊輔氏をトップランナーとして、本書への再評価が、極めて高いボルテージでなされた。鶴見氏は、本書を次のごとく纏めている。

「犬神博士」は、乞食芸人の夫婦にそだてられた五、六歳の少年が、玄洋社の社長にくっついて、巡査とやくざ（松田注、これはむしろ壮士というべきであろう）のあらそう修羅場をこえて、知事に会いにゆき、筑豊炭田の利権が、三井・三菱の独占資本にとられるのをふせごうとする物語である。（昭和三十七年十月「思想の科学」）

このやや吃音ぎみの梗概がすでに語っているように、本書は推理小説でもなければ怪奇小説でもない。ましていわゆる純文学でもない。それらの単細胞的フレームを超えている。小説史の諸概念を峻拒して異様な眩しさに充ちている。マルティグラスの乱反射、綺想多面体の変幻、本書が読者に与える激しい衝撃感は、四十年の歳月によって些かも風化されていない。繰り返して言おう、推理小説でもなければ怪奇小説でもない、ましていわゆる純文学でもない。何ものでもないことによって、何ものでもある、まさにこの一点にこそ、本書の諸問題が激しく収斂しているのである。では、一体どのような状況が、昭和六年の夢野久作を駆り立てて、本書を執筆させたのであろうか。

政治史的に概括すれば、昭和初年とは、大財閥をバックとする重臣リベラリズムが、軍部の異常な動きを危うく支え、諸矛盾の激発的エネルギーが、どす黒く渦まく季節であった。

連載第一回九月二十二日に先だつこと数日、九月十八日中国正規兵による満鉄爆破が報道され、満州事変が勃発した。そして九月二十二日とは、国際連盟理事会が、日支紛争解決勧告案を決議し、両国へ通告した、まさにその日に他ならない。弧状列島のとめどない振顫のまっただ中で、久作が「日清戦争開戦前夜における福岡＝筑豊の政情不安」という時空を設定した作家的感覚の鋭さは、特筆すべきであろう。

昏い空の下、黝い海のはたてに、無名無告の人々は何を見たか。今日があるように明日はくるのか。存在の基盤としての連続感の喪失――久作は、二十年代の明治に「昭和六年」をみ、昭和六年に明治二十年代をみたものであろう。暗黒と流動、ほとんど生理的な脅え――この時久作はメシアとしての少年チイを、はたその後身としての犬神博士（本名大神二瓶）を幻視し、虚構したのである。

今危機的状況へのメシアとしてチイ＝犬神博士を規定した。久作は本書において、単なる超能力の少年を描こうとしたのではない。彼の神はしばしば流浪乞食の少年神であり、その後身は、ある都会の片隅に定住して、異形異端、しかも自在自恣の生活を送る、奇人「博士」として形象化されている。それは「犬神博士」だけに止まらない。感化院逃亡のサーカス少年とその後身鬚野博士（＝超人鬚野博士）でもこのパターンは繰り返されている。もちろん、犬神というおどろおどろしい名乗は、パロディとしての神の意であろう。しかし、それは一半の理由であって、「S岬西洋婦人絞殺事件」の犬田博士などを底辺として、久作にとって「犬」という名乗は、なぜか凡人を超えた能力に賦与されているものの如くである。

おそれずいえば、チイ＝犬神博士とは、神そのものであった。日本の最も伝統的な神の像の最も零落した姿であった。このことは、ここにしかと記述しておきたい。「お合羽さんに振り袖、白足袋に太鼓帯、真白な厚化粧、頬と眉の下と唇と眼尻に紅を引」いた女装の美少年、自らの性が、男であるのか、女に属するのか、それさえ自覚せぬままに、乞食芸人の養い親に酷使されつつ妖しい超能力の霊威を顕示する——このパターンは鬚野博士にも明らかに、また、「二重心臓」の天川呉羽（甘木三枝）にもかつがつうかがえるであろう。それは、おそらく夢野久作一個のものではなく、その背後に日本の神なるものの遥かな葬列が、塗りこめられているのである。

すでに周知のことであるが、日本の神は、いつの日も両性具有であった。その原型として、日本武尊を引こう。古代的あるいは神話的理想像としての日本武尊は、女装して熊襲を討伐した。それは単なる戦略戦術としての女装ではない。日本の神なるものが神として機能するためには、両性具有であらねばならない。それはおそらく悠遠の約束事なのである。そして、忘れてならぬ今一つの条件は、日本武尊たち、彼らが神であればあるだけに、それゆえに流浪し、艱難辛苦しなければならないことである。業平や光源氏、史実と虚構のあわいに立つ多くの日本のヒーローたちは、ひとしくこのパターンの上にあった。義経＝牛若丸はなぜ女装し流浪したのか。彼が遅れて来た日本武尊であったからである。整理してみよう。様々の変相はみられるにせよ、日本の神々の特性の一は、少年であり、二は両性具有であり、三は流浪であった。折口信夫博士は、このような条件下の神々の物語を括って「貴種流離譚」と命名された。その伝統が、神々の没落の日、基層的部分である底辺の芸能者によって継承されていること、すでに周知のことであろう。

近世のヒーロー、歌舞伎の二枚目たち、わけてその典型である「突転ばし」の役柄は、ぎりぎりの線まで危うく女であらねばならなかった。

彼らの舞台上での歩き方として、片足は女の内輪、片足は男ぶりという口伝があるが、それは陰陽合一にこそ、神を見た遠い日の記憶であろう。彼らが「河原乞食」と賤称されていた事実の意味は深い。近世において、すでに、乞食こそが神であったのだ。たとえば宝暦の中頃江戸市中を徘徊した、異形の乞食がいた。彼は、半身は女で島田髷、半身は男で奴鬘、片頬に紅、片頬に鎌髭、物まね芸をして歩いたという。(「只今御笑草」)

とすれば女装のチイ少年とは、「女優」天川呉羽こと甘木三枝や、サーカス少年鬚野博士と共にまさしくこの系譜の一人であった。

石ころを噛み割ったり、鉽力を引裂いたりする片手間に、振袖を着た小娘に化けて……笑っちゃいけない、これでも鬚を剃ると惚れぼれするような優男だぞ。(「超人鬚野博士」）

この様な零落の相の極北において、しかし、彼らはなお、神としての機能を喪わなかった。近世後期の打こわしに際して、リーダーとしての美少年が幻視されたことは興味深い。その幻視を文学的に定着したのが、曲亭馬琴の「近世説美少年録」や「南総里見八犬伝」の美少年としての、しばしば両性具有者としてのヒーローたちであり、彼らは明らかに、不安流動の世に降霊されたメシアであった。

私の実父の柳仙は旧弊な人間で御座いましたので、老人の一人子は、その子供の性を反対に扱って育てますと……（中略）無事に成長させる事が出来る（中略）わざわざ私を女の児という事にして（中略）それから何もかも女の児として育てられながら、だんだんと大きくなってまいりますうちに、私自身でも、自分が男だか、女だかわからない位、声から姿までも……心までも女らしくなってしまったのでございます。（「二重心臓」）

このばあい、想い起されるのは前引の「八犬伝」である。その一人犬塚信乃はまさにこのような迷信によって、女装して育てられた。女装と流浪の芸能者という意味では、犬坂毛野がもっと典型的であるといえるだろう。この文脈からいえば、「犬神」あるいは「犬田」という命名そのものも、馬琴とどこかでつながっているのではないだろうか。夢野久作における少年のメシア性は、本書「犬神博士」が最も典型的で、「超人鬚野博士」がこれに次ぎ、甘木三枝＝天川呉羽に最も稀薄である。いずれにしても「神」としての純粋な超能力は、少年期のものでしかなく、犬神も鬚野も、たとえば「超人」と名づけられてさえ、やや奇矯さにおいて際立った異相の乞食にすぎないのである。それにしてもたとえば鬚野博士の「右の袖のない女の単物の上から、左の袖のない男浴衣を重ね」「赤い鼻緒の日和下駄を穿いている」という姿には、たしかに前引「只今御笑草」の俤がある。少年神の挫折相は、いつの日もこのような姿なのであろうか。少年神とその後身としての成人相とのかなりの落差を、久作はあえて埋めようとしない。端的にいって、久作は犬神博士を書こうとしたのか、チイを書こうとしたのか。

犬神博士と鬚野博士を重層させるとき、はしなくも当時奇人学者として聞えた南方熊楠が浮び上るだろう。明治十九年大学予備門を中退して、渡米し、ランシング大学農学科中退、中南米を、サーカス団に加わるなどして流浪、明治二十五年渡英、世界的に認められたあと、明治三十三年帰国、和歌山県田辺に居住して、菌類や民俗学の研究に従事し、無褌全裸、大酒など奇行を以って鳴ったという。その死は昭和十六年のことであったが、彼の名前が真に一般化したのは、昭和四年天皇紀州巡幸の際、天皇に召されて、軍艦鹿島で粘菌類の進講をして以後のことである。この日づけと、「犬神博士」の構想の日づけとは、ほぼ一致するではないか。

犬神博士はいう、「着物は別にない。寒い時に浴衣を一枚着るくらいのもんだ。寒い時には寒い。暑い時には暑いというのが吾輩の信念だ。（中略）ナニィ。褌？　そんなものを締めた経験は生まれてないよ。ブラ下がるべきものはブラ下げて置くのが衛生的じゃないか」と。またパトロネス日野亜黎子の邸内の図書館における少年鬚野は、「あらゆる科学書類、百科辞典、歴史、法律書、小説の類が山積していた奴を」「未亡人との恋愛遊戯の片手間に残らず暗記して」しまう。「大英百科全書（エンサイクロペジヤ・ブリタニカ）のドノ頁の第何行目に何が書いてあるか」までも暗記しているという。この記述にはたしかに大英博物館における南方熊楠を思わせるものがある。単純な意味でのモデル論ではなく、久作の造型する乞食博士には、かなり濃厚に南方熊楠の俤がある。それは夢野久作の自覚を超えた偶然としての必然であるかも知れない。

メシア・チイ＝犬神博士の最初のパトロンは、筑豊の大親分県会議員大友である。「はだけた胸の左右から」「刺青（いれずみ）の雲」を覗（のぞ）かせた侠者（きょうしゃ）のこのイメージは、「超人鬚野博士」では変型されて全身を桜と平家蟹（へいけがに）で埋めた木乃伊（みいら）爺となる。その系譜をさらに辿（たど）れば「S岬西洋婦人絞殺事件」の東作爺にも、また刺青は表面に出ずとも「二重心臓」の元貸元轟九蔵につながるであろう。神のパトロンはなぜ刺青無頼なのか。ここで久作における刺青嗜（し）好（こう）ないし無頼願望を読みとることが出来るだろう。中性ないし両性具有としての少年・少女に「神」をみる久作は、その庇護（ひご）従神として無頼異形の侠者を造型する。その意味で大友親分は、早い一つの典型であった。一見尫弱（おうじゃく）そのものである少年神チイによって、果して筑豊の危機は解決されたのか。久作はその肝腎（かんじん）の部分を書かない。チイと犬神博士とが、非連続の連続でしかないようにそれは作品としての欠陥であろうか。いやそれを欠陥というのは、すでに小説を固定観念化した観方である。冒頭にもどろう。少年神チイがすべての固定観念への挑戦者であるように、小説「犬神博士」は、小説のあらゆる枠をしたたかに超えて、すぐれて小説そのものなのである。

本書中には、キチガイ、発狂する、メッカチ、支那人(チャンチャン)、支那、露助、印度ッ子、エスキモー、毛唐、アイヌ、盲人(めくら)、白痴、非人、セムシ、片輪、オンボウ、低能男(あにゃん)といった、今日の人権擁護の見地に照らして、不適切と思われる語句や表現、比喩等がありますが、作品舞台の時代背景や発表当時の社会状況、また、作品の文学性や著者が故人であることなどを考え合わせ、原文どおりとしました。

(編集部)

犬神博士

夢野久作

昭和49年 7月20日 初版発行
令和5年 9月25日 改版30版発行

発行者●山下直久

発行●株式会社KADOKAWA
〒102-8177 東京都千代田区富士見2-13-3
電話 0570-002-301（ナビダイヤル）

角川文庫 15484

印刷所●株式会社KADOKAWA
製本所●株式会社KADOKAWA

表紙画●和田三造

●お問い合わせ
https://www.kadokawa.co.jp/（「お問い合わせ」へお進みください）
※内容によっては、お答えできない場合があります。
※サポートは日本国内のみとさせていただきます。
※Japanese text only

Printed in Japan
ISBN978-4-04-136613-4 C0193

◆◇◇

角川文庫発刊に際して

角川源義

第二次世界大戦の敗北は、軍事力の敗北であった以上に、私たちの若い文化力の敗退であった。私たちの文化が戦争に対して如何に無力であり、単なるあだ花に過ぎなかったかを、私たちは身を以て体験し痛感した。西洋近代文化の摂取にとって、明治以後八十年の歳月は決して短かすぎたとは言えない。にもかかわらず、近代文化の伝統を確立し、自由な批判と柔軟な良識に富む文化層として自らを形成することに私たちは失敗して来た。そしてこれは、各層への文化の普及滲透を任務とする出版人の責任でもあった。

一九四五年以来、私たちは再び振出しに戻り、第一歩から踏み出すことを余儀なくされた。これは大きな不幸ではあるが、反面、これまでの混沌・未熟・歪曲の中にあった我が国の文化に秩序と確たる基礎を齎らすためには絶好の機会でもある。角川書店は、このような祖国の文化的危機にあたり、微力をも顧みず再建の礎石たるべき抱負と決意とをもって出発したが、ここに創立以来の念願を果すべく角川文庫を発刊する。これまで刊行されたあらゆる全集叢書文庫類の長所と短所とを検討し、古今東西の不朽の典籍を、良心的編集のもとに、廉価に、そして書架にふさわしい美本として、多くのひとびとに提供しようとする。しかし私たちは徒らに百科全書的な知識のジレッタントを作ることを目的とせず、あくまで祖国の文化に秩序と再建への道を示し、この文庫を角川書店の栄ある事業として、今後永久に継続発展せしめ、学芸と教養との殿堂として大成せんことを期したい。多くの読書子の愛情ある忠言と支持とによって、この希望と抱負とを完遂せしめられんことを願う。

一九四九年五月三日

角川文庫ベストセラー

金田一耕助ファイル7
夜歩く
横溝正史

古神家の令嬢八千代に舞い込んだ「我、近く汝のもとに赴きて結婚せん」という奇妙な手紙と佝僂の写真は陰惨な殺人事件の発端であった。卓抜なトリックで推理小説の限界に挑んだ力作。

金田一耕助ファイル8
迷路荘の惨劇
横溝正史

複雑怪奇な設計のために迷路荘と呼ばれる豪邸を建てた明治の元勲古館伯爵の孫が何者かに殺された。事件解明に乗り出した金田一耕助。二十年前に起きた因縁の血の惨劇とは？

金田一耕助ファイル9
女王蜂
横溝正史

絶世の美女、源頼朝の後裔と称する大道寺智子が伊豆沖の小島……月琴島から、東京の父のもとにひきとられた十八歳の誕生日以来、男達が次々と殺される！開かずの間の秘密とは……？

金田一耕助ファイル10
幽霊男
横溝正史

湯を真っ赤に染めて死んでいる全裸の女。ブームに乗って大いに繁盛する、いかがわしいヌードクラブの三人の女が次々に惨殺された。それも金田一耕助や等々力警部の眼前で――！

金田一耕助ファイル11
首
横溝正史

滝の途中に突き出た獄門岩にちょこんと載せられた生首。まさに三百年前の事件を真似たかのような凄惨な村人殺害の真相を探る金田一耕助に挑戦するように、また岩の上に生首が……事件の裏の真実とは？

角川文庫ベストセラー

金田一耕助ファイル17
仮面舞踏会
横溝正史
夏の軽井沢に殺人事件が起きた。被害者は映画女優・鳳三千代の三番目の夫。傍にマッチ棒が楔形文字のように折れて並んでいた。軽井沢に来ていた金田一耕助が早速解明に乗りだしたが……。

金田一耕助ファイル18
白と黒
横溝正史
平和そのものに見えた団地内に突如、怪文書が横行し始めた。プライバシーを暴露した陰険な内容に人々は戦慄！ 金田一耕助が近代的な団地を舞台に活躍。新境地を開く野心作。

金田一耕助ファイル19
悪霊島（上）（下）
横溝正史
あの島には悪霊がとりついている――額から血膿の吹き出した凄まじい形相の男は、そう呟いて息絶えた。尋ね人の仕事で岡山へ来た金田一耕助。絶海の孤島を舞台に妖美な世界を構築！

金田一耕助ファイル20
病院坂の首縊りの家（上）（下）
横溝正史
〈病院坂〉と呼ぶほど隆盛を極めた大病院は、昔薄幸の女が縊死した屋敷跡にあった。天井にぶら下がる男の生首……二十年を経て、迷宮入りした事件を、等々力警部と金田一耕助が執念で解明する！

双生児は囁く
横溝正史
「人魚の涙」と呼ばれる真珠の首飾りが、檻の中に入れられデパートで展示されていた。ところがその番をしていた男が殺されてしまう。横溝正史が遺した文庫未収録作品を集めた短編集。